취적취무

醉笛醉舞

설봉 新무협 판타지 소설

FANTASTIC ORIENTAL HEROES

취적취무 8
설봉 新무협 판타지 소설

초판 1쇄 찍은 날 § 2011년 10월 20일
초판 1쇄 펴낸 날 § 2011년 10월 27일

지은이 § 설봉
펴낸이 § 서경석

편집부장 § 권태완
편집책임 § 주소영

펴낸곳 § 도서출판 청어람
등록번호 § 제1081-1-89호
등록일자 § 1999. 5. 31
어람번호 § 제2-2166호

주소 § 경기도 부천시 원미구 심곡2동 163-2 서경B/D 3F (우) 420-822
전화 § 032-656-4452 팩스 § 032-656-4453
http://www.chungeoram.com
E-mail § chungeoram@chungeoram.com

ⓒ 설봉, 2011

ISBN 978-89-251-2660-9 04810
ISBN 978-89-251-2518-3 (세트)

※ 파본은 구입하신 서점에서 교환하여 드립니다.
※ 저자와 협의하여 인지를 붙이지 않습니다.
※ 이 책은 도서출판 청어람과 저작자의 계약에 의해 출판된 것이므로,
  무단 전재 및 유포 · 공유를 금합니다.

8

백련성강(百煉成鋼)
오랜 단련으로 강해지다

취적취무
醉笛醉舞

한 잔 술에 취해 곡조 없는 피리를 분다.
술기운을 빌어 흥겨운 가락에 몸을 맡긴다.
취하자, 춤추자.
오늘 하루만, 이 시간만이라도 그저 취하고 웃어보자.

설봉 新무협 판타지 소설
FANTASTIC ORIENTAL HEROES

第七十一章	근접(近接)	7
第七十二章	일전(一戰)	43
第七十三章	반수(伴隨)	79
第七十四章	협지(挾持)	113
第七十五章	기망(欺罔)	149
第七十六章	원모(遠謀)	181
第七十七章	불견(不見)	215
第七十八章	후염(後染)	239
第七十九章	심안(心安)	265
第八十章	역전(逆戰)	291

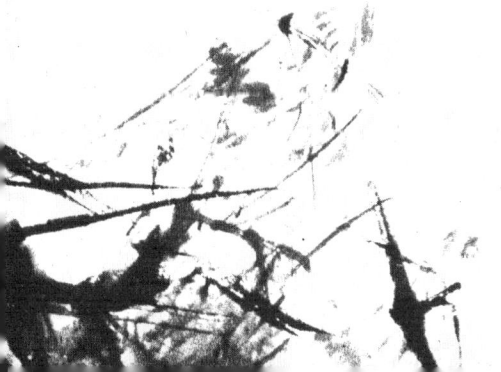

第七十一章
근접(近接)

1

당우는 소강구(小江口)에서 배를 탔다.
"하! 넉넉해서 좋네."
산음초의가 배를 보자 제일 먼저 반색했다.
그는 여로(旅路)에 상당히 쇠약해져 있었다. 만정에서 튀어나온 몸으로 먼 길을 걷는 게 아무래도 무리였던 모양이다. 그래도 중간 중간에 보약을 달여 먹어서 많이 좋아지기는 했지만 발이 퉁퉁 부어서 걷기는 힘들어 보였다.
그는 그런 점을 일절 내색하지 않았다.
그저 찬물 찜질을 하고 손으로 주물러 주는 정도로 만족하곤 했다.
"그저 물 만난 어린아이처럼……."

신산조랑이 핀잔을 주었다.

하나 그녀의 표정도 밝아졌다.

늘 음울한 표정으로 세상을 노려보고 있었는데 이 순간만은, 햇살이 강물에 반사되어 그녀의 얼굴을 비쳤을 때 왠지 웃고 있다는 느낌이 들었다.

"누군지 모르지만 돈을 꽤 잘 쓰네."

묵비 비주도 만족한 듯 배에 올랐다.

배는 크고 화려했다.

삼십여 명을 태워도 좋을 만큼 넓었고, 선실에는 대여섯 명 정도 편히 쉴 수 있는 침상도 준비되어 있었다.

그들을 더욱 반기는 것은 술이다

향긋한 술과 뱃속 식충이를 자극하는 삶은 돼지고기가 뱃전에서 그들을 불렀다.

"오늘은 허리 좀 풀어놓고 마시겠네?"

어화영이 술 항아리를 꿰차고 앉았다.

치검령도 술독을 들었다.

그는 술독을 들고 벽사혈에게 다가앉았다.

"추포조두와 묵혈도는 당분간 보기 힘들 거야. 한잔하지."

그가 먼저 작은 종지로 술을 떠서 건넸다.

술 색깔이 새하얗다. 진한 주향(酒香)으로 짐작컨대 사천(四川) 특산(特産)인 오량액(五粮液)이다.

"귀한 술이야."

"알아."

벽사혈이 툭 쏘며 종지를 받아 단숨에 비웠다.

새하얀 술이 뱃속으로 흘러들면서 불길을 일으킨다.

실제로 오량액은 불이 붙는다. 불길을 당기면 활활 타들어가는 모습을 볼 수 있다.

"크으!"

벽사혈이 미간을 찌푸렸다. 하지만 뒷맛이 깨끗해서 주도(酒度)가 높음에도 불구하고 계속 마시게 만든다.

벽사혈이 이끌리듯이 술 단지 앞에 앉았다.

"안에서도 싸웠어?"

"처음에는. 들어가는 첫날 그랬나? 하지만 그 다음날부터는… 후후! 우리 목숨 구하기에 바빴지."

"용케 살았네?"

"구사일생(九死一生)이지."

치검령이 치를 부르르 떨었다.

만정에서의 생활도 어려웠지만 탈출하던 순간은 그야말로 백척간두(百尺竿頭)에서 외줄을 타는 기분이었다.

벽사혈이 또 미간을 찌푸렸다.

은자들은 웬만한 일에는 눈썹 한 올 꿈쩍하지 않는다.

추포조두도 그렇고 치검령도 마찬가지다. 그만한 수련은 쌓은 사람들이다.

그런데 도대체 어떤 일이 있었기에 지금도 치를 떠는가.

"한잔 줄게."

벽사혈이 술을 떠서 건넸다.

"후후! 언제 주나 했다. 사실 술이 많이 고팠거든."
치검령은 사양하지 않고 넙죽 받아서 쭉 마셨다.
"크으!"
술을 마신 그가 만족한 듯 흰 이를 드러내며 씩 웃었다.
그들은 허리띠를 풀어놓고 마음껏 마셨다.
기습을 우려할 필요는 없다. 모순되게도 미행자라는 존재가 그들을 보호하는 보호막 역할을 한다. 그가 있는 한 마인들이 수장(水葬)되는 경우는 없다.
"너무 마시지 마."
"계집아, 너도 오늘 같은 날은 실컷 마셔. 이럴 때 취하지 언제 취해. 너, 안에서 그랬잖아. 밖에 나가면 술 한번 진탕 마셔보고 싶다고. 마셔보지 못한 게 한이라며? 마셔. 마시라고. 호호호!"
홍염쌍화의 웃음소리가 청강 물살을 흔들었다.

배는 청강(淸江) 물줄기를 타고 흘러간다.
봉성(丰城)에서 하루 쉬고 다음날은 임강부로 들어선다. 제일 먼저 닿는 나루터 청강진(淸江津)에서 또 하루 쉬고, 다음날 청강성(淸江城)으로 들어간다.
청강성에서 천검가가 있는 소호성까지는 지척이다. 빠른 말로 달리면 약 두 시진 정도면 닿을 거리다.
그러나 임강부까지 갈 수 있다고 생각하지는 않는다.
오늘은 괜찮지만 내일 청강진에 들어서는 순간, 공격을 받지 않을까 싶다.

천검가는 마인을 용납하지 않는다. 일반 범인들의 살인조차도 용납하지 않는 판인데, 마인들이 들어서는 것을 방치하겠는가. 틀림없이 저지할 것이다.

예측되는 공격 형태는 두 가지다.

하나는 강 위에서 시작된다.

청강은 임강부에서 남창부(南昌府)로 흐른다. 반혼귀성은 강줄기를 거슬러 올라가는 것이다.

남창부에서 임강부로 들어서는 순간 공격이 시작될 수 있다.

또 하나는 땅에서 시작된다는 가정이다. 그렇다면 청강진이 피의 도가니 속에 빠진다.

어쨌든 공격은 틀림없이 이루어진다.

반혼귀성을 마인 집단으로 공표한 것은 임강부로 들어서지 말라는 경고다.

"반 각 정도면 봉성입니다."

뱃사공이 말해왔다.

"강에서 쉬는 게 좋지 않아?"

어해연이 말했다.

봉성에 들어가면 무인들과 시비가 생길 수 있다.

시비가 두려운 것은 아니다. 그런 것은 신경도 쓰지 않는다. 어차피 며칠 후면 싸워야 하는 입장이다. 다만 오랜만에 맛보는 평화를 조금이라도 더 누리고 싶은 것이다.

"쉴 때는 푹 쉬어야죠. 들어가도 괜찮습니다."

"이런 말, 물어도 될지 모르겠는데, 이 사람들…… 소(巢)와 관계된 사람들 맞지?"

어해연은 소서(巢鼠)를 소로 줄여서 말했다.

당우는 고개를 끄덕였다.

어해연은 뭐하는 사람들이냐는 물음이 목구멍까지 치밀었다. 하지만 꾹 눌러 삼켰다. 그것만은 묻지 않는 게 도리다. 사구작서와 당우만의 비밀 아닌가.

"믿어도 돼?"

"변하지 않는 사람은 없다는 말씀이죠?"

"응. 그 사람들이 만정에 갇힌 게 이십 년이잖아."

"글쎄요……. 아직은 믿을 수 있을 것 같은데요."

"너도 확신이 없구나?"

"시대 조류에 따라서 변하는 게 사람 마음이니까요. 강산이 두 번이나 바뀔 정도로 세월이 흘렀으니. 하지만 지금까지는 원하는 대로 다 해주고 있어요."

"이거 다 네가 지시한 거야?"

당우는 빙긋 웃었다.

"언제?"

당우는 또 웃었다.

당우는 미지의 인물과 끊임없이 소식을 주고받는다. 그런데 그런 모습을 전혀 파악하지 못했다.

당우에게 소식이 들어오는 것은 안다. 푸짐한 밥상과 함께

서찰이 꼭 동봉되었으니까. 하지만 당우의 지시를 받을 정도로 많은 말들이 오간다고는 생각하지 못했다.

그들이 알아서 준비하는 것이겠거니 생각했는데, 일일이 지시하는 것이었나.

지시하는 것과 알아서 해주는 것은 큰 차이가 있다.

외부와 의사소통이 이루어지고 있다는 것은 아주 큰 희망이다.

또 한 가지, 이십여 년의 세월이 흘렀는데 아직도 소서의 명령을 받드는 무리가 있다는 게 놀랍다.

대체로 실종 기간이 그 정도로 오래되면 없던 주인도 생기는 법이다. 더군다나 소서는 만정 투입이 널리 알려진 상태다. 살아서는 나올 수 없는 곳으로 들어갔다.

그런데도 그를 따르는 무리가 존재한단 말인가. 도대체 어떤 자들이 그 정도의 인내와 충성심을 가졌단 말인가.

소서는 죽었지만 행복한 사내다.

"저기가 봉성입니다."

뱃사공이 말해왔다.

봉성은 번화한 나루터다. 임강부와 남창부를 잇는 중간 지점으로 먼 길을 가는 사공들은 반드시 들르는 곳이다.

사공이 배를 댔을 때, 나루터는 한산했다.

"후후! 그자가 길을 꽤 잘 열어주는군."

비주가 사방을 휘둘러 보며 말했다.

"검련 본가의 영향력은 여기까지예요. 아무리 본가라도 임강부까지 손길을 미칠 수는 없죠."

"그런가? 아무렴 어때. 어차피 죽으러 가는 길인데."

비주가 시큰둥하게 대답했다.

시큰둥…… 이러한 말을 하려면 마음에 태만이 깃들어 있어야 한다. 크게 관심이 없어야 한다. 따라서 얼굴 표정도 따분하다거나 권태로워야 한다.

비주는 그런 모습이었다. 그러나 어느 한순간 그는 나무토막처럼 딱딱하게 굳어버렸다.

"왜 그래? 누가 보면 발에 차인 돌덩이인 줄 알겠다."

어화영이 농을 건넸다.

비수는 농도 받지 못했다. 얼굴을 차게 굳히는가 싶더니 두 눈이 활활 타올랐다.

"이… 놈!"

누구에게 하는 말인가?

그의 분노를 전해 듣는 사람은 없다. 그는 빈 허공에 대고 노기를 터뜨린다.

마치 미친 것 같지 않은가. 방금 전까지는 여유롭게 낄낄대다가 갑자기 성을 내고 있으니.

모든 사람이 그렇게 볼지라도 당우 일행은 침묵한다.

농을 건넸던 어화영이 비주 어깨를 툭툭 쳤다.

"미안. 할 말이 없네."

그녀도 나중에서야 봤다.

나루터 한구석에는 사람 머리 이십여 두가 놓여 있다. 생선처럼 자판 위에 가지런히 놓여 있다.

그들이 누구인지는 굳이 물을 필요가 없다.

자판 한구석에 검은 깃발이 꽂혀 있고, 그곳에는 비주를 비웃기라도 하듯 견자(犬子)라는 글이 쓰여 있다.

"일시에 처리됐군. 오래전에 발각되었다는 이야기야."

치검령이 비주 옆에서 말했다.

비주는 주먹만 으스러져라 움켜쥐었다.

그들에게 명령을 내렸다. 자신들을 뒤따르는 미행자가 있는데, 그가 누구인지 알아보라는 명이다.

별로 어려운 명령이 아니다.

묵비는 수집한 정보가 많다. 검련 본가의 무인들은 샅샅이 파악해 놓고 있다. 그러니 미행자의 특징을 잘 살피고 수집된 자료들을 뒤적이면 그가 누구인지 금방 알 수 있다.

이들은 오늘 미행자의 정보를 주려고 했다. 그런데 정보 대신 머리를 바쳤다.

"마사! 마사……."

비주는 이를 부드득 갈았다.

비주는 인두를 정성스럽게 수습했다. 하나하나 자신의 손으로 수습했다.

이름을 불러주었다. 고맙다고 인사했다.

그들은 뜨거운 장작불 속에서 한 줌 재가 되어 사라졌다.

어느 곳에서든 죽을 수 있는 게 묵비의 운명이다. 그러니 비주의 손에 수습까지 된 그들은 행복한 편이다.

"자식들…… 고맙다."

비주는 모두에게 인사를 마쳤다.

반혼귀성에 애도는 존재하지 않는다.

그들은 죽음을 너무나 많이 보아왔다. 그렇기에 누구의 죽음이든 담담하게 맞이할 준비가 되었다.

죽음이 두려웠다면 묵비에 몸담지 말았어야 한다. 무인이 되지 말았어야 한다. 괜히 도산검림(刀山劍林)이란 말이 생긴 게 아니다. 항상 칼끝을 밟고 살기에 그런 말이 생긴 게다.

"괜히…… 미안합니다."

비주가 일행 모두에게 고개를 숙였다.

"이리 와 앉아서 술이나 마셔. 이제 끈 떨어진 연이 됐으니 있는 척하지 말고."

어화영이 일부러 툭 쏘았다.

"하하! 그럴까요?"

비주는 어화영 옆에 앉아서 주는 술을 넙죽넙죽 받아 마셨다.

곧 그의 얼굴이 붉게 물들었다.

미지의 인물이 마련한 장소는 평화로웠다. 시비가 있을까 우려했는데, 무인이라고는 그림자도 찾아볼 수 없다. 아니, 일반인들조차 얼씬거리지 않는다.

아직까지는 미행자의 입김이 작용하고 있기 때문일까?

누구 영향인지는 모르지만 편히 쉴 수 있으니 좋다.

황주부에서 봉성까지 오는 요 며칠 반혼귀성 사람들에게는 꿀처럼 달콤한 시간이었다. 어느 때 같으면 항상 누렸을 평화이건만, 달콤함이 새삼스럽게 느껴졌다.

하나 이것도 오늘로 마지막이다.

내일은 임강부로 들어선다. 배가 먼저 들어서고, 그다음에 땅을 밟는다.

공격이 어디서 전개될지는 모른다. 하지만 반드시 시작된다.

한창 주흥이 무르익을 때, 당우가 슬그머니 일어섰다.

아무도 그의 움직임을 주시하는 사람이 없었다. 그럴 필요가 없으니까. 그리고 또 누구 할 것이 없이 대취(大醉)했으니까. 침착, 냉철하다는 어해연까지도 말이다.

'오늘 한 번 더!'

당우는 어둠 속에 동화되어 슬그머니 움직였다.

어둠은 그의 세계다. 발걸음 소리, 옷자락 부스럭거리는 소리만 죽이면 그를 알아볼 사람이 없다. 특히 이곳은 사람 발길이 닿지 않는 곳이라서 불빛도 미약하다.

기습을 한 번 더 시도해 본다.

이것이 통한다면 천검가와 맞설 수 있다.

구령마혼으로 신산조랑과 이야기할 때도 어둠 속에서는

무기지신이 통할 것이라는 전제가 깔려 있었다. 그런 조건 하에 임강부로 들어가도 괜찮을 것이라는 결론을 내렸던 게다.

또 하나, 미행자는 임강부에 들어선 후에도 감시를 늦추지 않을 것이다.

똑같지는 않다. 그는 조금 다르게 지켜본다.

반혼귀성과 천검가가 정면 격돌을 벌인다면, 그는 수수방관할 것 같다.

반혼귀성이 천검가를 이길까?

그런 생각은 아무도 하지 못한다. 반혼귀성은 무너진다. 그럼에도 강 건너 불구경을 할 것이다. 반혼귀성이 최대한 발악하도록, 잠재능력까지 모두 끄집어내도록 오히려 채근할 게다.

확신은 아니다. 그런 느낌이 든다는 거다.

두 개 중에 하나를 오늘 밤에 확인한다.

스스스슷!

그는 어둠 속으로 스며들었다.

이십여 장, 사내가 길가에 누워 있다.

그는 팔베개를 하고 누워서 밤하늘을 올려다본다.

잠을 자고 있는지 별을 헤고 있는지는 모르지만 얼굴이 하늘로 향해 있다.

스스슷! 스스스슷!

당우는 최대한 조심해서 움직였다.

어둠 속에서 움직이는 신법 중에 가장 좋은 것은 사구작서의 유혼신법이다.

유혼신법이 고명한 것은 아니다. 하지만 진기를 쓰지 못하는 인간들이 만든 것이기에 당우에게 가장 적합하다. 또 그 효능이 만정에서 이미 입증되었다.

사내와의 거리가 좁혀졌다. 십 장에서 오 장으로, 오 장에서 다시 삼 장으로 바싹 다가섰다. 그리고 일 장을 더 앞당겨 이 장 정도의 거리밖에 남지 않았다.

도약만 하면 끝난다.

아무리 조심한다고 해도 이 정도 거리까지 왔으면 안심해도 좋을 성싶다.

당우는 움직임을 멈췄다.

파아아아아……!

몸과 마음을 자연 속에 풀어놓는다. 전체가 되어서 삼라만상 속에 나를 맡긴다.

감각은 살아 있다. 도미나찰의 선법(仙法)이 몸에 닿는 기운을 읽는다. 물론 그 속에는 사내가 내뿜는 호흡도 담겨 있다. 한 숨, 또 한 숨, 가늘고 길게, 그리고 고르게 내뿜는 숨결이 자신의 것처럼 생생하게 느껴진다.

스읏!

다시 일 장을 좁혔다.

이제 남은 거리는 일 장에 불과하다. 두 걸음? 세 걸음? 후다

닥 달려가면 끝난다.

누구라도 이 정도의 거리를 확보했으면 기습에 성공했다고 자신할 게다.

당우는 한 번 더 조심했다.

도미나찰은 사내의 현재 상태를 읽는다.

전체는 더욱 깊숙이 들어가서 사내의 내면을 파악한다. 그의 진기를 읽어낸다.

그런 느낌으로 판단하건대 사내는 무척 빠르다.

자신이 빛처럼 빠르다면 사내는 빛을 능가한다. 바로 지척에서 몸에 칼을 붙이고 있어도 찌를 수 없다. 자신이 찌르는 것보다 사내가 검을 뽑아서 치는 것이 더 빠르다.

믿어도 좋다. 사내는 그럴 능력이 있다.

스읏! 스읏!

당우는 두 걸음이나 연속해서 나아갔다.

움직임은 바람을 일으킨다. 하지만 유혼신법은 바람마저도 잠재운다. 사람은 냄새를 풍긴다. 하지만 당우는 냄새조차 풍기지 않는다. 막말로 말해서 호랑이조차도 냄새를 맡지 못할 게다.

이것이 무기지신의 장점이다.

스읏!

비수가 사내의 정수리를 향했다. 그 순간,

쒜엑!

느닷없이 발밑에서 솟구친 검이 두 다리 사이로 파고들며 하물(下物)을 베어왔다.

하지만 그전에 도미나찰이 검의 움직임을 감지해 냈다.

땅에 검이 붙어 있다는 것을 알아냈다. 차디찬 금속 내음을 맡았다. 검의 한기를 느꼈다.

당우는 정수리를 찍는 대신 몸을 뒤로 눕혔다. 두 발만 땅에 붙이고 무릎을 꺾어서 뒤로 넘어갔다. 몸을 완전히 뒤로 눕혀 등이 땅에 닿을 정도가 되었다.

녹엽만주로 몸이 유연해졌기 때문에 가능한 움직임이다.

쉐엑!

검날이 아슬아슬하게 하물을 스치며 지나갔다.

"휴우!"

"훗!"

서로가 깜짝 놀라서 한숨과 경악성을 토해냈다.

당우는 놀라움에 눈을 부릅떴다.

사내는 경악성에 앞서서 반응부터 했다. 검부터 쳐내고 나중에서야 놀랐다.

검이 본능보다 앞선다.

사내도 놀랐다. 느닷없는 기습이 믿기지 않는다는 듯 벌떡 일어나 당우를 쏘아봤다.

그가 재차 공격하려고 검끝을 꿈틀거렸다. 그러다가 상대가 당우임을 알고는 검의 떨림을 멈췄다.

"네놈이군."

"……."

"후후! 포기하지 않을 줄은 알았는데, 너무 빨리 왔어."

"왜 미행하는지 말해줄 생각은 없소?"

"다음부터는 이런 짓 하지 마라. 죽는다."

"그만큼 미행했으면 죽음 같은 건 안중에 없다는 걸 알 텐데. 검련 본가가 우리한테 원하는 게 뭐요?"

"그런 거 없다."

"그럼 순전히 호의로 우릴 보호하는 거요? 검련 본가와는 상관없이 당신 개인행동이라 이거요?"

"죽음을 상관하지 않는다니 그럼 나도 놀이를 즐겨야겠군. 모든 행동에는 책임이 따르는 법. 앞으로 이런 행동을 또 할 시에는 저들 중 한 명을 죽이겠다. 기습 한 번에 한 명이 죽는다. 그러니 자신이 없다면 경거망동하지 마라."

사내가 싸늘하게 말했다.

그 말은 진실이다. 사내의 눈이 매우 차다.

당우는 기죽지 않았다. 오히려 다른 말을 했다.

"이해할 수 없어. 완벽했는데. 죽일 수 있었는데 말이오."

사내를 칠 수 있었다. 완벽했다. 마지막 순간, 단 한 순간만 벗어났으면 사내의 정수리에 검이 꽂혔다.

그런데 발각되었다. 어떻게 알았을까? 이번에는 어디서 실수했을까? 병기의 예기가 흘러나가지 않도록 수련을 거듭했는데. 채찍도 쓰지 않고 수리검을 썼는데.

소득도 있다.

무기지신은 사내에게도 통한다. 아무 느낌도 주지 않고 일

장 안까지 파고들었다. 마지막 순간에 발각되었지만 조금만, 아주 조금만 더 다듬으면 잡을 수 있다.

사내는 검을 집어넣었다.

"내일부터 바쁠 텐데 쉬지 그래?"

"쉬긴 쉬어야지."

당우는 마치 아는 사람에게 이야기하듯 편하게 말했다.

"그럼 가서 쉬어라."

사내도 당우의 기습을 잊은 듯이 말했다.

당우는 사내가 그런 말을 할 줄 알았다는 듯 이미 등을 돌리고 있었다. 하지만 아홉 개로 나뉜 머리는 기습 실패에 대한 원인 분석을 하느라고 분주했다.

'분명히 잡을 수 있었어. 무기지신은 완벽했고. 마지막 순간에 검을 썼는데⋯⋯ 그렇다면 저자에게도 도미나찰 같은 비기가 있다는 것이겠지. 그것도 매우 뛰어난.'

사내는 당우를 쳐다보지 않았다. 그는 팔베개를 하고 누웠다.

당우도 그를 잊었다. 터벅터벅 되돌아가면서 생각을 거듭했다.

2

다음날 아침, 모두들 새벽같이 일어나서 길 떠날 차비를 했다.

"당신은 빠지는 게 좋지 않아?"

치검령이 비주에게 말했다.

비주는 묵묵부답, 병기만 손질했다.

비주는 끈 떨어진 연이 되었다. 아무도 없이 홀로 떠도는 들개로 전락했다. 그런 그에게 반혼귀성은 큰 힘이다. 마침 반혼귀성이 임강부로 들어서겠다니 이번 기회에 복수하지 않으면 앞으로 할 기회가 없다.

"저놈을 알 방법이 없나?"

어화영이 물었다.

비주는 이번에도 대답하지 않았다.

그 부분은 어제 알 수 있었다. 하지만 모두 참살되는 바람에 알 수 있는 기회를 놓쳤다.

어화영도 안다. 그것을 따지는 게 아니다. 놈을 알 수 있는 또 다른 방책이 있냐는 뜻이다.

다른 길은 없다.

미행자의 신분이나 의도를 모른 채 무작정 끌려가야 한다.

임강부로 들어가기 전에 그에 관한 것을 알고 싶었는데, 안 좋게 끝났다.

어화영이 말했다.

"약속은 지킨 것으로 할게. 임강부로 들어가는 즉시 마사를 칠 거야. 류명과 독대(獨對)만 하면 되는데, 자식이 뭐라고 꽁꽁 숨어서. 같이 움직이자고."

일행이 나루터로 나왔을 때, 사공은 없고 빈 배만 물살에 휩쓸리고 있었다.

"죽음이 두려웠나 보지."

치검령이 담담하게 말했다.

그들이 반혼귀성임을 모르는 사람이 없다. 그들이 임강부로 들어간다는 것도 이미 소문났다. 임강부는 그들을 마인으로 공표했고, 임강부로 들어서는 즉시 참살할 거란다.

양쪽이 한 치의 양보도 없이 치달리고 있다.

누가 봐도 싸움은 일어난다. 그리고 또 누가 봐도 형편없이 깨질 것 같은 쪽은 반혼귀성이다.

지는 편에 서서 노를 저어준다는 건 생각해 봐야 한다. 목숨을 앞당기는 지름길이지 않겠나. 생각이 있는 자 같으면 도주하는 게 타당하다.

"노 저으실 수 있는 분."

당우는 여러 사람을 보며 말했다. 하지만 노를 저을 사람은 두 사람뿐이다. 치검령과 비주. 힘쓰는 일, 단순노동은 으레 남자가 하는 법이다.

"내가 젓지."

치검령이 노를 잡았다.

스읏! 스으으읏!

노를 한 번 저을 때마다 배가 쑥쑥 나아간다. 크게 힘을 쓰는 것 같지도 않다. 바람을 쐬는 듯 편안한 모습으로 노를 젓는데도 빠르게 나아간다.

뱃사공 못지않은 솜씨다.
"할 줄 아는 게 많네?"
어화영은 강바람이 기분 좋은 듯 머리를 쓸어 올렸다.

배는 순조롭게 나아갔다.
아직 무창부인지 아니면 임강부로 들어섰는지 알 길이 없다. 뱃사공이 있었으면 주변 지형을 보고 설명을 해줬을 테지만, 지금은 무조건 거슬러 올라가는 수밖에 없다.
계속 노를 젓다 보면 봉성처럼 화려한 나루터가 나타날 게다. 그곳이 청강진이다.
현재의 위치를 판단할 수 있는 유일한 방법이다.
당우가 뱃전에 앉아서 유유히 강물을 굽어보다가 말했다.
"배를 강심(江心)으로 몰아줘요."
"강심은 물살이 세. 내가 사공으로 보이냐? 급류에 휘말리면 꼼짝없이 고기밥이 된다고."
"그래도 이렇게 강변에 붙어 가다가 화살 공격이라도 당하면 더 낭패예요. 강심으로 가죠."
순간, 치검령이 눈빛을 반짝였다.
당우는 진기를 쓰지 못한다. 그렇다고 유시(流矢)를 두려워할 정도로 약하지도 않다.
강심으로 가라는 데는 이유가 있다.
"쯧! 그놈의 고집하고는. 화살 정도는 피할 수 있어야지. 이놈의 사공은 어디로 내뺀 거야!"

치검령이 신경질적으로 말하며 배를 강심으로 몰았다.

청강은 넓고 크다. 폭이 좁은 곳도 있지만 임강부에서 무창부까지는 범선이 떠다닐 만큼 넓다.

삐걱! 철썩! 삐걱! 철썩!

노 젓는 소리와 뱃전에 부딪치는 물결 소리가 한 자락 화음을 일구어낸다.

"이 정도면?"

치검령이 당우를 쳐다봤다.

당우가 고개를 끄덕였다.

그러자 모두들 긴장된 눈으로 당우를 쳐다봤다.

모두들 당우가 강심으로 가자고 했을 때부터 무엇인가 할 말이 있다는 것을 알았다.

왜 강심으로 가야 하는가?

엿듣는 사람이 없기 때문이다. 미행자도 강심까지 따라붙을 수는 없다. 천하제일의 청력을 지닌 자라도 오십 장이나 떨어진 곳에서 속삭이는 소리를 들을 수는 없다.

미행자도 이 정도는 눈치챘을 것이다. 하지만 배가 이미 움직이기 시작했다. 서둘러 배를 타더라도 이미 늦다. 닭 쫓던 개 지붕 쳐다보고 있다.

당우가 말했다.

"저자…… 검도자라고 해요."

"검도자!"

"검, 검도자! 정말 저자가 검도자야? 어떻게 안 건데?"

질문이 우후죽순처럼 쏟아졌다.

당우는 조용히 하라는 뜻으로 손가락을 입에 댔다.

흥분이 가라앉자 죽음과 같은 정적이 흘렀다.

미행자가 검도자다. 검도자가 왜 이런 일을 하는가? 검도자 같은 사람이 할 일이 없어서 자신들을 쫓는 것은 아닐 것이고, 자신들이 그만큼 중요한 존재인가?

자신들이 뭘 가졌기에, 도대체 검도자가 원하는 것이 무엇인가? 보물인가, 사람인가, 무공인가!

온갖 생각이 스쳐 지나갔다.

당우는 그를 어떻게 알게 된 걸까? 보나마나 온갖 뒤처리를 다해주고 있는 미지의 인물이 가르쳐 주었을 게다.

검도자를 파악할 정도라면 미지의 인물 또한 만만치 않은 자인 건 분명한데, 궁금해도 알 수 있는 방법이 없으니 참는다. 모든 생각을 검도자에게만 집중시킨다.

당우가 말했다.

"검도자에 대해서는 여러분이 저보다 더 잘 아실 것이고…… 제가 알고 있는 바로는 검련 본가 오대고수 안에 든다는 정도. 그래서 어젯밤 한 번 더 습격해 봤는데 실패했어요."

"뭐?"

"야! 너!"

이번에는 사방에서 질책이 쏟아졌다.

전에 검도자를 공격할 때는 어해연과 신산조랑이 시야를 가려주었다. 한데 이번에는 그런 것도 없이 독단적으로 공격했단다. 하기는 밤이니 그럴 수도 있겠다. 그래서? 아! 실패했다고 했지. 실패? 밤인데도 실패? 무기지신이?

순간적으로 스쳐 간 생각들이다.

상대는 검련 최강의 검수다. 검련 본가에서 다섯 손가락 안에 꼽힌다면 검련사십가에서는 장문인이나 문주와 버금가는 무공이다. 그보다 나았으면 나았지 못하지는 않다.

당우가 아무리 무기지신이라도 해도 그런 절정고수를 상대하는 데는 한계가 있을 것이다.

모두들 그렇게 생각했다. 어제의 습격은 무모한 행동이었지만, 단지 실패로 끝난 것을 다행으로 생각했다.

단 한 사람, 신산조랑의 안색만 더욱 어두워졌다.

임강부로 들어가서 류명을 독대하자는 발상은 당우가 무기지신이기 때문에 가능했던 것이다. 그렇지 않다면, 류명을 압박할 수 없다면 임강부로 들어가는 건 죽으러 가는 것과 진배없다.

검도자에게 무기지신이 통하지 않았다면 류명에게도 통하지 않을 가능성이 매우 높다.

다른 사람들은 여기까지는 생각하지 못하고 있다.

"자, 이제 어제까지의 일은 훌훌 다 털어버리고…… 비주, 길 안내를 할 수 있겠어요?"

"길 안내…… 천검가로 잠입할 생각이냐?"

당우는 고개를 끄덕였다.

"좋아, 길 안내를 하지."

비주가 망설이지 않고 말했다.

그러자 당우는 작은 음성으로 자신의 계획을 설명하기 시작했다.

"천검가는 비주와 저 단둘만 갑니다."

"뭣!"

"무슨 말도 안 되는 소리야?"

예상했던 말들이 쏟아져 나왔다.

당우는 신산조랑을 쳐다봤다.

"냉정한 판단이십니다."

신산조랑의 한마디는 들끓던 좌중에 찬물을 끼얹었다.

조용해졌다. 모두 입을 꾹 다물었다.

"검도자는 강합니다. 무기지신을 막아낼 정도로. 다른 사람은 물론 기습조차도 시도해 볼 엄두가 나지 않을 것이고. 이런 상태로 천검가와 부딪치면 필패입니다."

"아니, 들어가도 괜찮다면서? 그래서 온 거 아냐?"

어해연이 물었다.

"무기지신이 통한다는 전제가 깔려 있었는데, 지금은 불확실해졌어요. 그렇다면 보다 가능성 높은 계획을 새로 수립해야 합니다. 전 공자님의 의견에 찬성입니다."

신산조랑의 말은 너무도 정나미 떨어질 정도로 차다. 하지만 그녀의 심성이 차기 때문에 그리 말한 건 아니다. 여러 가지 계획 중에서 가장 타당한 것이기에 말한 것이다.

"천검가에 가서 뭐 할 거야?"

"류명을 만나야죠. 투골조를 누가 전수했는지…… 그걸 알아보기 위해 온 거 아닙니까."

"무기지신이 통하지 않으면 대답을 듣기가 어려울 텐데 큰일이다. 통한다고 해도 듣기 어려운 판인데."

"그건 걱정 마시고요. 여러분은 청강진에서 버텨주세요."

"그럴게."

어해연이 즉시 대답했다.

사실 이 말은 이리 쉽게 대답할 말이 아니다.

무공으로 천검십검을 감당할 수 있는 사람이 누가 있는가. 기껏해야 홍염쌍화가 몇 초 받아낼 수 있을 뿐, 치검령이나 벽사혈은 천유비비검을 받아내지 못한다.

그런 점은 상관없다.

결과는 생각하지 않고, 해야 할 일에만 집중해 왔다.

지금도 마찬가지다. 상대할 수 있다, 없다 하는 점은 염두에 두지 않는다. 막아야 한다면 막는 것이다. 거기에 무슨 이유가 붙을 수 있단 말인가.

"엄노."

당우가 신산조랑을 쳐다봤다. 신산조랑이 고개를 끄덕여서 물음에 답했다.

"걱정 마십시오. 쉽게 무너지지는 않을 겁니다."

서쪽 하늘에서 황혼이 아름답게 피어난다.

강과 산과 들판이 어우러진 나룻터에 붉고 노란 물감이 뿌려졌다.

삐걱! 삐걱!

치검령은 천천히 배를 댔다.

청강진이다. 이곳에서 하룻밤을 보내고 내일은 곧장 소호성으로 달려간다.

"아휴! 하루 종일 배를 탔더니 온몸이 다 뻐근하네. 무슨 놈의 노를 그렇게 못 젓는 거야!"

어화영이 투덜거리며 배에서 내렸다.

천검가가 마인으로 규정한 반혼귀성, 그들이 임강부의 땅을 밟았다.

강에서 습격은 없었다. 그럼 나룻터에 들어서면 싸움이 벌어질 줄 알았는데 그렇지도 않다. 나룻터는 텅 비어 있다. 공성에서처럼 한가롭기까지 하다.

이곳에도 검련 본가의 입김이 작용한 건가?

그럴 수는 없다. 이곳은 엄연히 천검가의 영역이다. 검련 본가는 검련십가의 영역에서 영향력을 행사할 수 없다. 그들이 할 수 있는 최대한의 행동은 이해를 구하는 것뿐이다.

하지만 이번 경우는 이해를 구하기도 쉽지 않다.

검도자가 지금까지 해왔던 대로 무인들을 접근을 막기가 용이하지 않다는 뜻이다.

천검가는 반혼귀성을 마인들이라고 공표했다.

그렇기 때문에 검련 본가의 요청을 받아들일 수 없다. 반혼귀성을 내버려 둔다면 마인들을 절대 용납하지 않겠다던 문규(門規)를 자신들 스스로 어기게 되는 셈이다.

틀림없이 어떤 행동을 취해올 것이다.

지금 당장 조용하다고 해서, 평화로워 보인다고 해서 안심하기는 이르다.

"그만해. 치검령도 하는 만큼 했어. 해보지 않은 일이잖아. 아까 봤더니 손에 물집이 잡혔더라."

어해연이 어화영을 말렸다.

그녀들 뒤로 두 노인이 내렸다. 금방이라도 쓰러질 듯 비틀거리는 모습이 상당히 위태로워 보였다.

벽사혈이 한 걸음 앞으로 나서며 신산조랑을 부축했다.

"난 괜찮아. 이 사람이나 부축해 줘."

신산조랑이 산음초의를 턱으로 가리켰다.

산음초의는 벽사혈의 부축을 거부하지 않았다.

"아이구! 이제는 정말 북망산(北邙山) 귀신이 되려나. 얌전히 배만 타고 오는 것도 이리 힘드니."

"헛소리 말고 빨리 걷기나 해."

"빌어먹을 노파, 매정하기는!"

산음초의는 투덜거리면서도 부지런히 발을 놀렸다.

마지막으로 치검령이 노를 올린 후에 내려섰다.

당우와 비주는 배 안에서 잠들었는지, 아니면 내릴 생각이 없는지 얼굴노 비치지 않았다.

철썩! 처얼썩!

강물이 뺨을 토닥이듯 부드럽게 흙을 쓰다듬는다.

당우와 비주는 물에 빠진 생쥐가 되어서 강변에 올라섰다.

근 오십여 장을 잠수로 건너왔다. 숨을 쉬기 위해서 물 밖으로 얼굴을 내밀기는 했지만, 절정무인의 안목을 속일 수 있을 정도로 지극히 짧은 시간에 불과했다.

"휴우! 힘드네. 잠수를 못하나?"

비주가 물어왔다.

"유영을 배운 적이 없어요."

"그러면서 물속으로 가자고 했나?"

"숨은 오래 참을 수 있으니까."

"허!"

"왔으면 됐죠."

"너 때문에 나까지 죽을 뻔했다. 내가 미운 오리새끼가 된 건 맞다만 이런 짓은 하지 말아줬으면 좋겠어."

"그러죠."

당우가 밉지 않게 웃었다.

유영도 못하는 자가 잠수로 강을 건너자고 제안했다. 비주가 유영을 할 수 있었기에 망정이지, 유영 실력이 그저 그랬다면 꼼짝없이 물귀신이 되었을 게다.

이놈은 어찌 이리 무모한 짓을 태연자약하게 벌인단 말인가.

지금 하는 짓만 해도 그렇다. 다른 사람들은 모두 청강진에 머물게 하고 단둘만 쏙 빠져나간다. 임강부 밖으로 벗어나는 게 아니라 천검가로 직접 쳐들어간다. 그러자면 류명과 직접 대면을 하기 전까지는 최대한 싸움을 피해야 한다.

비주는 어둠 속에 잠긴 나루터를 힐끔 쳐다본 후 말했다.

"가지."

반혼귀성에만 은자가 있는 게 아니다. 적성비가에도 은자가 있다. 그들은 무인으로 탈태환골(奪胎換骨)했지만, 은자 시절에 수련했던 비기는 아직도 습관처럼 몸에 달라붙어 있다.

은자는 은자의 움직임을 예측할 수 있다.

그들은 반혼귀성의 움직임을 낱낱이 꿰뚫어 봤다.

"벽사혈이 함께 움직일 줄은…… 임무에 실패했으면 창피한 줄 알고 숨어 살 일이지."

"창피한 줄 알면 진작 꼬리 말았지. 전에도 가끔 움직인다는 보고가 있었어."

"그래? 난 죽은 줄 알았는데."

그들은 한마디씩 했다.

"조용!"

세요독부는 그들의 입을 막았다.

반혼귀성은 청강진에서 두 패로 갈렸다. 비주와 또 한 놈이 한패가 되어 산으로 움직인다. 다른 놈들은 청강진에 틀어박혔다. 당분간 움직일 생각이 없는 것 같다.

어린애 장난 같은 허허실실(虛虛實實)인가?

"저놈들… 배를 버리지 않았어. 호호호! 청강을 또 이용할 생각은 아닐 게고. 누가 이유를 말해봐."

"그냥 말하는 건 재미없죠. 술이라도 거시죠?"

"호호호! 그래, 오늘 내 술 한잔 받아준다. 대신 틀리면 팔 한 짝 내놔!"

"거참, 뭐든 그냥 지나가는 법이 없으시다니까. 흠! 보자. 배를 버리지 않은 이유라……. 저놈들 거처를 보면 퇴각하고는 거리가 멀어요. 퇴각하려면 강변에 머물러야 하는데 너무 깊숙이 들어갔죠. 즉, 싸우려는 겁니다."

"배를 버리지 않은 이유가 안 돼! 팔!"

"거 성급하시기는……. 지금은 밤. 저놈들은 밤에는 싸우고 낮에는 배를 타고 강심에 나가서 편안히 휴식을 취할 생각이에요. 이건 이유가 됩니까?"

"호호호호!"

"저놈들…… 낮에는 절대 싸우지 않을 겁니다. 배를 타고 쫓아가면 무조건 피할 거예요. 배를 타는 목적은 쉬는 데 있지 싸우는 데 있지 않아요."

"팔 걸래?"

"걸죠. 반대쪽의 팔 거시겠습니까?"

"난 하나뿐인데? 이것까지 자르고 싶니? 호호호!"

세요독부는 기분 좋은 듯 연신 웃음을 터뜨렸다.

날씨가 선선하니 좋다. 나루터에서 풍겨오는 비린내도 좋다. 피를 보기는 딱 좋지 않은가.

"밤이라면 우리도 좋지 않아?"

"좋지. 한데 벽사혈이 저기 있어. 우리를 잘 아는 여자가. 그런데도 밤을 택했단 말이지. 뭔가 있다고 생각하지 않아?"

"함정이라면 언제든 받아들일 용의가 있지."

"함정 정도가 아닐 것 같은데? 뭔가 믿는 구석이 있어. 저놈들 걸음걸이를 봐. 전혀 흔들림이 없어. 저건 마치 잠자러 가는 걸음걸이야. 긴장감이 전혀 없잖아."

그들이 각기 의견을 쏟아냈다.

세요독부는 미간을 찌푸린 채 생각에 잠겼다.

마사는 이번 일을 좌호(左虎) 네 명에게 맡겼다. 적성비가 출신의 무인들에게 일임했다. 그들 네 명이 함께한다면 반혼귀성을 뿌리 뽑고도 남는다는 판단이다.

사실 그 판단은 옳다. 반혼귀성이 아무리 잘났어도 그들을 당할 수는 없다.

한데 반혼귀성이 두 쪽으로 갈렸다.

양쪽을 모두 치려면 자신들도 나뉘어야 되는데, 인원을 어떻게 갈라야 하나?

묵비 비주가 고민케 만든다.

비주의 무공은 천검십검과 필적할 정도라고 했다. 류명에게는 상대가 안 되지만 자신들과는 겨룰 수 있다는 뜻이다. 거기에 부공은 약해 보이지만 어쨌든 사람이 한 명 더 붙어 있다.

'한 명만 보내서는 힘들 수도 있어.'

일 처리를 완벽하게 끝내야 한다.

신(新) 천검(天劍)이라고 불리는 그들이 반혼귀성 정도도 처리하지 못한다면 개망신을 당할 게다.

그쪽으로 두 명을 보낸다. 그러면 비주와 또 한 인간은 확실히 제거할 수 있다.

그럼 이쪽은 어떤가?

눈에 띄는 자를 살펴보면 홍염쌍화와 치검령, 벽사혈, 그리고는 없다. 가만히 놔둬도 곧 죽을 것 같은 두 노인은 가외로 쳐도 될 것 같다.

이쪽도 충분하다.

"너희 둘은 저쪽을 맡아. 가."

세요독부가 곰이 웅크리고 앉아 있는 듯한 큰 산을 가리켰다.

"비주한테 두 명이나 붙으란 말입니까? 나 혼자 할 게요. 그런 놈 하나 치는데 무슨 두 명씩이나."

"같이 가."

"괜찮대도 그러…… 알겠습니다. 같이 가죠."

무인은 세요독부의 미간이 일그러지자 황급히 말을 바꿨다.

"확실히 처리해!"

"하하! 걱정 마시고 이쪽이나 완전히 끝내십시오. 그러나저러나 오늘 술 한잔 사기로 한 겁니다!"

무인 두 명이 어둠 속으로 사라져 갔다.

"우리도 가자. 오늘 밤으로 끝내 버리자고. 귀영단애……
호호호! 그때는 놓쳤지만 오늘은… 호호호!"
 세요독부가 웃으면서 신형을 쏘아냈다.

第七十二章
일전(一戰)

1

낮과 밤을 절묘하게 섞는다.

밤은 반혼귀성의 세상이다. 밤에 가장 취약한 사람이 벽사혈이요, 그다음이 홍염쌍화다. 하지만 홍염쌍화도 이십 년이라는 세월을 푸른 빛 야광주 하나로 버텨왔다.

밖에서 생활한 사람들보다는 어둠을 훨씬 깊이 이해한다.

그러기 위해서는 주위를 최대한 어둡게 한다. 이제는 날이 더워져서 모닥불을 피울 필요도 없지만 혹여 횃불 같은 거라도 얼씬거리면 무조건 꺼버린다.

무공으로는 천검가의 천검십검을 상대할 수 없다. 하지만 온기의 비술, 어둠의 비술을 쓰면 팽팽한 균형을 유지할 수 있다.

그들이 무너지지 않고 버텨주어야 한다.

오래 버틸 필요는 없다. 청강진에서부터 소호성까지 이틀거리다. 말을 타고 달리면 반나절이면 도착하지만 사람 눈을 피해서 은밀히 걷는다면 족히 이틀은 걸린다.

오고 가고 나흘은 버텨줘야 한다.

"오는군!"

치검령이 말했다.

그가 눈길을 주는 곳에 두 사람이 있다. 달빛을 받으면서 유유히 걸어온다.

"세요독부! 적의섬서(赤衣蟾蜍)!"

벽사혈이 두 사람을 알아봤다.

"아는 사람이야?"

"적성비가……."

벽사혈은 뒷말을 잇지 못했다.

자신과는 동문이다. 사형제의 관계다. 은가는 사형제라는 의미가 많이 퇴색한 편이지만, 그래도 한솥밥을 먹은 지우(知友)다.

"세요독부…… 생김새를 보니 무슨 뜻인지 알겠다."

어화영이 말했다.

"적의섬서라는 뜻도 알겠어. 그런데 적성비가는 서로를 그런 식으로 놀리나?"

어해연이 이해할 수 없다는 표정으로 물었다.

벽사혈은 아랫입술만 잘근 깨물 뿐 대답하지 못했다.

사실 동문끼리 생김새나 성적 취향 가지고 놀려댄다는 것은 있을 수 없다. 하지만 적성비가는 그런 식의 놀림이 통용된다. 장난이 심하다 못해 정도를 넘어선다.

적의섬서는 붉은 옷을 입은 두꺼비라는 뜻이다.

얼굴이 얽은 데다 항시 붉은 색을 띠고 있어서 적의섬서라고 놀려댔다.

그들이 걸어온다.

"저놈…… 내가 만난 놈이 아냐."

어화영이 눈을 부릅뜨며 말했다.

"무슨 말이야? 네가 만난 놈이 아니라니? 세요독부가 아니라는 말이야?"

"아니, 그놈은 맞는데…… 그때는 저렇게 강하지 않았어. 내가 충분히 상대할 수 있었는데……."

어화영이 말끝을 흐렸다.

벽사혈은 그 소리에 정신을 가다듬고 두 사람을 쳐다봤다.

전신에 흐르는 자신감이 제일 먼저 엿보인다. 걸음을 걷는데 발이 땅에 닿지 않는 듯 가볍다. 몸 주위로는 강한 기운이 번져 있어서 바람도 스며들지 못한다.

분명히 강하다. 그녀가 상대할 수 없을 정도로 강하다.

이들은 적성비가에 있을 때도 강했다. 하지만 이 정도는 아니었다. 저들과 겨뤄본 적은 없지만 사오십 합 정도는 버틸 수 있다고 생각해 왔다.

"그렇지? 뭔가 다르지?"

어화영이 벽사혈을 보며 물었다.

"달라요. 굉장히 강해졌어요."

"그렇다니까. 저 새끼들, 뭘 처먹은 것 같아. 그렇지 않고서야 그 짧은 세월 동안에 저렇게 강해질 수 있겠어? 적성비가에 내공을 높여주는 영단이라도 있나?"

"그런 게 어디 있어요."

"그럼 뭐야! 제길!"

"아!"

벽사혈이 눈을 부릅떴다.

"왜? 뭐 생각나는 게 있어?"

"차, 차령미기!"

말을 하는 벽사혈의 입술이 덜덜 떨렸다.

"천천히 말해봐. 아직 시간이 있어."

어해연이 벽사혈의 두 손을 꼭 잡아주며 말했다.

세요독부와 적의섬서는 지나칠 정도로 자신만만하다.

그들은 기습 같은 거 하고 싶으면 마음대로 해보라는 듯 뒷짐까지 진 채 천천히 걸어온다. 한 걸음 한 걸음 걸음을 뗄 때마다 숨통을 조인다고 생각하는가 보다.

덕분에 반혼귀성에는 약간의 여유가 생겼다.

벽사혈이 더듬거리는 음성으로 차령미기를 설명했다.

차령미기, 무서운 마법이지만 벽사혈이 그 때문에 덜덜 떤 것은 아니다. 차령미기를 펼치면 반드시 둘 중 한 명은 죽는다. 그리고 또 차령미기를 펼칠 것이고, 또 죽는다.

 강함에 대한 유혹이 이제는 정말로 내가 질 수밖에 없구나 하는 마음이 들 때까지 계속하게 만든다.

 적성비가 은자들은 거의 대부분 죽었다.

 적성비가라는 이름을 사용하는 게 낯 뜨거울 만큼 뿌리까지 뽑혀 버렸다.

 이런 점들이 벽사혈을 아프게 한다.

 "차령미기라는 게 흡성대법(吸星大法)의 일종이라면…… 우리는 죽었네?"

 "죽었다고 봐야지."

 어해연과 어화영은 할 말을 잃었다.

 그 많던 적성비가 은자들이 내공을 고스란히 내놓고 죽었다.

 그들이 내놓은 내공이 저 두 사람에게 집약되었다.

 차령미기가 진실이라면 저 둘을 상대할 수 있는 사람은 없다고 봐야 한다.

 "정면 승부는 불가합니다."

 신산조랑이 차분한 음성으로 말했다.

 "철저하게 치고 빠집니다. 암기 위주로 공격을 하고, 꼬리가 잡혔다 싶으면 반대쪽에서 도와주어야 합니다. 두 분 마님은 이신일체(二身一體)나 다름없으니 함께 움직이세요. 치검령과 벽사혈은…… 손발을 맞출 수 있겠어?"

 "후후! 그런 어렵지 않은데…… 저 두 사람과 싸울 수 있겠어?"

치검령은 벽사혈에게 되물었다.

"차령미기……. 누가 주도했는지 알겠어요. 세요독부, 저자는 내가 상대할래요."

벽사혈의 눈에서 차디찬 한광이 흘러나왔다.

"흠! 냄새가 나. 다 왔군."

"이놈들 냄새가 참 독특하군요. 생선 썩는 냄새 같아서 단번에 알아차리겠어. 하하하!"

"너 셋, 나 셋. 누가 빨리 끝내나 내기할까?"

"또 팔 내기입니까?"

"왜? 싫어?"

"꼭 팔 한 짝을 떼어가야 속이 시원하시겠어요?"

"네가 이기면 되잖아."

"그거야 제가 이길 건 뻔하고……."

"호호호! 그럼 내기한 거다?"

"흐흐! 그러다 무팔 되십니다."

"호호호! 무팔이라……. 생각만 해도 짜릿한데? 호호호!"

두 사람은 아주 즐겁게 웃었다.

사방의 움직임이 그들을 즐겁게 한다. 곧 잡혀 죽을 벌레들이 마지막 발악을 하겠다고 꿈틀대는 모습이 재미있다.

아니, 그것보다 더 재미있는 것이 있다.

예전의 그들이었다면 은자의 움직임을 파악하는 데 애 좀 먹었을 것이다. 적성비가의 비술을 펼쳐야 할 것이고, 두 눈과 귀도 활짝 열어야 했으리라.

지금은 그럴 필요가 없다. 그저 보면 보인다.

귀영단애의 움직임은 흐릿하다. 하지만 형체는 잡아낼 수 있다. 풍천소옥은 움직이지 않는다. 따라서 형체도 잡아낼 수 없다. 하나 초령신술을 쓰기 때문에 기운이 뻗친다. 보이지는 않지만 어디 있는지는 알 수 있다.

적성비가는 더욱 뚜렷하게 보인다.

적성비가의 암행표가 모자라서가 아니라 그들이 암행류를 잘 알고 있기 때문이다.

어둠 속에 숨어서 신경을 바짝 곤두세워야 파악할 수 있는 움직임들이다. 한데 그냥 걷고 있는 동안에도 보인다. 이 어찌 즐겁지 않겠는가.

너 셋, 나 셋.

세요독부의 말은 농담이 아니다. 그들은 이미 쳐야 할 상대를 정했다. 더욱 우스운 것은 자신들이 죽여야 할 자를 택해야 할 판에 죽을 놈들이 자신들을 택했다는 것이다.

세요독부에게 적성비가와 풍천소옥이 달려든다. 적의섬서에게는 귀영단애가 꼬인다.

"벽사혈한테 단단히 밉보였나 보네요."

"흥! 마음에 안 드는 년이야."

세요독부가 대뜸 욕부터 했다.

벽사혈은 오직 추포조두만 따른다.

적성비가에 있을 때부터 다른 사형제에게는 일절 눈길을 주지 않았다. 추포조두만 보고 또 봤다.

추포조두를 따라서라면 아마 지옥까지도 가지 않을까 싶다.

세요독부는 그런 점이 마음에 들지 않는다.

추포조두만큼이나 강해진 후에도 벽사혈에게는 눈길 한번 받지 못했다. 본가에서 십오륙 년을 함께 생활했지만 말 한마디 나누지 못했다.

벽사혈은 자신을 무시한다. 말로 표현하지는 않지만, 속으로는 무시하고 있다.

세요독부에게 벽사혈은 언젠가 한 번은 손을 봐줘야 할 버르장머리없는 계집이었다.

적의섬서가 말했다.

"서로 잘됐네요. 전 귀영단애의 무공 좀 보렵니다. 그동안 옛 회포나 실컷 푸세요."

"팔 한 짝 잊지 마. 나보다 늦으면, 흐흐! 싹둑 잘린 후에 신경이 완전히 죽기까지 시간이 얼마나 걸리는지 봐야겠어."

"하하! 무팔이나 걱정하시라니까요."

두 사람은 웃으면서 헤어졌다.

어해연과 어화영은 잡초를 뜯어서 몸에 발랐다. 몸에서 나는 냄새를 지워줄 게다. 귀식대법(龜息大法)을 펼쳐서 숨도 멈췄다. 그러면 아무런 기운도 흐르지 않는다.

스으으으읏!

적의섬서는 그녀들이 있는 곳으로 거침없이 걸어왔다.

"홈! 이 근처였는데…… 귀영단애의 은신술은 절묘하군. 방금 전까지 근방에 있었는데 사라졌어. 사라진 게 아니라 숨은 거겠지. 안 그런가?"

적의섬서가 허공에 대고 말했다.

"그런데 이렇게 숨어 있으면 싸움은 언제 해? 아! 찾아내서 죽여 달라고? 그럼 그렇게 해야지."

적의섬서는 고양이 눈이 되어서 풀숲을 헤집었다.

스슷! 스으읏!

풀을 스치는 소리가 뚜렷하게 들려온다.

그는 자신의 위치를 숨기지 않는다. 당당하게 걸어온다. 그런데도 공격할 수 없다. 마음 같아서는 당장에라도 뛰쳐나가고 싶지만 침착, 냉정하게 대처해야 한다.

툭!

적의섬서가 걸어왔던 길에서 나뭇가지 부러지는 소리가 울렸다. 누군가 등 뒤로 따라붙다가 마른 가지를 밟은 모양이다.

"후후후!"

적의섬서가 웃으면서 돌아섰다. 그 순간,

쒜에에엑!

갑자기 눈앞에서 하얀 운무가 뭉클 피어났다. 그리고 허공을 째는 긴박한 소리가 울렸다.

"후후! 이것이 환무검인가? 귀영단애가 자랑하는 검공."

적의섬서는 무모하게 손을 쭉 내밀었다. 섬광보다 빠른 검

을 향해 육장(肉掌)을 내밀었으니, 팔을 잘라달라는 소리나 마찬가지다. 한데,

"훗!"

어화영이 짧은 경악성을 토해내며 급히 물러섰다. 그러나,

쒜엑! 쒜에엑!

어느새 검을 뽑았던가? 적의섬서 손에서 묵광(墨光)이 확 번져 오르더니 어화영의 상반신을 휩쓸어갔다.

어화영은 신무신법을 펼쳐서 뒤로 다섯 걸음이나 물러섰다. 그러나 묵광을 완전히 떨쳐 버리지는 못했다.

일검이 옷섶을 헤집고 지나간다.

툭!

단추가 떨어져 나가며 앞섶이 활짝 벌어졌다. 헝겊으로 칭칭 감아놓은 앞가슴이 환히 노출되었다.

"이 후안무치한!"

"후안무치? 하하하! 넌 날 죽이려고 했다고. 후안무치가 죽이려는 것보다 더 나쁜가? 하하하하!"

적의섬서가 앙천광소를 터뜨렸다. 그때,

쒜에에엑!

그의 두 발을 향해 한 자루의 검이 슬그머니 쏘아져 왔다.

"하하하! 전형적인 미인계(美人計). 미안! 난 이런 것에 매우 익숙해서 말이지."

쒜엑! 까앙!

묵광이 번뜩이자 맑은 검음이 울렸다.

미인계? 미인계 맞다.

아주 절묘해서 미인계라고 생각하지 못할 정도다. 검에 가슴을 찢기는 것도 정해진 순서다. 창피함에 노성을 지르는 것도 주의를 끌기 위함이다.

고수들의 싸움이라고 반드시 고절한 수법만 쓰란 법은 없다. 때로는 하수(下手)일지라도 적절하다면 써야 한다.

그녀들은 잔꾀를 썼고, 통하지 않았다. 그것뿐이다. 이번 공격에 큰 의미를 부여할 필요가 없다. 그럴 시간이 있으면 다음 공격을 위해 호흡 한 올이라도 더 가다듬는 게 낫다.

스읏! 파앗!

두 여인이 어둠 속으로 사라졌다.

적의섬서는 서둘러서 쫓지 않았다.

그는 한 번의 격돌로 완전한 자신감을 얻었다. 자신이 전개한 검이 보이지 않는 속도로 뻗어나갔다. 두 여인의 공격은 환히 보였다. 은밀히 기어오는 모습까지 뚜렷하게 보았다.

높아진 무공으로 귀영단애에게 패한다는 건 있을 수 없다. 하지만 어느 정도 힘들 것은 예상했다. 그런데 이게 뭔가? 너무 싱겁지 않은가? 전혀 힘들지 않다. 이 정도라면 얼마든지 놀아줄 수 있다. 도주했는가? 숨었다고 생각하는가? 어디로 숨었는지 다 보인다.

"후후후!"

그는 웃었다.

"하수를 쓰십시오."

신산조랑이 조언했다.

"그런 건 통하지 않아. 은가를 대신해서 무림에 나올 정도면 웬만한 수단은 다 파악하고 있어."

어화영은 일고의 가치도 없다는 듯 내쳤다.

"그다음에 숨으십시오."

"하수를 쓰면 그 순간부로 끝장이야. 다음 같은 건 없어."

어해연도 답답해서 말했다.

신산조랑은 소신을 굽히지 않았다.

"저자, 굉장한 난적이죠?"

"말이라고 해?"

"그렇다면 제 말대로 해보세요. 하수를 쓰고 숨으면 놓아줄 겁니다. 숨을 때도 가급적이면 빈틈을 보이세요."

순간, 쾅! 벼락이 머리끝에서 터지는 듯했다.

신산조랑의 말뜻을 알아들었다.

서서히, 서서히 상대를 어둠 속으로 끌어들인다.

너무 갑자기 수렁 속으로 끌어들이면 빠져나가려고 발버둥 친다. 그리고 그런 경우 대부분은 빠져나간다. 깊이 들어서지 않았기 때문에 얼마든지 가능하다.

초반부터 강력하게 대응하면 적의섬서도 최선을 다할 것이다. 분명히 검이 불꽃을 일으키고 피가 튈 게다. 약간만 빈틈을 보여도 사정없이 검을 쑤셔 박을 게다.

하수를 쓴다면 달라진다.

'이 정도?' 하면서 웃을 게다. 검이 느슨해진다.

일격필살의 검은 사라지고 여유있는 검이 등장한다.

이건 적의섬서에게 여유가 생긴 게 아니다. 홍염쌍화에게 기회가 주어진 것이다.

조금씩 천천히 어둠 속으로 끌어들인다.

빠져나가고 싶어도 두 발이 꽁꽁 묶여서 나갈 수 없을 때까지 깊이 끌어들인다.

홍염쌍화는 신산조랑의 조언을 받아들였다.

그 결과 적의섬서는 첫 번째 결전에서 홍염쌍화를 죽일 수 있음에도 죽이지 않았다. 어화영은 웃으면서 놔주었고, 어해연의 검은 퉁겨내는 것으로 그쳤다.

홍염쌍화는 육성의 진기로 신무신법을 펼쳤다.

허점이 너무 많이 노출된다. 안개처럼 뿌연 운무 속으로 사라져야 하는데, 형체가 환히 보인다.

여기서 적의섬서는 또 한 번 실수한다.

그는 자신의 무공을 정확하게 파악하지 못하고 있다. 다른 자들과는 충분히 싸워봤겠지만 은자와 싸운 경험은 없다. 은자의 움직임을 파악할 기회가 없었다.

홍염쌍화의 신법이 보인다? 그는 자신의 무공이 높아서 신법을 간파한 것으로 오해한다.

그가 그런 생각을 갖는다면 한 걸음 더 수렁 속으로 빠진 것이다.

"한 번쯤 정말로 긋고 싶은데."

"참아. 몇 번 더 해도 될 것 같아."

"그러다 날 새겠다."

"그전에 한 번은 긋게 될 거야. 원앙암투(鴛鴦暗鬪)."

"그거…… 싫은데. 자칫하면 한칼에 목 날아가."

"목 날아갈 기회는 이미 있었어."

"저놈이 계속 놓아주겠어?"

"그러니까 귀영단애의 절학을 슬쩍 보여줘야지. 원앙암투에 환무(幻霧)를 살짝 가미해. 그럼 호기심이 당길 거야. '이건 뭐지?' 하는 생각만 들게 하면 두어 번 정도 기회가 더 생겨."

어해연은 침착했다. 적의섬서가 다가오는 것을 정확히 꿰뚫어 봤고, 언제 움직일지 계산도 정확하게 했다.

최선을 다해서 승부를 걸어도 좋을 법하다.

하나 그녀는 그러지 않았다. 신산조랑의 조언을 끝까지 따른다. 정말로 기회가 생겼다고 생각될 때까지 놀림감이 되어 준다.

그녀의 눈빛이 어둠 속에서 반짝거렸다.

어화영이 그런 모습을 보고 피식 웃으며 말했다.

"계집애, 안됐다."

"뭐가?"

"너도 보통 여우가 아니잖아."

"무슨 말이야?"

"신산조랑이 없었으면 네가 당우 그놈과 머리를 맞대는 건데. 충분히 그럴 만한 머리잖아. 안 그래? 큭큭!"

"장난할 때가 아냐."

"누가 장난이래?"

"방심하면 그대로 당하는 거야."

"안다, 알아! 계집애가 조금만 띄워주면 더 설치고 지랄이야. 나 먼저 간다!"

쐐엑!

어화영이 어둠 속으로 사라졌다.

어해연도 망설이지 않았다. 어화영이 신형을 날리기가 무섭게 반대 방향을 향해 신형을 쏘아냈다.

쐐에엑!

어둠 속에서 비조(飛鳥)가 번뜩였다.

귀영단애의 환무는 확실히 놀랍다. 안개가 피어나면서 일순 시선을 차단시킨다. 두 눈을 똑바로 뜨고 있어서 한순간만은 아무것도 보지 못한다.

어떻게 이러한 현상을 만드는 것일까?

사실 이러한 공격은 특별하지 않다. 여러 문파에서 이런 식의 공격 방식을 사용한다. 살수, 은자, 많은 사람들이 작은 소도구를 이용해서 이러한 현상을 이끌어낸다.

홍염쌍화가 연무탄(煙霧炭) 같은 것을 사용한다면 특별할 게 없다. 한데 그녀들은 아무것도 쓰지 않는다. 몸뚱이 하나에 검 한 자루만 지녔는데 환무를 만들어낸다.

착시(錯視)를 노린 것도 아니다.

환무는 실제로 일어난다. 아주 잠깐 동안은 장님이 된다. 두 눈을 부릅떠도 어김없다.

적의섬서는 환무가 일어날 때마다 오감(五感)에 모든 신경을 집중시켰다.

스으읏!

희뿌연 안개가 피어난다. 어디서 피어나는가? 검에서 피어난다. 진기로 검을 일시적으로 차게 만드는 건가? 그래서 검과 공기의 온도 차이를 일으키는 건가?

말도 안 된다. 희뿌연 연기를 일으킬 정도로 온도 차이를 만들어내려면 그녀들이 들고 있는 검은 그야말로 빙검(氷劍)이 되어야 한다. 멀리서도 한기가 품품 느껴져야 한다.

쒜엑!

검이 쏘아져 온다.

'원앙암투!'

원앙들이 싸우는 모습을 본 적이 있는가?

그놈들은 희한하게도 꼬리를 공격한다. 꼬리를 물려고 달려든다. 서로가 서로의 꼬리를 물려고 하니, 물지는 못하고 빙빙 맴만 도는 경우도 벌어진다.

원앙암투는 일격필살의 검이 아니다. 적을 가운데 두고 빙빙 돌면서 끊임없이 공격을 가하는 차륜전(車輪戰)이다.

적의섬서가 검을 날카롭게 휘둘렀다.

쒜에엑! 까앙! 쒜엑! 까앙!

적성비가의 일섬겁화가 허공에 번뜩였다. 그리고 두 자루의 검을 쳐냈다.

홍염쌍화가 다시 모습을 감췄다.

그는 그녀들이 물러가게 내버려 두었다. 물러가는 모습도, 짓쳐 오는 모습도 환히 보인다. 환무 속에서 피어나는 공세가 제법 날카롭지만 신경 쓸 정도는 아니다.

그의 관심사는 오직 환무에 있다.

어서 숨어라. 그리고 다시 공격해 와라.

그는 세요독부가 사라진 곳을 힐끔 쳐다봤다.

그는 어떻게 싸우고 있을까? 일검에 요절냈을까?

"후후!"

그 생각을 하자 웃음이 절로 나온다.

그는 절대로 빨리 끝낼 위인이 아니다. 벽사혈을 두고두고 괴롭히다가 새벽녘이 되어서야 끝낼 게다.

팔 한 짝 내기? 그런 건 잊어도 좋다.

그가 먼저 끝내면 그것으로 끝이다. 자신에게 팔 하나를 요구한다고? 어떻게? 팔을 내놓지 않으면 검이라도 들 텐가?

그것은 자신도 마찬가지다. 자신이 먼저 끝낸다고 해서 세요독부의 팔을 요구할 수 없다. 내기를 고집하려면 서로 검을 맞대는 수밖에 없다. 그리고 그 싸움은 누가 이길지 모른다.

옛날 같았으면 무조건 세요독부의 명을 좇았을 테지만, 지금은 다르다. 입장이 달라졌지 않나.

그는 홍염쌍화가 숨은 곳으로 걸어갔다.

'잘하면 오늘 환무를 배울 수 있겠어.'

2

세요독부는 주는 것 없이 미운 자다.

욕정에 번들거리면서 무심을 가장한 눈길이 싫다. 사내도 아니고 계집도 아닌 언행이 싫다. 나쁜 쪽으로는 기가 막히게 발달한 머리도 싫다. 무조건 보기 싫다.

그것은 세요독부도 마찬가지다.

싫어하는 눈, 무시하는 눈, 멸시하는 눈을 보지 못했을 리 없다.

그런 눈을 보면서 그가 어떤 생각을 했는지는 굳이 물어볼 필요도 없다.

두 사람은 서로 감정이 좋지 않다.

그런 만큼 결전이 벌어지면 단숨에 끝날 공산이 매우 높다.

벽사혈은 숨지 않았다. 팔짱을 끼고 서서 걸어오는 세요독부를 지켜봤다.

"호호호! 오랜만!"

세요독부가 반갑다는 듯 손을 쳐들었다.

차앙!

벽사혈은 검으로 대답을 대신했다.

"호호! 호호호!"

세요독부는 손으로 입을 가리고 웃었다.

"어떻게…… 세월이 그만큼 흘렀는데도 아직도 그 모양에서 벗어나질 못해?"

"모두들 어떻게 됐어?"

"모두? 누구?"

"모두들 어떻게 됐냐고! 정말 차령미기를 펼친 거야! 모두 죽인 거야! 적성비가를…… 적성비가를!"

벽사혈이 쩌렁 고함쳤다.

검을 들고 있는 손이 부들부들 떨리고, 어깨가 격한 격정으로 물결쳤다.

"너, 그리고 그 새끼들. 너흰 파문된 거나 마찬가지 아냐? 적성비가의 얼굴에 똥칠을 한 게 너흰데, 네가 감히 적성비가를 왈가왈부해? 넌 양심도 없구나?"

"……"

벽사혈은 꿀 먹은 벙어리가 되었다.

어찌 되었든 세요독부의 말이 맞다. 세요독부는 말할 게 있어도 그녀는 할 말이 없다.

당우가 있다. 치검령도 있다. 투골조와 관련된 자들이 곁에 있는데도 백석산 사건을 파헤치지 못하고 있다. 비록 수결이 끝난 사건이지만 뿌리는 파헤쳐야 할 게 아닌가.

아무것도 하지 못하면서 무슨 할 말이 그리 많은가.

세요독부가 웃으면서 말했다.

"그래도 난 널 동문으로 인정하고 있잖아? 그래서 이렇게 손수 죽여 드리려고 온 거고. 호호호!"

순간, 벽사혈의 신형이 화살이 되어 날아갔다.

쒜엑!

"가만, 가만. 천천히 하자고. 호호호!"

깡깡! 깡! 깡깡깡!

벽사혈이 일섬겁화를 연이어 일곱 번이나 쳐냈다. 중간 중간 구중철각으로 복부며 머리를 노리기도 했다.

세요독부는 정말 얄미울 정도로 여유있게 받아냈다.

일섬겁화는 그도 수련했다. 구중철각 역시 닳고 닳을 때까지 수련한 공부다. 벽사혈보다 훨씬 깊이 수련했다. 적성비가에서는 내로라할 정도로 고명하다.

"호호호! 날 무시하네. 내게 이런 검을 쓰면 안 되지. 안 그래?"

쒜엑!

세요독부의 검이 지금까지보다 배는 빠르게 움직였다.

까앙!

벽사혈은 떨어지는 검을 바로 머리 위에서, 그것도 간신히 막았다. 약간이라도 지체했으면 여지없이 머리가 갈라질 뻔했다.

"막았다고 생각해?"

"훅!"

벽사혈은 거친 숨을 몰아쉬었다.

세요독부의 검이 엄청난 무게로 짓눌러 온다. 가로막고 있는 검까지 양단해 버릴 기세다.

"후욱!"

벽사혈은 다시 한 번 거친 숨을 몰아쉬었다.

그녀의 이마에 굵은 힘줄이 곤두섰다. 얼굴은 붉어지고, 땀방울이 비 오듯 쏟아졌다.

"어지간히 버티는데?"

세요독부가 환하게 웃었다.

벽사혈은 웃기는커녕 말할 힘조차 없었다. 두 사람은 내공의 겨룸으로 들어섰고, 강약의 차이는 너무도 뚜렷했다. 그때,

슉!

비도 한 자루가 세요독부의 옆구리를 노리고 달려들었다.

"흥!"

세요독부는 짐작하고 있었다는 듯 검 쥔 손에 힘을 가했다. 벽사혈을 뒤로 밀어붙였다. 그리고 벽사혈은 미는 힘을 이기지 못하고 주르륵 밀려났다.

쒜에엑!

비도는 세요독부의 등 뒤로 스쳐 갔다.

"치검령, 치사하게 숨어서 비도나 날릴 거야?"

치검령은 대답하지 않았다.

"아마도 널 죽일 생각인가 보네. 그러게 왜 풍천 놈들을 믿어. 그러니 이 꼴이지."

가가각!

검날이 긁혔다.

세요독부의 내공이 압도적으로 강하다. 벽사혈이 간신히 버티고 있다기보다는 세요독부가 사정을 봐주고 있다는 편이 맞

다. 한순간 마음 한번 독하게 먹으면 벽사혈의 머리는 검과 함께 양단될 것이 빤히 보인다.

"살려달라고 해."

"끄응!"

"애원해. 그럼 살려줄 수도 있어. 호호호! 우리 사이에 애원 같은 거 못하겠어? 그보다 더한 짓도 하겠다. 그렇지?"

"끄으응!"

벽사혈은 마지막 한 올의 진기까지 모두 끌어냈다.

그래도 세요독부의 검을 밀쳐 내지 못했다. 옆으로 비켜내 지도 못했다. 그저 내리누르는 검을 막아내는 데 급급했다.

턱!

어느 한순간, 벽사혈의 신형이 출렁인다 싶더니 한쪽 무릎 이 털썩 굽혀졌다.

세요독부는 한 손으로 느긋하게 밀어온다. 벽사혈은 무릎을 꿇은 상태로 검을 위로 쳐들었다. 그것도 두 손을 함께 써서 힘들게 밀어내고 있다.

세요독부의 눈길이 벽사혈의 입술에 머물렀다.

도톰한 입술은 꿀을 바른 듯 윤기가 자르르 흐른다. 입술 사 이가 살짝 벌어지면서 하얀 이가 드러난다. 가지런한 게 예쁘 다. 단순호치(丹脣皓齒)라는 말을 생각나게 만든다.

벽사혈은 마사에 비하면 형편없다.

두 여인을 나란히 세워놓으면 잘 가꾼 공주와 막 자란 시녀 만큼이나 차이가 벌어진다.

마사 대신 벽사혈을 택하는 인간은 제정신이 아니다.
 그런데 벽사혈만 따로 떼어놓으니 그런대로 예쁘다. 매력적이다. 육향(肉香)을 물씬 풍기는 게 사내깨나 홀리게 생겼다. 벌써 사내를 아는 몸일까?
 꿀꺽!
 마른침이 삼켜진다.
 "살려달라고 해. 네가 할 수 있는 걸 말해봐. 그럼 살려준다니까."
 벽사혈은 다 잡아놓은 고기다. 서둘 필요가 없다.
 살려줘? 그럴 생각은 전혀 없다. 살라달라고 애원할 계집도 아니지만, 그런다고 해도 살려줄 생각은 없다. 다만 죽이기 전에 잃어버렸던 자존심을 되찾고 싶을 뿐이다. 도도하고 오만했던 계집이 처절하게 울부짖으며 죽어가는 꼴을 보고 싶은 게다.
 쒜엑!
 비도가 또 날아왔다.
 이번에는 옆구리를 노리지 않고 벽사혈의 등 뒤에서 날아온다. 그를 노리는 게 아니라 벽사혈을 노린다.
 "흥!"
 세요독부는 코웃음을 흘리며 검을 옆으로 힘껏 밀었다.
 벽사혈이 검에 떠밀려 나뒹굴었다. 하나 그럼으로써 찍어 누르는 검에서는 벗어날 수 있었다.
 슈욱!

벽사혈을 놓친 비도가 텅 빈 허공을 훑었다.

"이젠 노골적으로 죽이려 드는군. 꼴에 고통을 덜어준다는 건가? 호호호! 그렇게 안타까우면 모습을 드러내야지. 앞으로 나서지도 못하는 주제에……. 호호호!"

세요독부가 치검령을 비웃었다.

쒜엑!

비도가 또 날아왔다.

방금 전과 똑같은 곳에서 같은 방향으로 쏘아졌다.

"정말 궁금해서 하는 말인데…… 이런 거 맞을 거라고 생각해서 던지는 거야?"

쒜엑! 따앙!

가벼운 손놀림, 그리고 튕겨 나가는 비도.

그의 말마따나 비도는 전혀 도움이 되지 못했다. 빠르지도 않았고 위협적이지도 않다. 그저 약간 신경을 건드리는 정도에 불과해서 귀찮을 뿐이다.

세요독부는 벽사혈에게 검을 겨눴다.

"미안. 이만 끝내야겠어. 귀찮은 놈들이 많아서 말이야. 그러나저러나 네 마지막도 참 불쌍하다. 이놈저놈 죄다 죽이려는 놈만 있으니 어쩌냐?"

그때, 벽사혈이 모든 것을 포기한 듯 차분하게 몸을 일으켰다. 그리고 옷에 묻은 먼지까지 툭툭 털었다.

"병신."

죽기 직전의 여자가 한 말이라고는 믿을 수 없는 말이 튀어나왔다.

　벽사혈이 검을 고쳐 잡으며 말했다.

　"옛날에도 그랬지만…… 너, 어지간히 병신이야. 그렇지?"

　세요독부가 고개를 갸웃거렸다.

　이건 미친 여자의 헛소리가 아니다. 뭔가 있지 않고서야 이리 당당할 수는 없다. 당당함, 그렇다. 벽사혈이 보여주고 있는 태도는 언제든 싸울 수 있다는 당당함이다.

　"방금 전에 그건…… 속임수였나?"

　"그걸 이제 알았어?"

　"호호호! 속임수였다고? 그게?"

　"네가 무척 강하다고 생각하는 모양이지? 그러니까 병신이라는 거야. 곧 죽을 거야. 그런 놈이 아직도 천하무적인 줄 알고 떠들어대고 있어. 웃기지?"

　벽사혈이 검을 들어 올렸다.

　순간, 세요독부는 또다시 곤혹스러운 표정을 지으며 고개를 갸웃거렸다.

　검을 드는 손에 힘이 하나도 없다. 수십 합을 싸우고 난 끝에 탈진한 사람이 억지로 검을 쳐드는 것 같다. 그러면서도 말하는 음성만은 또렷하다.

　방금 전까지만 해도 진기가 충만한 여자였는데 갑자기 진기를 잃은 모습이다.

　'이게 뭐야!'

　세요독부는 히죽 웃으며 검을 들어 올렸다. 그 순간,

'응?'

비로소 이상함을 깨달았다. 몸에 이상이 생겼다. 진기가 제대로 운집되지 않는다.

'산공(散功)…… 산(散)!'

세요독부는 진기가 흩어지는 이유를 알아냈다.

치검령은 장난을 친 게 아니다. 가로로, 세로로 비도에 산공산을 묻혀서 그의 주변에 흩뿌렸다.

처음 비도를 던졌을 때 알아차렸어야 한다. 하나 그때는 벽사혈이 같이 있었다. 결전을 벌이는 중이었다. 설마 하니 같은 편까지 산공산에 중독시킬 것이라고는 생각하지 못했다.

아니다, 이런 일은 흔하다. 힌 놈이 미끼로 나가서 싸우는 동안에 둘 다 중독시켜 버린다. 해약이 있는 경우, 즉시 손을 쓰면 이상이 없는 경우에 흔히 쓰는 방법이다. 적이 워낙 강할 때는 한 사람이 목숨을 던지는 희생정신을 발휘하기도 한다.

벽사혈에 대한 사념(邪念)이 주의를 흩트렸다.

"후후후! 진기가 잘 안 모이나?"

검을 든 치검령이 걸어나왔다.

"진기를 쓰지 못한다면 우리가 자네보다 한 수 나을 걸세. 이십 년을 어둠 속에서 이 짓거리만 하고 살아왔거든."

열외로 치부해 버린 노파도 나타났다.

"당신…… 무인이었나?"

세요독부가 놀란 눈으로 노파를 쳐다봤다.

노파의 걸음걸이는 무인 이상으로 조용하다. 진기를 이끌어

올리는 것 같지 않은데 진기가 흐른다. 검을 드는 손이 조용하면서도 강하다. 진기가 충만한 검이다.

벽사혈이 말했다.

"이제 병신이라는 말을 알아듣겠어? 병신."

쒜엑! 쒜에엑! 쒜엑!

검이 흐른다. 폭풍같이 밀려온다. 그런데 시발점(始發點)을 알지 못하겠다. 문득 고개를 돌려보면 검이 쏘아져 온다. 불길한 느낌이 들어서 몸을 틀면 검광이 스쳐 간다.

"크읔!"

세요독부는 인상을 찡그렸다.

어느새 검이 등을 스치고 지나갔다. 아슬아슬하게 완전히 피하지는 못하고 할퀸 것 같다. 등이 따끔거린다.

'걸렸나?'

진기가 끊어질 듯 끊어질 듯 이어진다. 그렇지 않았다면 진작 끝장났을 게다. 다른 자는 고사하고 치검령하고만 맞붙어도 고전을 면키 어렵다.

독성이 지독한 산공산을 썼다.

벽사혈은 검조차 들지 못하고 비틀거리다가 한쪽으로 물러섰다. 아예 전장에서 빠져 버린 것이다.

그러자 상황은 더욱 긴박해졌다.

거치적거리던 사람이 사리를 내주자 성난 검들이 득달같이 달려들었다.

까앙! 깡!

쳐오는 검을 두 번이나 막아냈다.

이번에도 사정이 안 좋다. 쳐오는 검을 이기지 못하고 두 걸음이나 물러섰다.

세요독부는 입술을 잘근 깨물었다.

계속 이런 식으로 밀리면 어쭙잖은 놈들에게 당하고 만다.

시간이 지날수록 산공산의 약효가 전신으로 퍼질 것이다. 지금도 제대로 끌어올릴 수 없는데, 나중에는 아예 진기 없이 싸워야 할지도 모른다.

생각만 해도 끔찍하다.

그럼 빠져나갈 구멍은 있는가? 아쉽세노 없다. 이놈들은 처음부터 단단히 준비를 했는지, 치검령과 뼈만 남은 노파가 탈출로를 철저히 막아선다.

암울한 상태다. 하지만 은자가 나선 일치고 암울하지 않은 일은 없다. 항시 정상적인 방법으로는 어떻게 할 수 없는 일들만 은자를 부려먹는다.

그런 식으로 살폈을 때, 벽사혈이 눈에 들어온다.

그녀는 진기를 완전히 잃었다. 같이 중독되었지만 내공이 약하니 빨리 나가떨어질 수밖에 없다.

그녀에게 탈출로가 있다.

'단번에! 기회는 한 번밖에 없어!'

차령미기로 키워진 진기는 본인의 것이 아니다. 그렇기 때문에 잘 알지 못한다. 강한 줄만 알지만 어느 정도나 강한지 구체적으로 알지 못한다.

이것이 수련으로 양성한 진기와 다른 점이다.

벽사혈은 산공산에 당했지만 결전에 참여하지 못할 정도로 기진맥진하지는 않았다.

스읏! 스으읏!

진기가 이어졌다 끊어졌다를 반복한다.

시간이 지날수록 이어지는 시간은 줄어들고, 끊어지는 시간이 길어진다.

세요독부도 이런 증상을 겪고 있을 게다.

그런 그가 치검령과 신산조랑의 용서없는 검을 어떻게 감당할까? 감당하지 못한다. 호랑이도 이빨 빠지고 발톱 빠지면 늑대에게 잡아먹힌다.

그런 그가 선택할 길은 하나뿐이다.

탈출! 탈출로를 찾는다!

벽사혈은 기운을 빼고 탈출로가 되어주었다.

아니나 다를까, 그가 간간이 눈길을 보내온다. 넌 뭐하고 있냐는 눈빛이지만, 그 눈빛을 한 꺼풀만 벗겨내면 당장에라도 덮치지 못해서 안달인 본심이 보인다.

'기가 막히는군.'

벽사혈은 혀를 찼다.

지금까지, 세요독부가 나타나는 순간부터 지금까지 모든 과정이 신산조랑의 말과 한 치도 다르지 않다. 싸움이 벌어지기 전에 했던 말과 딱 맞아떨어진다.

 신산조랑은 이번 싸움의 결과를 '잘하면 잡을 것이요, 자칫하면 놓칠 것이다'라고 했다.

 차령미기로 천검십검이 되어버린 거목을 앞에 두고 질 것이라는 말은 언급조차 없었다.

 진기를 모두 잃은 척하고 물러나 있으면 궁지에 몰린 세요독부가 달려들 것이다. 죽일 생각은 없다. 납치 정도에서 끝날 게다. 이 자리를 벗어나기만 하면 된다는 생각이다.

 그 순간이 바로 벽사혈이 세요독부에게 일격을 가할 수 있는 최초이자 마지막 순간이 된다.

 기회를 잘 살려뵈리.

 신산조랑은 적성비가 사람은 가급적 적성비가 은자 손에 매듭짓게 하려고 애썼다.

 쒜엑!

 드디어 기회를 잡은 세요독부가 두 사람을 떨쳐 버리고 그녀를 향해 달려들었다.

 '섶을 지고 불속으로 뛰어드는 불나방.'

 벽사혈은 깜짝 놀란 듯 뒤로 주춤 물러섰다.

 쒜엑!

 바람 소리가 머리 위에서 들린다 싶더니 갈고리처럼 웅크린 손아귀가 멱살을 잡아왔다.

 '지금!'

 벽사혈은 미리 이끌었던 진기를 검에 쏟아부었다. 그리고

혼신의 힘을 다해서 일검을 내뻗었다.

쉐엑! 크악!

괴물이 울부짖는 듯한 비명을 들었다. 그런 비명 소리가 귓전을 울린 것 같다.

붉은 피가 눈앞에서 촤악 뿌려졌다.

불의의 일격은 성공했다. 검은 세요독부의 잘린 팔 쪽으로 그어졌다. 그리고 가슴에 큼지막한 입을 만들어놓았다. 살이 쩍 갈라지면서 피가 분수처럼 솟구쳤다.

'성공!'

벽사혈은 한 번 더 검을 쓰려고 했다. 하지만 빌어먹을! 마침 이때 진기가 끊어진다. 사실 그녀의 내공으로는 일검을 뻗은 것만 해도 기적 같은 일인데, 그녀는 재차 검을 쓰지 못한 게 안타까워서 미칠 지경이었다.

쉐에엑!

세요독부의 신형이 흐릿해졌다.

'암행류!'

벽사혈은 본능적으로 십자표를 연거푸 다섯 번이나 쏘아냈다.

쉐엑! 쉐에엑! 쉐에에엑!

어둠 속에 십자표가 난무했다.

그녀는 품속을 더듬었다.

십자표가 또 있을 텐네, 멀어지기 전에 잡아야 하는데, 이번에 놓치면 당하는 일만 남는데…….

치검령이 다가와서 그녀의 손을 잡았다.

"됐어. 이제 그만."

"잡아! 어서!"

치검령은 고개를 살래살래 흔들었다.

"네 손에 저자가 죽는다면 할 말이 없다. 그래서 너에게 저자의 운명을 맡겼어. 한데 도주했다. 넌 설마 우리가 진기도 제대로 이어지지 않는 사람을 잡지 못한다고 생각한 게냐?"

"무슨 말이야?"

"놓아준 거란 말이다."

"노, 놓아줘?"

벽사혈이 무슨 말이냐는 듯 고개를 발딱 늘었다.

세요독부와 적의섬서는 방심이라는 아주 큰 실수를 저질렀다.

그들은 반혼귀성에 어둠이라는 친구가 존재한다는 사실을 알았어야 한다.

힘만 믿고 달려드는 멧돼지는 함정을 파놓고 기다리는 사냥꾼을 당할 수 없다.

그들은 그렇게 당했다.

하지만 죽여서는 안 된다. 죽일 수 있어도 죽이지 말아야 한다. 저들을 죽이면 천검가에 비상이 걸린다.

그럼 당우와 비주가 곤란해지지 않겠나.

천검가로 잠입하여 류명을 만나려면 조용한 것이 좋다. 벌

집을 쑤셔놓은 듯 들썩여서 좋은 게 하나도 없다. 가급적이면 아무런 일도 없었던 것처럼 그렇게 평화를 유지한다.

"그럼 우리는요?"

"우리가 뭘?"

신산조랑이 태연한 얼굴로 되물었다.

"세요독부가 내일도 산공산에 당할 것 같아요?"

"당하지 않으면 당하게 만들면 되고, 그래도 당하지 않으면 우리가 당하는 거고. 뭐? 문제 있어?"

"지금 뭐라는 거야?"

신산조랑은 묵묵히 밝아오는 새벽하늘을 쳐다봤다.

"사공은?"

"준비시켜 놨소."

치검령이 퉁명스럽게 대답했다.

신산조랑이 개의치 않고 말했다.

"마님들이 오시는 대로 배를 띄워. 우리가 배에서 쉬는 줄 알 거야. 그동안 어디 한적한 곳에서 푹 쉬자고. 밤에 또 설치려면."

第七十三章
반수(伴隨)

1

묵비는 신출귀몰하다.

항상 부산하게 움직이지만 언제 어떻게 움직이는지 모습을 보이지 않는다.

그들은 언제나 천검가에 틀어박혀 있다.

연무장에도 모습을 보이지 않는다. 식사도 전각 안에 틀어박혀서 한다. 집이라든가 가족이라는 개념도 없다. 휴식도 취하지 않는다. 주색잡기(酒色雜技)는 일절 금한다.

천검가 무인들조차도 묵비라는 사람들이 움직이는 모습은 찾아볼 수 없다.

그런데도 그들은 제비가 먹이를 물어오듯이 끊임없이 정보를 가져온다. 옛날 소식부터 새로운 소식까지 강호에서 일어나는 일이라면 그들의 이목을 피하지 못한다.

정말 신출귀몰하지 않은가.

그들이 그럴 수 있었던 것은 모두 비주의 신념 때문이다.

비주는 묵비를 천하에서 가장 신비로운 조직으로 만들었다. 자고로 정보를 다루는 사람이라면 그러해야 한다고 믿었다. 묵비에서 일어나는 일은 묵비밖에 몰라야 한다.

그는 전각 밑에 지하 통로를 만들었다.

천검가 정문을 거치지 않고 밖으로 빠져나갈 수 있는 통로가 아무도 모르게 만들어졌다.

이 통로는 묵비밖에 모른다.

검으로 천검가를 떠받쳤던 친김십검노 놀랐다. 천검가의 율법을 맡았던 천검귀차도 새카맣게 몰랐다.

지하 통로는 묵비의 자존심이다.

지하 통로의 존재가 누설되지 않은 건 묵비의 입이 그만큼 무겁다는 증거다.

묵비는 지하 통로를 통해서 활동했다.

밖에 나가 술도 마셨고 도박도 했다. 흥청거리면서 심리적 압박감을 풀었다. 하지만 그때는 묵비가 아니다. 위장된 바깥 신분으로 술을 마시고 즐긴다.

사람들은 아직도 묵비가 전각 안에만 틀어박혀 있는 줄 안다.

비주가 앞장서서 걸었다.

그가 안내하는 길은 아주 험한 산길이다.

길이 없어서 벼랑을 타고 올라가기도 했고, 가슴까지 올라오는 강물을 건너기도 했다.

길은 험했지만 몸을 숨기지 않아도 된다는 장점이 있다.

밤은 물론이고 낮에도 편하게 걸었다. 옷이 나무에 걸려도 상관없다. 발에 돌부리가 차여도 눈치 볼 게 없다. 천지가 내 것이다 여기고 마음 편히 걷기만 하면 된다.

"얼핏 봐서는 길이 있는 줄 모르겠어요."

솔직한 심정이다. 이런 길로만 다닌다면 중간에 사람을 만날 일은 없을 것 같다.

"임강부에 묵비만 다니는 길이 수십 개는 될 게다. 후후! 아무도 모르는 길이지."

"묵비가 다닌다면 사람 발자국이 찍혔을 텐데……."

"그만한 조심은 한다. 우린 산짐승조차 다니지 않는 길을 찾아냈지. 그리고 우리 것으로 만들었다."

"이런 길을 용케 찾아냈군요."

"찾아내는 건 중요하지 않아. 문제는 관리다. 네 말대로 사람이 다니기 시작하면 곧바로 길이 생긴다. 의도하지 않아도 생기게 되지. 그래서 정기적으로 길을 없애곤 했다."

"상당히 공들였군요."

"지금도 공을 들이곤 있는데…… 자식들! 형편없어졌군."

비주가 한쪽 구석을 가리켰다.

벼락 맞아서 쓰러진 나무 밑에 얼른 봐도 인위적으로 잘린 듯한 나뭇가지들이 수북이 쌓여 있다.

　길을 없애고 남은 잔재다.

　비주가 있을 때라면 이런 행동은 절대로 용납되지 않는다. 기껏 길을 없애놓고 사람 흔적을 남겨놓으면 그게 뭔가.

　"잎이 마른 걸 보면…… 이삼 일 전에 버렸군요."

　"이삼 일이 뭔가? 정확하게 판단해야지. 이틀 전이야. 이 새끼들! 정말 형편없어졌잖아!"

　비주가 인상을 심하게 일그러뜨렸다.

　나뭇가지가 떨어져 있는 곳에서 서너 걸음 떨어진 곳에 육포(肉脯)가 떨어져 있다. 그것도 제법 큼지막한 조각이라서 개미며 온갖 벌레가 우글우글 꼬였다.

　"오가는 동안에 육포를 먹습니까?"

　"비상식량이야. 거의 대부분 숨겨놓는데, 어떤 놈이 꺼내 먹었군. 분명히 술안주로 처먹었을 거야."

　"육포가 술안주로 좋긴 하죠."

　술을 알아서 한 말이 아니다. 이제는 까마득하게 여겨지는 몇 년 전의 일이 떠올라서 불쑥 튀어나온 말이다.

　아버지는 술을 좋아하셨다. 도박을 하지 않을 때면 거의 취해 계셨으니까.

　아버지하면 술 한 병과 육포 조각이 떠오른다.

　사람들은 아버지를 도박꾼이라고 하지만 사실 도박을 하는 모습은 많이 보지 못했다. 그보다는 술에 취한 모습, 화내는 모습, 때려 부수는 모습에 익숙해 있다.

"거기도 육포가 있더냐?"
비주가 물어왔다.
"예?"
"만정 말이다."
"아! 만정요. 후후! 육포…… 있죠."
'진짜 육포.'
비주는 당우의 마음속 말을 듣지 못했다.

'흠! 역시!'
벼락 맞아서 쓰러진 나무 옆에서 땅거죽이 들썩였다. 그리고 한 사람이 모습을 드러냈다.
땅속에 숨어 있는 건 은신 방법 중에서 가장 좋다. 하지만 땅 위에서 벌어지는 일을 파악하지 못한다는 단점이 있다. 소리는 대롱을 꽂아서 듣는다지만 눈으로 보는 게 없다.
그래서 육포 조각을 놓았다. 나뭇가지를 잘라놓았다.
이 길은 묵비밖에 안 다닌다. 일반인은 절대 알지 못한다. 나무꾼이나 사냥꾼도 너무 험해서 발길을 들여놓지 않는다. 그러니 길을 걷는 사람은 반드시 묵비다.
묵비라면 간과하지 않는 부분이 있다.
길을 걸으면서 가급적이면 발자국을 남기지 않는다는 것이다. 그 점만은 오랜 세월을 거치는 동안 습관으로 굳어져서 자신도 모르게 주의한다.
그런데 인위적인 모습이 보인다.

잘린 나뭇가지, 땅에 떨어진 육포 조각…….

한마디쯤 하지 않을 수 없다. 욕지거리도 좋고 푸념도 좋고, 뭐든지 한마디는 하게 되어 있다.

땅속에 은신해서 그들이 하는 소리를 듣는다. 그리고 판단한다.

누가 지나가는구나. 몇 명이 지나가는구나. 누가 어떤 목적에서 어디를 갔다가 오는구나.

음성만 들어도 여러 가지를 알 수 있다.

하나 지금 인위적인 흔적을 남겨놓은 것은 묵비의 움직임을 파악하려는 게 아니다.

묵비가 묵비의 움직임을 파악힐 필요는 없다. 바로 비주를 잡기 위해서다. 비주라면 반드시 이 길로 지나갈 것이고, 평소의 소신에 맞지 않은 광경을 보면 한마디 하지 않을 수는 없다.

비주는 여러 마디를 했다. 당우도 맞장구를 쳤다.

두 사람이 왔다. 천검가를 향해서 은밀히 움직이고 있다.

그가 파악할 수 있는 것은 모두 파악했다.

만약 비주가 신법을 펼쳐서 쏜살같이 지나갔다면 그는 아직도 땅 속에서 찬밥덩이나 축내고 있으리라. 누군가 지나간 것 같은 느낌을 받겠지만, 그런 정도의 느낌은 산짐승도 흘린다. 그럴 때마다 일일이 뚜껑을 열고 나와 볼 수는 없다.

비주의 발을 잠시나마 묶어놔야 하는데, 성공했다.

사실 이건 그의 생각이 아니다. 전임 비주를 몰아내고 단숨에 묵비를 장악한 마사, 그녀의 지시다.

그녀는 당부도 곁들였다.

비주가 이상한 기미를 눈치채고 지켜서 볼지도 모르니 한 시진 정도는 단단히 숨어 있으라고 했다. 바로 보고할 생각을 하지 말고 충분히 시간을 가지라고 했다.

시간을 충분히 가졌다.

비주는 다시 돌아오지 않았다. 그래도 마사의 지시를 기억하고 반 각이란 시간을 참고 기다렸다.

땅거죽을 밀치고 나올 때도 조심을 거듭했다.

감각을 모두 일깨웠다. 조그만 흔들림에도 반응할 수 있게 만들었다. 두 눈을 부릅떠서 시야를 넓혔다. 청각도 최대한 깊게 열었다. 다람쥐가 기어가는 소리도 들을 정도다.

"후후!"

그는 만족스런 웃음을 흘리며 휴대용 지필묵을 꺼냈다. 그리고 급히 몇 글자를 써 내려갔다.

―십칠일(十七日) 신시(申時).
―전임(前任) 비주(秘主) 통과(通過).

마사는 비주가 묵비의 길을 이용할 것이라고 했는데, 한 치의 틀림도 없다.

비주도 뛰어난 사람이지만 마사는 한 수 더 높다. 비주의 머리꼭대기에서 놀고 있다.

이러니 쫓겨날 수밖에.

나름대로 반격을 가하는 모양새지만 마사를 상대하기에는 역부족이다. 수가 달려도 너무 달린다. 세력도 없고, 지혜도 모자라고, 무공도 약하다.

그는 서신을 전서구의 발목에 채워 창천에 높이 띄웠다. 그때,

"악!"

전서구를 날리고 만족스럽게 웃던 그는 느닷없이 치민 고통에 비명을 와락 내질렀다.

푸욱!

날카로운 쇠붙이가 등을 뚫고 들어온다. 등뼈를 가르고 계속 밀려든다.

"아악! 아아악!"

그는 처절하게 비명을 내질렀다.

"스무 놈이 당했다. 그놈들이 당할 동안 네놈들은 뭐하고 있었던 게냐. 네놈들이 팔아먹었어. 한솥밥을 먹은 동료를 네놈들이……. 그러고도 살기를 바랐더냐!"

"끄어어억!"

그는 비명을 지를 힘도 없어진 다음에야 털썩 무너졌다.

등을 꿰뚫던 쇠붙이도 그제야 빠져나갔다.

그가 고개를 돌려 뒤돌아봤다.

"비…… 주……."

"내가 아직도 비주더냐!"

"크큭! 큭!"

그는 툴툴 웃음을 흘리더니 고개를 툭 떨어뜨렸다.

"어떻게 알았느냐?"

비주가 피 묻은 검을 닦으며 말했다.

"후후! 말해도 이해하지 못할 겁니다."

당우가 뻥 뚫린 구멍을 쳐다보며 말했다.

묵비가 숨었던 자리다. 땅을 파고 회를 발라서 벌레가 꼬이지 못하게 만들었다. 한쪽 구석에는 대소변을 본 후에 뿌릴 흙까지 준비되어 있다.

물과 음식만 충분하다면 언제까지고 버틸 수 있는 구조다.

"넌 참 이해할 수 없는 놈이야. 무공이 있는 것 같으면서도 없고, 없는 것 같으면서도 있어."

비주가 죽은 예전 수하를 힐끔 쳐다보며 말했다.

그는 수하의 존재를 알아차리지 못했다.

눈에 거슬린 것들을 보고 무심코 말을 하면서도 주위에 누군가 있다는 느낌을 받지 못했다.

혼자서 이 길을 걸어갔다면 아직도 마냥 걷고 있으리라.

한데 당우는 단번에 짚어냈다. 내공이라고는 밤톨만큼도 없는 놈이 묵비의 은신처를 감지해 냈다. 천시지청술(天視地聽術)이나 천안통(天眼通)을 가진 것도 아닌데 너무 쉽게 찾아낸다.

요상한 놈이다.

"그런 말…… 하는 사람들 많아요."

당우가 은신처에서 고개를 쳐들며 말했다.

"저건 왜 살려두라는 거냐?"

비주는 깨알만 한 점이 되어버린 전서구를 쳐다봤다.

"마사가 짐작하고 있을 테니까요."

"짐작하고 있으니까 이놈을 여기 배치한 거겠지. 그걸 모르게 하는 게 우리가 할 일 아니냐?"

"모르게 하려고 전서구를 살려 보낸 거예요."

"……?"

비주는 이해할 수 없다는 표정을 지었다.

"가다 보면 이런 게 하나 더 있을 겁니다. 이런 건지 아니면 다른 건지는 모르겠는데."

'시간 측정!'

비주는 퍼뜩 한 생각이 떠올랐다.

한 지점에서부터 다른 지점까지 이동 시간을 측정한다. 그러면 천검가에 도착할 시간도 계산된다. 도착했다고 해서 무작정 쳐들어올 수는 없는 노릇, 한두 가지 변수를 더해주면 거의 정확하게 만나는 시간을 계산할 수 있다.

비주는 반드시 온다. 반혼귀성을 이끌고 온다.

그런 점을 파악하기 위해서 묵비를 파견한 게 아니다. 그 점에 대해서는 이론의 여지가 없다.

언제 도착할지 짐작하고 싶었던 게다.

첫 번째 전서구가 날았다. 첫 번째 위치와 시간이 측정되었다.

그녀는 두 번째 전서구가 날아오길 기다릴 게다.

여기서 두 가지 행동이 가능해진다.

하나는 두 번째 지점을 통과하지 않고 샛길로 빠지는 방법이다. 그러면 시간 측정이 불가능해진다.

또 하나는 예정된 시간대에 두 번째 지점을 통과한다.

당연히 시간 계산이 이루어진다. 하나 그 점을 알고 있으니 오히려 역이용할 수 있다. 한 걸음 빨리 치달려가거나 아니면 아예 늦게 이동한다.

어느 쪽이나 허점을 찌를 수 있다.

비주가 말했다.

"샛길로 빠지지. 약초꾼들이 이용하는 길이 있어."

두 번째 지점에도 굴을 파놓고 있으란 법이 없다. 당우가 지금처럼 발견해 주면 좋지만 만약 두 번째 놈을 파악하지 못하면 그대로 걸려든다.

차라리 방향을 틀어서 잠적하는 게 낫다.

당우는 고개를 저었다.

"그냥 예정대로 가요. 약초꾼들이 다니는 길이라면 사람 눈이 많을 텐데…… 발각되지 않고 가기는 어렵죠. 고민이 뭔지 알겠는데…… 후후! 전 찾아낼 수 있어요. 안심하세요."

"정말 찾아낼 수 있나?"

"네."

"그다음은 어떻게 하려고?"

"예정대로 가야죠."

"뭣!"

"머리가 좋은 사람은…… 그 좋은 머리를 한 번만 굴리면 좋은데 두 번, 세 번 굴리는 경우가 있죠."

당우가 씩 웃었다.

푸드드득!

산새가 날아올랐다.

"자네가 또 맞았군. 이건 내가 있을 때는 없었던 건데…… 마사가 새로 만들었나 보군."

비주가 커다란 고목을 어루만지며 말했다.

왠지 고목이 부르르 떤다는 느낌이 든다. 바람도 없고 누가 흔들지도 않는데 부들부들 떠는 것 같다.

"저건 어쩔 건가?"

비주가 산새들과 함께 날아오른 전서구를 쳐다보며 물었다.

"보내줘야죠."

"시간 계산을 정확하게 하겠군. 그럼 우리는 느리게, 빠르게, 두 가지를 선택할 수 있는 건가?"

"아까 말했죠? 머리 좋은 인간은 꼭 두 바퀴, 세 바퀴를 돌린다고. 한 바퀴만 돌리면 될 것을 말예요. 느리게 빠르게는 마사가 생각하는 거고…… 우린 정상적으로 갑니다."

"그건 또 무슨 소린가?"

"우린 먼젓번 눈[目]을 제거했어요. 후후! 마사가 확인하지 않을 것 같습니까?"

"그럼 살려주는 게 나았군."

"그렇죠."

"그럼 왜 말리지 않았나?"

"수하에게 버림받은 아픔, 죽음으로 달래줘야 하는 거 아닙니까?"

"후후후! 그런가? 그래서 말리지 않았다……. 그럼 이놈도 죽여야겠군. 살려주면 모두 살려야 하고 죽이면 모두 죽여야 하니까."

스릉!

비주가 검을 뽑았다.

고목이 부르르 치를 떤다.

고목은 흔들림이 없는데 어쩐지 그런 느낌이 든다. 답답하고 불쌍해 보인다.

"마사가 별짓을 다 하는군. 그건 그렇고……. 이놈아, 넌 묵비의 무인이다! 이런 짓은 은자나 하는 짓거리야. 네가 은자냐? 후후! 하긴 묵비의 임무라는 게 은자들이나 하는 짓거리와 똑같지."

끄극! 뿌드득!

검이 고목을 뚫고 들어갔다.

나무가 붉은 피를 흘렸다. 처음에는 한두 방울 정도. 그러나 곧 붉은 핏물을 주르륵 쏟아냈다.

"그래, 그래야지. 이래야 묵비답지. 좋아, 나도 널 묵비로 대해주마. 마지막 지조는 지켰으니까."

쒜엑! 꽈직!

검이 고목을 단숨에 양단해 버렸다. 그리고 두 동강이 되어 버린 시신이 털썩 떨어졌다.

"쯧! 죽는 순간까지 자존심이라니. 아프면 소리 빽빽 지르는 게 더 나은데."

당우가 죽은 자를 쳐다보며 말했다.

한 시진이라는 시간은 꽤 길다.

아무것도 하지 않고 손등을 깨무는 개미조차 치우지 못하는 기다림이란 상당히 길다.

스으읏!

두 사람이 나타났다.

한 명은 십 장 밖에서 걸음을 멈추고 커다란 나무 뒤로 몸을 숨겼다. 다른 한 명은 계속 걸어왔다. 주위를 살피면서 도둑고양이처럼 살금살금 걸어왔다.

"음!"

그의 입에서 짤막한 음성이 흘러나왔다.

죽은 자는 눈도 감지 못했다. 억울한 일을 당한 듯 입술을 꽉 깨문 채 죽었다. 사실은 목구멍 밖으로 치솟는 비명을 억지로 참았기 때문이지만 안쓰러운 모습이다.

당우와 비주는 그런 시신을 손대지 않았다.

새롭게 나타난 자도 시신을 건드리지 않았다. 사인(死因)을 살피고, 눈에 띄는 것들을 자신에게 말하듯 중얼거렸다.

"피가 완전히 응고되지 않음. 사망 추정 시각은 한 시진 전. 복부를 꿰뚫은 검. 고통이 극심했을 것으로 사료. 이건 고문. 하나 나중에는 단숨에 처리. 마지막 순간은 짧았을 것."

십 장 밖에 있는 자에게 하는 말이라는 게 쉽게 판단된다.

주검에 대한 분석이 끝나자 십 장 밖에 있던 사내가 먼저 신형을 날렸다.

둘이 같이 왔으나 한 사람이 먼저 빠지고 다른 한 사람은 나중에 빠진다. 둘이 같이 척결당할 위험을 최소한으로 줄이려는 노력으로, 비주가 만든 행동 지침이다.

비주가 말했다.

"저건 아직까지도 써먹는군."

"마사라는 여자…… 너무 신중하군요. 돌다리도 두들겨 보고 건널 여자예요."

"너도 그렇지 않아?"

"전 그런 성격이 못 돼요."

"그래? 아닌 것 같은데……."

"후후! 답답해서 그런 짓은 못한답니다."

당우가 은신했던 곳에서 몸을 일으켰다.

두 사람은 시신이 확인되는 모습을 지켜봤다.

이제 마사는 시간 계산을 달리할 것이다. 예정된 시간보다 빨리 들이칠 경우와 늦게 올 경우를 동시에 대비할 게다.

"여전히 이 길로?"

비주가 인적 끊긴 길을 가리키며 말했다.

"이 길로 가되…… 이제부터는 괘씸한 놈을 봐도 죽이지 마세요."

"숨어서 가는 건가?"

"최대한 깊이 들어갑니다."

"그런데 이건 꼭 물어보고 싶은데…… 류명을 만나면 어떻게 할 건가? 묻는다고 순순히 대답할 위인이 아니라는 건 알 테고."

"훗! 그거요? 그건 류명이 먼저 말해줄 겁니다."

"뭐라고?"

비주가 무슨 말이냐는 듯 되물었다.

그는 당우와 같이 다니면서 자신이 꼭 바보가 된 듯한 느낌을 받았다. 당우의 생각과 행동은 늘 한발 앞서 나간다. 마사의 계획을 환히 꿰뚫어 보고, 거기에서 딱 반보 정도 앞지른다.

홍염쌍화 중에 어해연은 머리가 상당히 좋은 여자로 알려져 있다. 한데 막상 어해연을 만났을 때, 그녀는 자신의 주장을 한마디도 펴지 못하고 듣기만 했다.

그런 일이 자신에게 벌어진다.

이건 어떻게 된 일인지 자신의 생각은 기본적인 것에 지나지 않고, 그 위에서 마사와 당우가 마구 뛰어논다.

"가죠."

당우가 옷을 툭툭 털며 앞서 나갔다.

2

스윽!

뒤따라오던 당우가 비주의 옷깃을 잡아끌었다.

'또?'

비주는 즉시 몸을 납작 엎드렸다.

당우가 옆으로 다가앉으며 손으로 바위더미를 가리켰다.

비주의 눈에는 바윗덩이밖에 안 보인다. 하지만 당우가 언제 틀린 적이 있던가. 눈을 비비고 뚫어지게 쳐다보자, 그제야 보호막을 뒤집어쓴 사람이 보인다.

'어떻게?'

사람이 숨어 있는 건 놀랍다. 하지만 숨어 있는 사람을 발견한 당우가 더 관심을 끈다.

몇 번 물어본 적이 있다. 도대체 어떤 수법을 쓰냐고.

당우는 말해도 모를 거라고 했다. 그래서 몰라도 좋으니 말해보라고 했다.

전체(全體)!

당우가 한 말의 전부다. 전체가 뭐 어쨌다는 말인가? 그다음 설명이 있어야 하지 않은가. 전체가 뭐? 어떤 전체? 뒤를 잇는 설명이 전혀 없다.

비주는 전체라는 말을 이해하지 못했다.

사실 무림문파 중에서 '전체'를 운운하는 문파는 없다. 전체란 우주와 합일(合一)된다는 뜻으로 일종의 무공 경지를 설명하는 표현에 지나지 않다.

그럼 당우가 우주와 합일되는 경지란 말인가?

말도 안 되는 소리고, 그런 놈이 신법조차 제대로 펼치지 못하는 건 도저히 설명이 안 되는 거고…….

그다음으로 말한 것이 도미나찰이다.

그 설명은 그나마 납득이 된다.

도미나찰은 인간의 능력을 비정상적인 초감각 상태로 끌어올린다고 들었다. 한두 번 사용하는 것은 상관없지만 자주 쓰면 뇌에 무리가 생겨서 광자(狂者)가 된다는 부담도 있다.

그래서 마공인 게다.

그런데 당우가 도미나찰을 쓴다는 것도 온전히 믿기는 힘들다.

어떤 공부이든 진기 없이 쓸 수 있는 공부는 없다. 마공도 내공이 없으면 쓰지 못한다.

당우가 무슨 수로 도미나찰을 쓴단 말인가.

비주는 거기서 더 캐묻지 않았다.

전체라는 말도 그렇고 도미나찰이라는 말도 그렇고, 도무지 신빙성이 없는 말들만 늘어놓는 데는 나름대로 사연이 있지 않겠나 싶어서다.

"돌아가는 길이 있어요?"

"흠! 여긴 없어."

"그럼 발각되지 않고 빠져나갈 수 있겠어요?"

이건 뭔가 거꾸로 되도 한참 거꾸로 됐다. 자신이 당우를 염려해야 하는데, 당우가 자신에게 묻는다.

"이 정도는 일도 아니지. 넌 어떠냐?"

"저도 이 정도는."

당우가 별것 아니라는 듯 담담하게 말했다.

묵비는 절묘한 위치에 숨어 있다. 그곳에서 보면 주변 지형이 한눈에 들어온다.

비주가 말한 대로 돌아가는 길은 없다. 오직 뚫고 나가야 한다. 눈에 안 보이게, 기척도 흘리지 말고 유령처럼 번쩍하는 순간에 저쪽 끝에 가 있어야 한다.

'어디 두고 보자!'

"그럼 나 먼저 갈까?"

당우가 그러라고 고개를 끄덕였다.

쉿!

비주는 나무에서 나무로 건너뛰었다. 바위들 틈에 숨어 있는 자가 파악할 수 없을 만큼 빨리 움직였다. 그늘에서 그늘로 옮겨 뛰어 그림자조차 노출시키지 않았다.

숨어 있는 자도 한때는 그의 수하였다.

그의 무공으로 수하의 눈을 피하지 못하겠는가.

인간이 고정된 사물을 주시하는 데는 한계가 있다. 변하지 않는 풍경을 언제까지고 바라볼 수는 없다. 눈이 피로해서 때때로 쉬어주어야 한다. 계속 지켜보고 있는 게 아니라는 뜻이다.

한 번 쭉 훑어본 후 세 번 훑어볼 시간 동안 쉰다. 훑어보는 시간보다 쉬는 시간이 더 많지만 무엇인가 출현하면 당장 파악한다. 신경을 항시 쏟고 있기 때문이다.

그런 점을 알기 때문에 그늘에서 그늘로, 한 번 옮겨 뛰고 난 다음에는 충분히 쉬어준 다음 다시 뛰었다.

그는 단숨에 길 반대쪽에 섰다.

'어디…… 어떤 식으로 오나 볼까?'

그는 당우를 쳐다봤다. 한데,

'웃!'

그는 눈을 크게 뜨고 주위를 두리번거렸다.

당우가 보이지 않는다. 있어야 할 자리에 없다. 움직이는 느낌이 없었는데 감쪽같이 사라졌다.

'뭐야? 어디로 간 거야?'

그는 구석구석 보물찾기하는 심정으로 사물을 살폈다.

당우는 보이지 않았다.

시간이 흘렀다. 얼마나 지났을까? 일다경쯤 흘렀을까?

그는 여전히 주위를 샅샅이 훑었다. 당우는 분명히 움직이고 있다. 자신이 발견하지 못했을 뿐이다. 도대체 어떤 은신술이기에 자신의 이목마저 속일 수 있단 말인가. 그때,

툭!

무엇인가가 그의 등을 두들겼다.

쒜엑!

비주는 반사적으로 뒤돌아서며 일권을 내뻗었다.

신경이 곤두설 만큼 긴장하지는 않았지만 방심한 적도 없다. 더군다나 지금은 당우를 찾지 못해서 눈에 불을 켜고 있는 상태다. 그런 마당에 누군가가 등을 건드려 보라. 아무 생각도 나지 않는다. 무조건 일격을 쳐내게 되어 있다.

혹!

그의 주먹은 텅 빈 허공을 쳤다. 그리고 그는 두 발쯤 떨어진 곳에서 아무렇지도 않게 서 있는 당우를 보았다.

"너!"

"뭐예요, 다짜고짜?"

"너야말로…… 아, 그만두자. 휴우!"

비주는 두 손 두 발 다 들어버렸다.

당우는 도저히 이해할 수 없는 놈이다. 이런 놈은 그냥 이대로 두는 것이 낫다. 괜히 깊이 알려고 하면 골치만 아파진다. 약간 알려고 했을 뿐인데 벌써 머리가 지끈거리지 않나.

'쥐도 새도 모르게 등 뒤로 다가섰다. 죽이려고 했으면 얼마든지 죽일 수 있었어. 그뿐만이 아니다. 엉겁결에 쳐냈다고는 하지만 전력이 깃든 일권을 피해냈다. 이놈…… 휴우! 그만두자. 여기서 그만두는 게 낫겠어.'

비주는 머리를 휘휘 내저으며 길을 열었다.

"저기가 천검가다."

비수는 어둠에 잠겨 있는 거대한 괴물을 가리켰다.

천검가는 전각 한두 채로 이루어진 문파가 아니다. 삼십여 명 이상이 거주할 수 있는 큰 전각만 다섯 개에 이르고, 작은 전각까지 합하면 전각의 숫자가 십여 개가 훌쩍 넘는다.

검문(劍門)이 아니라 성(城)이라고 해도 무방할 것 같다.

"삼 년 전에 가본 곳인데 기억이 가물가물하군요."

"그럴 게다."

"류명은 어디서 거처합니까?"

"여기서는 보이지 않지. 가장 안쪽이다."

"일단 들어가야겠군요."

"지금? 지금 들어간다고?"

"후후! 쇠뿔도 단김에 뽑으라는 말이 있죠?"

"아무리 그렇다고 해도……."

"여기서부터는 혼자 가겠습니다."

당우가 헝겊 채찍을 풀어서 꼼꼼히 점검했다.

"무슨 소리야? 여기까지 왔는데 내가 같이 가야지."

"여기서 퇴로를 준비해 주세요."

"퇴로?"

되묻는 음성이 떨떠름했다.

당우는 또 이해하지 못할 소리를 한다.

그는 천검가를 아무 때나 쑥 들어갔다 나오면 되는 객잔 정도로 생각하는 것 같다.

"천검가가 추격을 어떻게 한다는 건 잘 아실 테니."

당우는 헝겊 채찍을 어깨를 둘둘 말아 감았다. 허리에는 비도 열 자루를 꽂았고, 특별히 수리검 한 자루도 따로 꽂았다.

장검은 소지하지 않았다.

'근접전을 벌일 생각이 전혀 없어.'

일면 그렇다. 그러나 수리검을 따로 꽂았다는 것은 초근접전을 벌이겠다는 뜻이다.

"마사는 눈에 띄는 대로 죽여라. 살려두면 화근이 될 여자야."

"늦을지도 모릅니다. 자리 잡고 편하게 기다리세요. 그게 속 편할 겁니다."

"늦어? 왜?"

당우가 웃기만 했다.

일 장, 당우가 일 장 밖으로 벗어났다. 그리고 그의 신형을 놓쳐 버렸다.

'헉!'

비주는 깜짝 놀라 눈을 비볐다.

겨우 일 장 밖을 벗어났을 뿐인데 흔적도 없이 사라져 버렸다. 전신 감각을 최고조로 끌어올렸다. 그런데도 어디로 사라졌는지 찾을 수 없다.

'도대체 뭘 익혔단 말인가!'

비주는 무기지신의 실체를 인정할 수 없었다.

반혼귀성 마인들은, 또 당우 본인 스스로도 '무기지신'이라는 말을 사용한다.

그들 사이에서는 상당히 보편적으로 통용되는 말인 듯하다.

하지만 무기지신이라는 말은 전체라는 말과 함께 무인들에게는 생소한 언어다. 도(道)를 추구하는 도가(道家)에서나 쓸 법한 말들이 난무하고 있다.

비주는 무기지신이 무엇을 뜻하는지 묻지 않았다.

물을 필요가 없었다.

무기지신, 그것은 은자의 비기다.

정통 무공은 아니고, 주변에 은자들이 많으니 뭔가 한두 수 정도 배운 것 같다.

그가 보기에는 은신술의 일종에 지나지 않는데, 반혼귀성 마인들은 마치 무슨 절대적인 힘이라도 되는 양 믿는다.

무기지신이 은신술의 일종이라는 생각은 아직도 변함이 없다. 진기가 약한 자도 쓸 수 있는 고도의 은신술이라는 점에서 획기적이라고 할 수 있다.

그 이상은 아니다. 그 정도에 불과하다.

그런데 길을 동행하면서 직접 부딪치는 횟수가 많아질수록 무기지신에 대한 압박감이 한층 고조된다.

자신이 당우와 싸운다면 어떻게 될까?

말도 안 되는 소리다. 피식 웃음이 나온다. 당우 정도는 한 칼에 베어 넘길 수 있다.

이것이 첫 번째 드는 생각이다.

정말 그런가? 정말 단칼에 베어 넘길 수 있나? 당우에게 당할 공산은 전혀 없는가?

두 번째로 드는 생각이다. 그리고 이러한 생각들을 간단하게 부정할 수 없다.

당우는 묘한 놈이다.

'퇴로…… 퇴로를 준비해 달란 소리지? 한바탕 난장을 부리고 뛰쳐나오겠다는 뜻인데…….'

비주의 머릿속에는 소호성을 벗어날 탈출로가 환하게 그려졌다.

숨어 있는 적을 발견하기는 쉽다. 그를 피해서 돌아가는 것도 간단하다.

이런 움직임은 만정에서 이골이 날 만큼 행해왔다.

슈웃!

담장을 단숨에 뛰어넘었다.

비주는 묵비가 이용하는 통로를 추천했다. 그곳에도 지키는 놈들이 있겠지만 소리 내지 않고 제압할 수 있다고 했다.

여기까지 왔으면 다 온 것 아닌가. 이제는 빨리 치고 들어갔다가 빨리 빠져나오는 것이 관건 아닌가. 여기까지 왔는데도 행동에 조심을 기할 이유가 없지 않나.

그건 마사를 얕보는 말이다.

마사는 그보다는 훨씬 더 똑똑하다. 돌다리도 두들겨 보고 건너는 성격으로 미루어볼 때, 묵비들의 통로에도 그녀만의 눈동자를 심어뒀을 가능성이 매우 높다.

비주 말대로 엎드리면 코 닿을 곳이니 통로를 이용하여 신속하게 돌파하는 것도 무방할 듯싶다. 하지만 기습의 효과는 사라진다. 그것만은 분명하다.

　소란을 피우면 목적을 이루기도 어려울 뿐만 아니라 빠져나가기도 용이치 않다.

　당우는 담장을 넘자마자 땅에 바짝 엎드렸다.

　스읏! 스으읏!

　여기저기서 사람의 기운이 느껴진다.

　자신들이 올 것에 대비해서 특별히 경계를 늘린 것은 아니다. 평소의 배치 상태가 이렇듯 삼엄하다.

　그는 짙은 그늘이 있는 곳까지 기어갔다.

　밤이라고는 하지만 천검가는 대낮처럼 밝다. 사방에 횃불이 밝혀져 있어서 어둠을 찾기가 쉽지 않다.

　만정 마인들이 사용하던 유혼신법을 펼쳤다.

　이십여 년에 걸쳐서 은밀함을 인정받아 온 실전 신법이지 않은가. 깊은 밤 몰래 침입하는 데는 이만한 신법도 없다.

　천유각(天遊閣)!

　용이 꿈틀대는 듯한 글씨가 환하게 켜진 횃불에 비쳤다.

　천유각은 의외로 경계가 느슨했다.

　다른 전각들은 감시의 눈길이 물샐틈없는데, 정작 류명의 거처에는 정문을 지키는 무인이 두 명 있을 뿐이다. 그것도 숨어서 지키는 것이 아니라 버젓이 정문을 가로막고 있다.

　정문만 넘어서면 천유각은 뚫린다.

　그럼에도 불구하고 당우는 천유각으로 들어서지 못했다.

불빛이 밝기 때문이 아니다. 지금까지 거쳐 온 모든 길에 횃불이 대낮처럼 밝혀져 있다. 그런데도 용케 어둠을 골라냈고, 감시의 눈초리를 피해서 잠입했다.

정문을 지키는 무인이 강한 것도 아니다. 그들은 평범하다. 풍기는 기도로 보아서는 하급직에 있는 무인들 같다.

그들을 때려눕힐 수 있다. 막말로 이제 다 왔다. 저들만 눕히면 천유각으로 스며들 수 있다.

담장을 넘을 수도 있다.

저들의 이목을 속이고 담장을 넘는 것은 일도 아니다. 지금까지 이런 식으로 몇 개의 담장을 넘었는지 모른다. 그러나 그 누구도 무기지신을 찾아내지 못했다. 아무런 느낌도 없이, 미풍이 흘러가는 듯한 감촉도 없이 스며들기 때문에 찾을 수가 없다.

외부적인 요인들은 문제 될 게 없다.

정작 문제는 천유각 안에 존재한다.

'음……!'

지켜보고 또 지켜봐도 신음밖에 나오지 않는다.

천유각에서 풍기는 기운은 검도자에게서 맡았던 느낌과 사뭇 비슷하다.

류명이 절대고수가 되었다는 말은 들었다.

비주가 상대할 수 없을 정도로 강해졌다고 한다. 천유비비검의 정수를 깨쳤다고 한다.

그 경지가 검도자와 견줄 만하다.

당우가 직접 느낀 바로는 검도자에 비해서 부드러움은 떨어지지만 날카로움은 한결 앞선다.

검도자가 묵직하다면 류명은 뾰족하다.

그 차이밖에 없다. 단지 기운으로 느낀 것뿐이지만 두 사람을 견주어봤을 때, 누가 이길지는 겨루어봐야 안다. 호각(互角)이다.

그렇다면 자신 정도는 가볍게 날릴 수 있다.

검도자가 그랬듯이 기습 직전에 눈치챌 것이다. 즉시 반격해 올 게다.

반격에 대한 비장의 수를 준비하지 않는 한 들어갈 수 없다.

그런데 그 비장의 수라는 것이 생각나지 않는다. 길을 오는 내내 구령마혼으로 생각하고 또 생각했다. 백마비전을 비롯해서 모든 무공을 재점검했다. 하지만 적절한 대응책이 없다.

진기, 진기, 진기…….

모든 결론이 진기로 귀결된다. 진기가 있어야만 상대할 수 있다는 쪽으로 좁혀진다.

이래서 비주에게 늦을 수도 있다고 한 게다.

스으읏!

그는 구렁이처럼 슬금슬금 담장을 넘었다.

정문을 지키는 무인 두 명은 두 눈을 부릅뜨고 있었지만 당우를 발견하지 못했다.

삐걱!

문이 열리고 화사한 백의 무복을 입은 젊은이가 회랑(回廊)으로 나섰다.

굉장한 용모다.

사내에게 이런 말을 한다는 게 우습지만 그야말로 백옥으로 깎아서 만든 듯 윤곽이 뚜렷하고 맑다. 깨끗하다. 보고 또 봐도 질리지 않을 얼굴이다.

'미공자라는 소리는 들었지만…….'

당우도 감탄했다.

류명은 아침 공기가 상쾌한 듯 길게 기지개를 켰다.

"세숫물 준비했습니다."

시녀 세 명이 물과 수건을 준비한 채 시립했다.

"마사는?"

"기침하셨습니다."

"그래? 또?"

"예. 아침 일찍부터 전서를 읽고 계세요."

"후후후! 못 말릴 여자야."

류명은 의자에 드러눕다시피 몸을 파묻었다.

시녀들이 물수건을 만들어서 류명의 얼굴을 닦았다. 구석구석 꼼꼼히 씻어냈다.

시중을 받는 모습이 매우 자연스러웠다.

당우 같으면 누가 얼굴을 씻겨준다고 하면 간지러워서라도 참을 수 없는데, 그는 아주 익숙했다.

전신에서 천검가 귀공자의 면모가 물씬 풍겨난다.

하나 그보다도 정작 당우를 놀라게 한 점은 류명의 전신에서 피어나는 강기(剛氣)다.

지난밤 류명은 잠들어 있었다. 하지만 그가 풍기는 강기는 전각 전체를 에워쌌다.

호랑이가 사는 굴 앞에 가면 자신도 모르게 섬뜩함을 느낀다.

호랑이의 강기가 주위에 퍼져 있기 때문이다. 먹이를 찢어 버리는 난폭함이 공기를 물들이기 때문이다.

당우는 그런 기운을 감지했다. 천유각에서 맹수가 웅크려 있는 느낌을 받았다.

오늘 아침, 류명은 매우 자연스럽다. 그의 몸 어디에서도 싸움이라든가, 죽음이라든가, 살기 같은 잔인한 면모를 읽을 수 없다. 그저 잘 자고 일어난 귀공자가 시녀들에게 몸을 맡기고 있을 뿐이다.

그래도 당우는 숨어 있는 수풀 속에서 뛰쳐나가지 못했다.

류명은 강자다. 맹수다.

당우는 머릿속으로 류명과의 싸움 장면을 그림 그리듯 연출했다.

싸우고, 싸우고, 또 싸워본다.

'딱 한 수!'

언제나 마지막 한 수에서 막힌다.

류명에게 투골조를 묻기 위해서는 그를 제압하거나 적어도 비등한 위치에 있어야 하는데 그럴 수가 없다. 결정적인 순간에 낚아챌 수 있는 한 수가 없다.

   당우는 지나가는 개미를 습관처럼 잡아서 입에 넣었다.

   류명과의 만남은 좀 길게 생각해야 할 것 같다.

第七十四章
협지(挾持)

1

'당우?'
새로운 존재가 갑작스럽게 부상했다.
당우라는 이름을 한두 번 정도 들어봤다.
류명, 투골조, 만정……. 이러한 이야기들 속에서 간간이 당우라는 순박한 이름이 튀어나왔다.
당우, 소같이 순박한 놈.
당우 같은 자들은 거대한 음모의 회오리 속에서 희생양이 되기에 딱 알맞다.
'먹다 버린 음식 찌꺼기 같은 놈이…….'
마사는 전서들을 모두 뒤졌다. 그리고 '당우'라는 말이 들어간 전서를 모두 추려냈다.

당우는 삼 년 전 투골조 사건의 주역이었다.

그 당시의 기록을 꼼꼼하게 훑었다. 동네 사람들의 가벼운 한마디조차도 놓치지 않고 읽었다.

특이할 게 전혀 없는 자다.

'그저 순박한 아이인데······.'

살기 위해서 어린 나이에도 불구하고 농사일이라면 이것저것 안 해본 것이 없는, 그야말로 소 같은 아이다.

기록은 거짓말을 하지 않는다.

당시 동네 사람들의 반응을 살펴보면 확실히 알 수 있다. 당우가 백석산 사건을 일으킨 원흉이라고 발표했을 때, 그걸 믿는 사람은 아무도 없었다.

당시 마을 사람들은 흥분해서 날뛰었다.

당우를 때려죽일 놈으로 매도했고, 그가 살던 집을 불태웠다.

백석산 사건은 어린아이 백 명이 죽은 사건이다. 백 명의 부모만 따져도 이백 명이다.

이백 명이 우르르 달려들면 천하에 대노(大怒)한 것처럼 보인다.

당시의 세상은 그랬다.

하나 묵비가 암암리에 조사한 바에 따르면 세상 민심은 정반대로 흘러갔다.

사람들은 천검가의 발표를 믿지 않았다.

어린아이가 어린아이를 납치한다는 게 있을 수 있는 일이야? 그것도 백 명이나? 그놈이 투골조를 익혀? 어디서 씨알도 안 먹히는 소리를 해대고 있어!

이것이 천검가를 보는 눈이었다.

백석산에서 희생자가 된 아이들의 부모 중에도 천검가의 발표를 믿지 않는 사람이 태반이었다.

그래도 그들은 날뛰었다. 분풀이를 할 상대가 필요했던 것이다. 천검가를 상대할 수는 없으니 애꿎은 줄 알지만 당우 일가를 쳤던 것이다.

삼 년 전의 기록은 이게 전부다.

그 후의 기록은 뚝 끊겼다.

자신이 류명과 함께 만정을 날려 버리기 전까지 당우는 죽은 사람이었다.

그 폭발! 검련 본가를 향한 도전!

자신이 세상에 나왔다는 첫 번째 신호탄을 쏘았을 때, 그 순간부터 당우의 이름이 다시 등장한다.

제일 먼저 묵비가 발 빠르게 민심을 조사했다.

삼 년이 지난 지금, 사람들은 당우 일가를 억울하게 죽은 사람들로 기억한다.

그러나 무림의 기록으로 들어서면 상당히 흥미진진해진다.

당우의 아비가 당대 제일의 밀마해자인 도광도부다. 그는 밀마해자임과 동시에 무인이다.

그가 어떤 절학을 쓰는지는 알려진 바가 없다.

도부(刀夫)라는 말은 분명히 칼을 쓴다는 뜻인데, 그 앞에 달린 도광(賭狂)이 너무 커서 도부가 빛을 잃는다.

도광도부하면 노름을 제일 먼저 떠올리고, 그다음이 밀마를 거론한다. 별호에 도부라는 말이 들어 있음에도 불구하고 도법(刀法)을 말하는 사람은 없다.

당우가 도광도부의 진전을 이어받았을까?

그런 기록은 없다.

도(刀), 도(賭), 밀마(密碼) 이 셋 중 어느 것도 물려받지 못했다.

도광도부는 자식이 싸우는 것은 물론이고 학문을 익히는 것까지 끔찍하게 싫어했다고 적혀 있다.

이러한 사실들은 치검령이 증명했다. 추포조두가 확인했다. 벽사혈이나 묵혈도의 판단도 같았고, 묘비 지체적인 판단도 마찬가지다. '의심의 여지가 없다'는 말로 단정했다.

당우는 무공도 글도 모르는 무지한 아이였다.

치검령은 당우에게 투골조를 심었다. 류명에게서 빼내 당우에게 전이시켰다.

그 순간부터 당우의 몸에서 지독한 악취가 풍겼다고 한다.

'악취!'

마사는 만정이 폭발된 시점부터 지금까지 악취에 대한 보고 사항이 있는지 살폈다.

눈을 씻고 찾아봐도 없다. 삼 년 전에는 시신 썩는 냄새, 시궁창 냄새 등등 온갖 말이 난무했는데, 삼 년이 지난 지금은 그런 말을 일절 하지 않는다.

냄새가 사라진 것이다.

마사는 투골조에 대한 기록을 찾았다.

이미 대부분은 알고 있는 것이지만 혹여 새로운 것이 있을까 싶어서 다시 한 번 뒤적거렸다.

투골조는 조마의 독문 무공이다.

체내에 독을 쌓는 독공(毒功)의 일종이며, 투골조로 뿜어내는 독기는 너무 지독해서 천하오독(天下五毒) 중의 하나가 되었다. 이는 독문들도 인정하는 바이다.

하나 투골조에는 아주 지독한 단점이 있다.

냄새!

조마는 평생 냄새를 씻어내지 못했다. 아니, 무공이 강해질수록 냄새는 더욱 지독해졌다. 나중에는 십 리 밖에 있어도 조마가 있는 것을 알 정도로 지독한 냄새를 풍겼다.

투골조의 특성은 냄새다.

당우는 냄새를 풍기지 않는다. 무공을 수련한 흔적도 없다. 어떻게 된 것일까? 투골조를 씻어버렸나? 그럴 수도 있다. 만정에 집어넣기 전에 혈도부터 망가뜨린다고 했으니, 그때 투골조를 잃어버렸을 수도 있다.

만정이 붕괴된 후 반혼귀성이라는 단체가 등장한다.

이것은 두말할 것도 없이 살아남은 만정 마인들의 연합체다. 성(城)이니 어쩌니 하는 것은 말도 안 되고, 반혼귀(返魂鬼)라는 말은 어느 정도 수긍이 된다.

그럼 반혼귀성의 주축은 누구인가?

홍염쌍화!

반혼귀성의 모든 사람이 홍염쌍화를 주축으로 움직인다. 홍염쌍화가 결정을 내리고, 행동을 이끈다. 살아남은 사람들 중에서 무공이 제일 강하고, 강호 견문도 넓다.

여기에서도 당우라는 이름은 크게 거론되지 않는다.

단지 살아남은 마인 중 한 명 정도로 전서 한쪽 귀퉁이에 이름만 올려놓았을 뿐이다.

억세게 운이 좋은 놈이기는 하지만 주시할 정도는 못 된다.

그런데 그놈이 느닷없이 부각되었다.

비주가 당우를 데리고 길을 나설 때만 해도 당우는 미미한 존재였다. 비주가 주시해야 될 자이고, 당우는 그저 옆에서 심부름이나 하는 정도로 생각되었다.

한데 점차 주시의 대상이 바뀌었다.

비주는 천검십검과 필적할 만큼 무공이 강한 자이지만 특별히 경계를 할 정도로 뛰어나지는 않다. 다른 사람에게는 몰라도 마사에게는 그렇게 판단된다.

당우는 무공이 강하지 않다.

뒤쫓는 자들이 본 게 정확하다면 거의 무공을 펼치지 못한다.

그런데도 길에 깔아놓은 모든 눈이 그를 파악하지 못했다. 그가 곁을 스쳐 가도 알지 못했다. 마치 알면서도 일부러 놓아준 것처럼 생각될 정도다.

지켜보는 눈들은 묵비이니 그럴 수 있다고 치자. 아직도 비주에 대한 미련이 남아서 눈뜬장님인 척했다고 하자. 뒤쫓는 자들은 적성비가 은자다. 그들까지 눈뜬장님인 척할 필요가 없다.

좌호 네 명 중에 두 명이 비주를 뒤쫓고 있다.

비주의 무공을 충분히 감안해서 눈치채지 못하게끔 멀찍이 떨어져 있다.

그들이 두 사람의 움직임을 살폈다.

비주보다 당우가 먼저 숨은 자를 찾아낸다. 비주는 신법을 펼쳐서 움직이는데, 당우는 그저 어둠을 찾을 뿐이다. 그런데도 길목을 지키는 자들이 발견하지 못한다.

거기까지는 있을 수 있다.

물론 말도 안 되지만 있을 수 있다고 치자.

뒤쫓는 두 사람이 간간이 당우를 놓친다. 처음 한두 번은 그들도 우연인 줄 알았단다. 하지만 그런 일이 몇 번 반복되자 그제야 무엇인가 있다는 생각에서 보고한다고 했다.

마사가 당우를 주목하게 된 시점이다.

그전까지는 그를 전혀 주목하지 않았다. 류명과 연관된 자라서 흥미는 있었지만 그것으로 족했다. 세상은 그녀에게 생각할 거리를 너무 많이 주었다. 만정에 갇힌 불쌍한 영혼에게 허비할 생각 따위는 없었다.

그런데 그가 살아서 움직인다.

'당우……'

당우에 관한 내용들을 살피고, 살피고, 또 살폈다.

정말 묘한 것이, 그럼에도 불구하고 손에 잡히는 것이 아무 것도 없다.

당우는 마치 텅 빈 백지와 같다.

'이건 분명히 비정상이야.'

마사는 곤혹스러웠다.

반혼귀성에 대한 것들이 속속들이 밝혀지고 있다.

치검령, 벽사혈, 홍염쌍화, 그리고 신산조랑과 산음초의까지 현재의 면면이 소상하게 파악되는 중이다.

또한 추포조두와 묵혈도가 왜 따로 행동하고 있는지도 대략은 파악되었다.

모두들 속속들이 뱃속을 드러내고 있다.

당우…… 이 자만 신비에 가려져 있다.

아무것도 없거나 전체를 가지고 있거나……. 물론 마사의 판단은 후자다. 아주 중요하게 다뤄야 할 자다.

꾸욱!

아침부터 전서구가 날아들었다.

마사는 새로 날아든 전서구를 힐끔 쳐다본 후, 수북이 쌓아놓은 전서더미에 눈길을 돌렸다.

해답은 이곳에 있을 것이다.

당우도 사람인 이상 뚜렷한 증거를 남겼을 것이다.

그때, 그녀의 귓가에 다급히 달려오는 발걸음 소리가 들렸다.

그녀가 고개를 들어 쳐다보자 예상했던 대로 다급히 달려온 묵비가 전서를 내밀었다.

"뭐야?"

"빨리 보셔야겠습니다."

묵비의 얼굴은 정말 다급해 보였다.

마사는 전서를 받아 들었다.

―당우(戆牛) 침입(侵入).

―침입 시간(侵入時間) 불분명(不分明). 삼시진(三時辰) 경과(經過) 사료(思料).

―비주(秘主), 십칠점(十七點) 대기(待機).

마사는 앉은 자리에서 벌떡 일어섰다.

당우가 천검가 안으로 침입했다. 그것도 세 시진 전으로 추측된다. 최소한 세 시진이니 그전에 침입했을 수도 있다. 족히 반나절 전이다.

'어젯밤?'

기가 막힌 것은 그래도 천검가가 조용하다는 것이다.

아무런 일도 벌어지지 않았다. 경계 무인들은 태연하게 인수인계를 마쳤고, 기상한 무인들은 아침 식사를 즐긴다.

티끌만 한 변화도 일어나지 않았다.

'어떻게 이런 일이!'

마사는 제일 먼저 류명을 떠올렸다.

비주가 당우와 함께 천검가로 온다는 소리를 들었을 때, 제일 먼저 왜 올까 하는 부분부터 생각했다.

비주는 천검가로 올 수 없다. 오고 싶어도 오지 못한다. 바로 자신에게 축출당했기 때문이다.

그가 천검가로 돌아오기 위해서는 정적(政敵)이라고 할 수 있는 자신을 제거해야 한다. 하지만 자신을 건드리는 것은 류명이 용납하지 않는다.

결국 그가 돌아올 방도는 없다.

단순한 복수 정도는 할 수 있다. 자신을 죽임으로써 쫓겨난 앙심을 푸는 것은 가능하다. 하나 그것도 용이치 않은 것이, 그런 일을 벌이려면 천검가라는 철벽(鐵壁)을 뚫어야 한다.

비주는 그럴 수 있는 자가 아니다. 그럴 능력도 없을뿐더러 무엇보다도 그런 일을 벌일 만한 용기가 없다.

그녀의 시선은 당우에게 옮겨졌다.

비주가 당우와 함께 움직인다? 왜?

비주는 자신을 무너뜨리고 싶을 게다. 하나 그것이 불가능하다는 사실을 알게 된다. 그럼 그다음으로 드는 생각은 자신을 보호하고 있는 천검가가 미워질 것이다.

자신이 무공을 배우고 성장한 기반이지만 지금은 적이 된 옛 문파일 뿐이다.

그렇다면 어떤 식으로든 생채기에 불과한 작은 흠집이라도 내고 싶지 않을까?

투골조는 천검가의 약점이다.

그가 당우와 함께 움직였다는 것은 천검가에 투골조에 관한 무엇인가가 남아 있기 때문이 아닐까?

그럴 수 있다.

그게 무엇인지는 모르겠지만 천검가에 잠깐 볼일을 보고 빠져나갈 것이다.

마사는 거기까지 생각했다.

그런데 비주는 밖에 남았다. 전서에서 말한 십칠점이란 천검가가 내려다보이는 작은 야산을 일컫는다.

무공을 모르는 당우가 침입했다.

어젯밤에 슬그머니 기어들어 와서 아직도 천검가에 머물고 있다.

그가 비주와 다시 만났다거나 소호성에서 봤다는 전서가 없는 것으로 미루어보아 천검가 어딘가에 숨어 있는 게 틀림없다. 벌써 침입 목적을 달성했을 뿐만 아니라 지금쯤 빠져나갈 궁리를 하고 있는지도 모른다.

"비상! 비상종을 타종해! 아니, 아니야. 가만…… 가만 있어 봐."

마사는 부지런히 머리를 굴렸다.

놈은 자신이 발각되었다는 사실을 모르고 있다. 타종까지 해가면서 일부러 알려줄 필요가 없다.

"은밀히…… 은밀히 경계망을 두 배로 늘려! 아니, 세 배로 늘려! 극섬문! 극섬문이 나타났다고 소문을 퍼뜨려! 그럼 경계망이 심해져도 눈치채지 못할 거야. 재수도 없지. 하필이면 이럴 때 극섬문이 나타났느냐고 생각할 거야. 호호!"

마사는 웃었다.

개미조차 빠져나갈 수 없는 경계망을 편 다음 서서히 그물망을 좁힌다.

놈은 빠져나가지 못한다. 이미 그물에 걸렸으니까.

"옛! 바로 시행하겠습니다!"

눈치 빠른 묵비가 그녀의 말뜻을 분명히 알아들었다.

"잠깐!"

마사는 자리에 다시 앉았다. 그리고 생각난 듯 세필(細筆)을 들어 전서를 썼다.

─비주(秘主) 생포(生捕). 생포(生捕) 불가 시(不可時) 참살(斬殺).

한 인간의 생명을 좌우하는 짤막한 글귀다.

그녀는 전서를 책상 한 귀퉁이에 밀쳐 놨다.

"이것부터 보내."

"넷!"

묵비가 전서를 받아 들고 달려나갔다.

마사는 후구(後龜)를 찾았다.

류명은 독존대 다섯 명 중에 외눈의 사내를 후구로 뽑았다.

독안구(獨眼龜), 그가 얻은 별호다.

"극섬문이 나타났다는 말을 들었소."

그는 차분하게 말했다. 너무 차분해서 차가운 칼날이 솟아나는 느낌이다.

"가주 신변은 이상 없죠?"

"……"

그는 대답하지 않았다.

마사의 질문을 모욕으로 받아들인 듯 외눈에서 신광이 번뜩였다.

"천검가에 침입자가 있어요."

마사는 그에게 전서를 보여주었다.

"침입? 당우?"

"당우를 알아요?"

"소문만 들었소. 당시는……."

독안구가 말끝을 흐렸다.

삼 년 전, 독안구는 물지게를 지는 하인에 불과했다. 천검가의 대소사에 간여할 신분이 아니었다.

류명이 그를 알아보지 않았다면 아직도 물지게를 지고 있을 게다.

마사는 옅은 웃음을 흘리며 일어섰다.

"지금 가주께 갈 거예요. 같이 가요. 뭘 해야 되는지는 알죠?"

마사와 독안구는 친유각으로 들어섰다.

"왔어?"

류명이 그녀를 보고 반색했다.

"아침부터 전서 속에 틀어박혀 있다고 들었어. 너무하는 거 아냐? 요즘 독수공방(獨守空房)을 너무 시켜."

"죄송해요."

마사가 상큼하게 웃으며 류명 곁에 앉았다.

"넌 쉬는 시간 아냐?"

같이 따라온 독안구는 허리만 숙여 보였다.

"저 친구는 왜 데려왔어?"

"간밤에 별일 없었죠?"

"없었지. 왜? 아! 극섬문이 발견됐다고? 그것 때문에 저 친구를 불러낸 거야? 밤새 꼬박 뜬눈으로 지새웠는데 낮에는 쉬게 해줘야지. 히히히! 그리고 내가 그까짓 극섬문 정도에 해를 입을 것 같아? 염려도 지나치면 모욕이야."

류명도 소문을 들은 모양이다.

"네, 알겠어요."

"골치 아프면 말해."

"그 정도는 아니에요. 조그만 흔적을 발견한 정도인데, 옛일이 있어서 경계를 강화한 것뿐이에요."

마사는 독안구를 쳐다봤다.

그동안 독안구는 천유각 곳곳을 살폈다.

아침까지도 아무런 일이 없었던 곳이다. 전서를 보고 다시 와 살피기는 하지만 별다른 일이 있을 리 없다.

독안구가 고개를 저었다.

"뭐야? 극섬문이 날 친다는 정보라도 입수한 거야?"

눈치 빠른 류명이 두 사람을 번갈아가며 쳐다보았다.

"그런 게 아니라 조심해서 나쁠 건 없으니까요."

"하하하! 마사, 왜 이래? 마사 곁에 있었더니 나도 반여우가 다 됐어. 그만한 눈치쯤은 읽는다고. 무슨 일이야?"

마사는 독안구를 다시 한 번 쳐다봤다.

독안구는 고개를 가로저었다.

천유각의 경비는 철통이다. 물 한 방울 스며들지 못한다.

마사는 비로소 아무도 없다는 것을 확신했다.

독안구의 눈썰미는 천검가 제일이다. 그래서 그를 후구로 뽑아서 호법을 맡긴 것이다. 그가 두 번, 세 번 확인한 끝에 이상이 없다고 했다.

마사는 전서를 류명에게 건네주었다.

"당…… 우?"

"네."

"그놈이 여기를? 그럼 극섬문은?"

"놈에게까지 알려줄 필요는 없으니까요. 수색을 하고 있으니 정오까지는 잡을 거예요."

"당우가 그 정도로 고절해졌나? 천검가를 뚫을 정도로?"

"글쎄요? 다른 보고에 의하면 무공을 모른다고 하던데…… 좌우지간 어떤 자인지는 잡아봐야 알겠어요."

"당우……. 후후! 죽이지는 마. 옛날에 한번 슬쩍 봤는데… 어떻게 변했는지 궁금하고. 얼굴이나 보지고."

"신경 쓰실 것 없어요."
마사가 일어섰다.

류명은 책상에 앉아서 책을 읽고 있다.
독안구는 지붕 위로 올라갔다. 아마도 그곳에 그가 머무는 공간이 있는 듯싶다.
당우는 비로소 어젯밤 강하게 뻗치던 강기의 주인을 봤다.
그것이 류명이 뻗어낸 강기인 줄 알았는데 또 다른 자가 있었다. 그리고 그자의 무공은 류명 못지않다.
'갈수록 태산이군.'
스륵!
손등에 기어 올라온 개미를 쓱 훑어 밀었다.
마사가 자신의 존재를 벌써 발견해 냈다.
그렇다면 밖에 머물고 있는 비주가 위험하다. 자신이 침입한 것을 알았으면 그가 머물고 있는 것도 알 게다.
어떻게 할까? 나가야 하나?
당우는 마음을 가라앉혔다.
'일신은 지킬 수 있는 사람이니······.'
그의 일은 그에게 맡기고 자신은 자신의 일에만 집중한다. 그렇지 않으면 지금쯤 강한 상대와 고전을 치르고 있을 많은 사람들에게 죄인이 된다.
그나마 다행인 것은 무기지신이 통한다는 것이다.
무기지신은 검도자에게도 통했다. 마지막으로 한 수를 쓰기 전까지는 접근 자체를 알아채지 못했다.

류명은 자신이 숨어 있는 것을 알지 못한다. 자신이 침입한 사실까지 전해 들었지만, 바로 곁에 있는 줄은 생각도 못하고 있다.

그는 방심하고 있으니 그렇다고 치자.

그를 호위하는 절정무인도 무기지신을 발견하지 못했다.

마사는 그에게 두 번이나 눈짓을 했다. 주위에 낯선 자가 있냐는 물음이다. 무인은 없다고 답했다. 진기를 끌어올려서 감각으로 타진했고, 두 눈을 부릅떠서 눈으로 확인했지만 당우라는 존재를 알아채지 못했다.

무기지신은 이들에게도 통한다.

밝음 속에 육신을 드러내지 않는 한, 이들이 자신을 발견하는 일은 없을 것이다.

약간의 시간이 주어졌다.

안심하고 류명을 관찰할 수 있는 시간, 그와 일체가 될 수 있는 시간, 그래서 그의 허점을 파악할 수 있는 시간이 주어졌다.

츠으으읏!

몸과 마음의 긴장을 푼다.

주위에 있는 것들, 돌이며 화초, 잘 가꾼 나무들과 하나가 된다. 전체 속에 한 무리로 뒤엉킨다. 그리고 조금 더 멀리 나아가서 류명과 일체가 되어본다.

2

죽음은 가까이에 있다.

사람들은 죽음이 멀리 있는 것처럼 꿈과 희망에 들떠 있지만, 아주 가까이에 붙어 있다.

항상 죽음을 인식하고 살아야 한다.

지금 당장 죽을 수도 있다는 사실을 알아야 한다.

그런데 그런 일들이 죽음과 가장 가까이에 있는 무인들조차도 인식하지 못한 채 살아간다.

저벅! 저벅!

무인이 산길을 걸어온다.

묵비들만 다니는 길을 당당하게 걸어온다. 발자국을 숨기려는 노력은 엿보이지 않는다.

저벅! 저벅!

또 한 무인이 마을에서부터 산을 타고 올라온다.

그도 묵비가 다니는 험로(險路)로 들어섰다. 아주 태연하게, 그리고 익숙하게 길을 걷는다.

"후후! 후후후!"

비주는 쓰게 웃었다.

발각됐다. 혹시 아닐지도 모른다는 생각은 갖지 않는 게 좋다. 두 명이, 그것도 절정에 이른 고수가 양쪽에서 다가올 때는 분명히 발각된 게다.

그럼 당우가 잡혔나?

그것과는 상관없다.

당우와 함께 지낸 지 며칠 되지 않았지만, 그가 입을 나불거릴 정도로 가벼운 자가 아니라는 것만은 안다.

당우와는 전혀 상관없이 발각된 게다.

'어디서, 어떻게?'는 중요하지 않다. 당장 이들을 어떻게 상대해야 하는지가 중요하다.

'피할 구멍은 없겠군.'

비주는 어금니를 꽉 깨물었다.

죽음이 예감된다. 다가서는 자들을 보니 정말 힘든 싸움을 해야 할 것 같다.

저들은 누구인가?

천검가에 있으면서도 본 적이 없다. 중요 직책을 맡았던 자들이 아니다. 그런 자들 중에서 자신과 필적할 만한 고수라……. 류명이 새로 양성했다는 독존대인가 뭔가 하는 놈들인가, 아니면 적성비가에서 탄생시켰다는 검귀들인가.

스릉!

비주는 검을 뽑았다. 그리고 길가로 나섰다.

"그래도 묵비의 자존심은 지킬 줄 아는군."

"아냐. 틀렸어. 자존심을 아는 놈이 도망쳤겠나. 그리고 그 뭐야? 반혼귀성? 그런 놈들에게 붙어서 밥을 얻어먹을 바에는 차라리 칼을 물고 자진했어야지."

"하기는……."

두 사람은 자신들끼리 떠들었다.

비주는 눈을 감았다. 마음을 차분히 가라앉혔다. 이 세상에 오직 자신밖에 없다는 생각으로 어깨를 들썩였다. 아름다운 곡조가 들린다고 생각하면서 천천히 상반신을 움직였다.

"후후! 천유비비검인가? 잘못 배운 자들이 꼭 저런 짓을 하지."

"내버려 둬. 그래야 진기가 운집되는 것으로 아니까."

두 사람은 검무도 추지 않았다.

검무는 천유비비검의 상징이다.

가주도 천유비비검을 펼치기 전에는 흥겨운 검무를 춘다.

이들은 천검가의 가주조차 무시하고 있다. 천검가를 사문으로 인정하는 게 아니라 출세의 도구로 쓰고 있다. 하기는 자신 역시 그러지 않았나.

둥! 두둥! 둥둥! 둥!

머릿속에서 북소리가 울린다. 비파의 아름다운 선율도 흐른다. 검무는 어깨춤에서 시작해서 점점 큰 동작으로 이어졌다.

쉿! 쉬잇! 쉑!

검이 허공을 가른다.

천중(天中)으로, 좌하(左下)로 끊임없이 선을 이어간다.

몸속에서도 많은 움직임이 일어난다. 겉으로 펼쳐 보이는 검무보다 훨씬 많은 변화가 탄생한다.

휘루루루룻!

진기가 전신을 휘돈다. 피가 흐르는 속도보다 더 빨리 휘돈다. 일주천(一週天), 이주천(二週天)……. 검무가 운공(運功)으로 뒤바뀌어 질주한다.

어느 한순간, 그는 몰아(沒我)가 되었다. 그리고 검무도 멈췄다.

"이제 끝났나?"

"이거야 원, 지루해서 참을 수가 있나."

그들은 길게 기지개를 켜며 검을 들었다.

천유비비검은 고정된 검법이 아니다. 보는 사람, 수련하는 사람에 따라서 수천 가지로 분화된다.

새로운 천검십검 중에는 옛 방식을 고수하는 자가 있다. 천유비비검의 기수식을 충실히 수행함으로써 진기를 배가시키고 검신일체(劍身一體)를 이룬다.

이런 과정을 무시하는 사람도 생겼다.

천유비비검을 패검(覇劍), 강검(剛劍)으로 해석한 부류다.

적성비가의 두 은자는 천유비비검을 일섬겁화와 같은 방식으로 해석했다.

일섬겁화는 쾌검이자 강검이다.

검을 들어서 내칠 때까지 몇 가지 움직임만 취해도 천유비비검이 노리는 검신일체는 이루어진다. 또한 대부분의 검문은 이런 식으로 검법을 형성한다. 천검가처럼 싸우기 직전에 검무를 지루하게 추는 검법은 존재하지 않는다.

그렇다고 반드시 검무를 춰야 된다는 법도 없다.

천유비비검의 특징을 알게 된 사람들이 검무를 추게 하겠는가? 그들은 다짜고짜 공격을 시도한다.

그럴 때는 또 그런대로 맞받는다.

굳이 검무를 추지 않아도 된다는 뜻이다.

검무를 춤으로써 얻게 되는 이득보다 그로 인해서 잃게 되는 시간과 조롱이 더 크다.

천유비비검에 대한 새로운 해석이다.

어느 것이 맞는지는 판단이 유보되었다.

유일하게 해석을 내려줄 수 있는 사람이 가주인데, 가주는 병을 핑계로 사람들을 만나지 않는다.

쉭! 쉬잇!

한 사람은 우아한 학의 몸짓으로, 또 한 사람은 날쌘 독수리처럼 쾌속하게 날아올랐다.

쒜엑! 쒜엑!

그들이 뿜어낸 검광은 아름다운 물결을 그리며 날았다.

장승처럼 우두커니 서 있는 비주가 비로소 검을 본 듯 꿈틀거렸다. 아니, 그는 가만히 있는데 손에 든 검이 혼자서 꿈틀거리는 것처럼 보였다.

까앙! 깡깡깡깡!

그는 두 사람의 검을 막아냈다.

날쌘 독수리는 연이어 오 초를 떨쳐 냈다. 다섯 번의 공격이 숨 쉴 틈 없이 몰아쳤다. 찰나에 불과한 지극히 짧은 시간 동안 머리끝에서부터 허벅지까지 쭉 훑어 내렸다.

그동안 우아한 학은 단 한 차례의 공격만 가했다.

쒜에엑!

가장 늦게 도착한 검이 머리 위에서 폭죽처럼 터졌다.

'눈부시다!'

절로 감탄이 일어날 만큼 화려한 변검(變劍)이다. 환검(幻劍)이며 난검(亂劍)이다. 검이 사라지고 화려한 물결만 남아 있다. 검이 그려낸 선밖에 보이지 않는다.

쒜엑!

비주는 펄쩍 뛰어올라 정강이로 쏟아져 들어오는 검을 피했다. 그와 동시에 머리 위에서 터지는 폭죽도 맞이했다. 폭죽은 내버려 두고 무인의 몸을 찔러갔다.

"같이 죽자는 건가!"

쩌렁 일갈이 터지면서 환검이 비주의 검을 후려쳤다.

까앙!

검과 검이 부딪치며 불똥이 일어난다. 그 순간, 공격하던 사내의 눈빛이 출렁거렸다.

쒜엑!

비주의 검이 환검을 밀쳐 내며 곧장 찔러갔다.

싸움 중에 무인의 눈빛이 변한다는 건 죽음이다. 패배다. 무엇인가 어긋났다는 신호다.

쒜엑! 까앙!

사내는 밀려났던 검을 되돌려 또 한 번 검을 쳐냈다.

비주는 갑옷 입은 들소 같다. 회살 같은 것은 모조리 튕겨내며 달려든다. 창으로 찔러도 죽지 않고 덤빈다. 칼도 썰러노

억센 뿔만 앞세우고 달려든다.

딱 그 모습이다. 검신을 두들기고 또 두들겨도 계속 달려든다.

"미친!"

무인이 화난 듯 소리쳤다.

그가 살검(殺劍)을 쓰지 못해서 안 쓰는 게 아니다. 환검으로 검신을 두들기지 않고 몸통을 가격하면 어찌 되겠나? 양패구상(兩敗俱傷), 같이 죽는 길밖에 없다.

비주는 승산이 없다고 판단한 것인가? 그래서 동귀어진(同歸於盡)을 택했나?

그때, 또 다른 검이 비주의 하복부를 찔렀다.

쉐엑!

정강이를 베려던 검은 비주가 허공으로 솟구치자 즉시 찌르는 검으로 변화되었다. 그리고 눈부신 속도로 확신을 가지고 찔렀다. 아래에서 위로 지상에 있는 자가 퉁겨 오르면서 허공에 떠 있는 자를 가격한다. 속도, 힘, 변화 모든 것을 갖췄다. 반면에 허공에 뜬 자는 신형을 변화시킬 수 없다는 치명적인 단점을 안고 있다. 실패할 수 없는 검이다.

푸욱!

예상대로 쾌검이 하복부를 제일 먼저 찔렀다.

그 순간, 환검을 쓰던 자는 밑에서 일어나는 변화를 감지하고 비룡번신(飛龍翻身)을 시도, 뒤로 빠졌다.

그때, 비주는 마치 이런 일들을 예상이라도 했다는 듯 검초를 변화시켰다. 들소처럼 무작정 앞으로만 찔러 나가던 검이 방향을 직각으로 꺾더니 아래에서 공격해 온 무인의 정수리를 찍어갔다.

놀랍도록 순간적인 변화, 아무도 예상하지 못한 급공이다.

"헛!"

아래에서 공격하던 무인은 너무도 다급한 나머지 검을 놓고 홀쩍 물러섰다.

찌이익! 푸욱!

검이 그의 옆얼굴에 스쳤다. 그리고 어깻죽지를 강하게 찔렀다.

무인은 몸을 비틀 듯이 발버둥 쳤다.

어깨에 깊이 틀어박히는 검을 빼내는 방법이지만 고통이 무척 심하다. 상처도 더 넓게 벌어진다. 어깨에 검이 박히는 것으로 끝나지 않는다고 생각했을 때에 시도하는 마지막 수법이다.

"훅!"

사내의 얼굴이 파랗게 질렸다.

그의 상처는 매우 깊었다. 어깨 쇠골 부근에서부터 심장 부근까지 맹수의 발톱에 할퀸 것처럼 갈기갈기 찢어졌다.

상처에서 피가 철철 흘러나온다.

그러나 그것보다도 더 중요한 것이 있다. 그는 검을 놓아버렸다. 비주의 하복부를 찌른 검을 그대로 놓고 물러났다

"큭큭!"

협지(挾持) 139

비주가 아랫배를 쳐다보며 웃었다.

쓱!

비주는 검을 뽑았다. 그리고 요대를 조금 아래로 내려서 단단히 동여맸다.

그는 무인의 검까지 쌍검을 들었다.

"한 놈은 검이 없고 또 한 놈은 환검이군. 병신들. 천유비비검을 제대로 수련했다면 내가 당했을 터인데."

비주가 비웃었다.

두 무인도 웃었다.

"한번 호기(好機)를 잡더니 아예 기고만장이군."

"죽기 무서워서 도망치는 놈한테 무슨 말을 하랴."

"뭐야!"

"후후! 검을 써라. 난 언제나 동귀어진이니, 죽을 각오가 아니거든 깊게 들어오지 마라."

휙! 휙!

쌍검이 허공에 난무했다.

비주가 또 검무를 추기 시작했다.

그가 춤을 출 때마다 하복부에서는 피가 줄줄 흘러내린다. 벌써 하의를 흥건히 적시고도 모자라서 땅을 적시고 있다. 이대로 가만히 내버려 두기만 해도 과다 출혈로 죽을 것 같다.

"자넨 빠져."

검을 든 자가 상처 입은 자에게 말했다.

"비주인데…… 혼자서 되겠나?"

그가 염려스런 표정으로 물었다.

비주도 천검십검과 필적하고, 그들도 비등하다. 엄밀히 말하면 누가 이길지 알 수 없다. 먼저 말한 대로 비주는 한 번의 호기를 잡았을 뿐이다. 이번에 벌어지는 싸움에서는 누가 호기를 잡을지 아무도 모른다.

그래도 염려스러운 말을 한다.

그들이 은자 생활을 할 때 비주는 천검가의 하늘이었다. 살수나 다름없는 생활로 밤이슬을 맞고 다닐 때, 그는 천하를 주물럭거렸다. 묵비라는 조직을 이끌면서 강남 무림의 판도에 신경을 썼다.

살아온 차원이 다르다.

사실 얼마 전까지만 해도 감히 비주와 검을 맞댈 생각은 하지 못했다. 그와 겨룰 생각 같은 건 꿈도 꾸지 않았다.

검 든 무인이 말했다.

"그래 봤자 상처 입은 호랑이밖에 더 되겠어?"

쐐엑!

그가 신형을 띄웠다. 학처럼 우아하게, 부드럽게…….

무공의 본질은 자연과의 조화에 있다. 자연의 힘으로 싸워야 한다. 순리로 싸우는 것이다.

그러자면 자연의 기운, 습성을 닮아야 한다.

자연은 거칠지 않다. 빠르지 않다. 바람이 빠르고 폭풍이 거칠 때 자연은 파괴된다. 생성(生成)은 눈에 보이지 않을 정도로 부드럽다. 포근하다.

생성이 극에 이르면 파괴가 일어난다.

나무가 성장할 만큼 성장하면 그다음은 죽는다. 죽어서 주변에 있는 자연에 일조한다. 다른 생명을 일으키는 데 영양분이 된다.

파괴 또한 삶이다.

천유비비검도 마찬가지다. 부드러움이 극에 이르면 변(變)이 자유롭다. 변화가 극에 이르면 어디든지 가격할 수 있다. 가장 빨리 방해받음 없이 한 지점을 타격한다.

생명의 검이 무적의 검, 파괴의 검으로 재탄생한다.

이러한 무리는 검을 통해 증명될 것이다.

그는 자신한다, 어떠한 검도 자신의 검을 능가할 수 없다고.

차이약!

검광이 그물처럼 확 퍼졌다.

비주는 그가 말한 대로 역시 동귀어진의 수법을 떨쳐 왔다.

검이 일직선으로 쭉 밀고 들어온다. 전신 진기를 모두 쏟아부은 검이라서 웬만한 타격으로는 방향을 틀 수 없다. 이미 두 번이나 시험해 보지 않았나.

쒜에에엑!

무인은 환검 그대로 부딪쳐 갔다.

먼젓번하고 똑같은 양상이다. 다른 점이 있다면 전에는 모르고 부딪쳤지만 지금은 알고 부딪친다는 점이다.

따앙! 탕! 탕! 탕!

무인은 뒤로 물러서면서 연신 검신을 두들겼다.

두 번으로 안 되면 네 번을 가격한다. 네 번으로 안 되면 여덟 번을 친다. 비주의 검이 방향을 바꿀 때까지 수십, 수백 번이라도 가격한다.

그러자면 신법이 용이해야 한다.

비주가 원하는 대로 동귀어진을 당할 수는 없다. 뒤로 물러서고 또 물러서면서 계속 검신을 두들긴다.

타앙! 땅땅땅!

대장장이가 망치로 쇠를 두들길 때처럼 검이 검을 후려치면서 불똥을 일으킨다. 그때,

쒜엑!

비주가 들고 있던 또 하나의 검을 쾌속하게 내던졌다.

"훗!"

무인은 느닷없는 공격에 몸을 옆으로 틀었다. 신법이 흐트러지는 것을 감수하면서. 화살보다 빠르게 날아오는 검을 움직이지 않고 피할 수는 없다.

쒜엑!

짐작했던 대로 비주의 검이 곧게 찔러왔다.

검을 내던져서 신법을 흐트러뜨린 다음, 자신은 같은 공격을 계속 이어간다.

'제길!'

무인은 투덜거렸다.

검을 던지는 한 수 때문에 신법이 뭉개졌다. 이제 비주의 뜻대로 유신과 유신을 맞바꾸든지 뒤로 물러서야 한다.

협지(挾持)

그는 서슴없이 물러섰다.

공격이야 호흡을 가다듬고 다시 하면 된다. 급한 사람은 끊임없이 진기를 밀어내는 비주이지 자신이 아니다. 한데,

쒜엑!

비주가 느닷없이 신형을 돌려 숲 깊숙이 뛰어들었다.

"엇!"

"웃!"

두 사람은 전혀 예상치 못했던 도주에 입만 쩍 벌릴 뿐 움직이지 못했다. 한 명은 뒤로 물러서는 중이었고, 또 한 명은 점혈(點穴)을 통해 간신히 지혈을 마치는 중이었다.

둘 다 움직일 수 있는 여건이 되지 않았다.

"흠!"

뒤로 몸을 뺐던 무인이 땅을 쳐다봤다.

땅에는 핏자국이 흥건하다. 비주가 흘린 피다.

"쫓아가야지?"

"그래야지."

"한 수 배웠군."

"늙은 생강이 맵다고 했잖아. 비주 정도 되려면 저만한 경험은 있어야겠지."

점혈을 마친 무인이 땅에 떨어진 자신의 검을 주워 들었다.

"검만 놓지 않았어도."

그가 아쉬운 듯 말했다.

"비주는…… 한 번 도주하는 데는 성공했지만 큰 실수를 했

어. 후후! 그가 어떤 식으로 싸우는지 보여줬잖아. 생각해 봐. 다음에 또 만나면 어떨 것 같아?"

"후후! 숨통을 끊어줄 수 있지."

어깨에 상처를 입은 무인이 검을 검집에 꽂으며 말했다.

비주와 한 번 싸웠다. 비주의 내공도 경험했다. 초식도 봤다. 어떤 식으로 싸우는지 몸으로 겪었다.

싸울 때는 정신이 없었는데, 그가 도주한 다음에 생각해 보니 당황할 일이 아니다. 마음이 조금만 더 차분했어도 이 자리에서 끝장 낼 수 있었다.

괜히 그를 두렵게 봤다.

"금창약이나 발라. 서둘 필요 없어."

무인이 상처 입은 자를 쳐다보며 말했다.

'휴우!'

비주는 그리 멀지 않은 곳에서 하복부를 점혈했다.

검에 찔린 부근에 피가 통하지 않도록 혈맥을 차단한다. 그리고 금창약을 바른다.

저들은 적성비가라는 특출한 은가에서 수련한 자들이다. 그런데 하는 행동을 보면 전혀 은가 출신답지 않다.

상처 입은 자는 즉시 쫓아야 한다. 한시도 쉴 틈을 주어서는 안 된다. 자신들이 쉬면 상처 입은 자도 쉰다는 사실을 명심해야 한다. 그렇기 때문에 양쪽이 모두 상처를 입은 경우에는 이지의 싸움이 될 공산이 높다.

저들은 그런 기본적인 행동마저도 잊어버렸다.

은자는 잊어버리고 무인 흉내를 내고 있다.

저들의 생각을 읽을 수 있다.

자신이 도주한 곳에서 십 리 정도 가면 또 하나의 눈이 있다.

절곡에 숨어 있는 눈인데, 그를 피해서 도주하기는 불가능하다.

그는 한 시진마다 자리 이동을 한다. 먼젓번 봤던 자리에 머물러 있지 않다.

당우와 함께 움직일 때는 그가 미리 파악해 주었기 때문에 쉽게 피할 수 있었다.

지금은 힘들 것 같다.

저들도 그런 점을 아는 것 같다. 그러니 십 리 안에서 다시 종적을 잡을 것이고, 당장 추격할 필요가 없다고 생각한 게다. 그러기보다는 상처 입은 자를 치료해서 이 대 일의 수적 우세를 유지하는 게 낫다는 판단이리라.

저들이 무인 흉내를 낸다면 이쪽도 길이 열린다.

잊었는가? 묵비는 하는 일의 성격상 은자와 흡사하다는 것을. 은자가 하는 일들을 거의 대부분 할 수 있다는 것을. 그래서 은자의 비술에도 관심이 많다는 것을.

묵비가 괜히 땅을 파고 숨은 게 아니다. 괜히 절벽에 위장포를 뒤집어쓰고 누워 있는 게 아니다.

"끄웅!"

그는 자신도 모르게 신음했다.

하복부에 금창약을 들이붓자 극심한 통증이 밀려든다. 생살이 다시 찢기는 듯한 아픔이다.

그는 눈을 감았다. 그리고 곧 잠이 들었다.

두 명의 무인이 지척에 있건만 아랑곳하지 않았다.

저들은 한 시진 이내에는 움직이지 않을 것이다. 상처에서 피가 멈추고 팔을 쓰는 데 이상이 없다는 점을 확인한 후에야 천천히 기동할 게다.

그동안 푹 쉰다.

소모해 버린 진기를 보충한다.

'한잠 자고 난 다음에 한 판 더 붙어보자고. 후후! 애송이들.'

第七十五章
기망(欺罔)

詩と由
　紙

1

'마지막 한 수!'

아홉 개의 머리가 생각을 마쳤다.

진기를 쓰지 못한다는 결정적인 한계는 어쩔 수 없다. 어떤 방법을 사용해도 그것만은 극복하지 못한다. 동남동녀 백 명을 희생시켜서 원정진기를 뽑아 먹지 않는 한 고칠 수 없는 부분이다.

그래도 그는 진기를 쓴다.

여러 사람이 어떤 진기인지는 모르지만 진기 없이 신법을 일으킬 수는 없다고 말했다.

그들이 말한 진기의 신체를 찾아냈다.

그의 진기는 단단한 껍질로 둘러싸여 있다. 밖에서 사용할 수 없게끔 밀봉되어 있다. 하지만 그 막(膜)은 가죽 주머니처럼 완벽하게 막힌 게 아니다.

밖에서 흡수한 진기를 끊임없이 받아들인다. 지금 이 순간에 받아들이는 외기(外氣)까지도 흡수한다. 그러나 지금까지 생각해 온 것처럼 전신 진기를 쪽쪽 빨아들인 건 아니다. 생명을 유지할 수 있게끔 약간의 잠력(潛力)을 풀어놓는다.

그가 사용한 것은 의념(意念)으로 움직일 수 없는 잠력이다.

만정에서부터 습득한 비기도 있다.

치검령의 이기타기를 응용한 것으로 일종의 흡성대법이나 북명신공 정도로 생각하면 된다.

일단 타격을 받는다. 전신으로 충격을 고스란히 흡수한다. 죽지 않을 정도만 얻어맞으면 된다.

그의 몸에는 경근속생술이 펼쳐져 있다. 주요 혈에는 구각교피도 붙어 있다.

웬만한 타격은 거뜬히 받아넘긴다.

육신이 충격을 받는 순간, 그 충격을 힘의 근원으로 삼는다. 몸에 들어온 충격을 재빨리 끌어당기고 회전시켜서 진기를 일으킨다. 그리고 절기를 펼쳐 낸다.

이는 편마가 홍염쌍화를 상대로 펼쳤던 방법이다.

물론 그때는 치검령이 직접 이기타기를 펼쳐서 진기를 밀어 넣었다. 추포조두도 옆에서 진기를 보탰다.

편마는 밀려들어 온 진기를 자기 것처럼 썼을 뿐이다.

당우는 편마의 방식을 진일보시켰다. 누구의 도움 없이 자기 스스로 진기를 끌어들이고 소화시키는 방법을 강구해 냈다. 그리고 거침없이 쏟다.

이러한 진기 운용 방식은 제한이 많다.

우선 진기를 축적하지 못한다. 내공을 수련할 때처럼 축적시키지 못한다.

둘째로 시간이 흐르면 기껏 받아들인 진기도 스르르 풀려 나간다. 받아들이는 즉시 써야 한다. 그 틈이 찰나에 불과해서 바로 역습을 가하지 않으면 공격할 기회를 잃어버린다.

먼저 당하고 순간적으로 역습을 가해야 한다.

당우는 이러한 무공을 수련만 했지 사용하지 못했다.

경근속생술? 구각교피? 그것들이 강력한 타격을 어느 정도나 막아줄까? 권각(拳脚)으로 공격해 온다면 얼마든지 받아주겠다. 검으로 찔러오고 칼로 베어오는데 육신으로 받아낼 수 있나?

그가 수련한 것은 실전에서 사용할 수 없는 책 속의 무공이다.

잠력은 죽었다가 깨어나도 의도적으로 끌어낼 수 없고, 특별히 수련한 비기는 사용 불가능하다.

이러한 한계를 인정하고 다음 단계로 넘어가야 한다.

틀린 말인가? 맞는 말 아닌가?

틀린 말이다. 그러한 한계를 인정하고 다음 단계부터 생각을 기듭했기 때문에 마지막 한 수가 떠오르지 않았다.

이세는 그 한 수가 떠오른다.

주위에 검도자가 있다면 시험 삼아 써보고 싶은데…….
사전 점검을 하지 않고 바로 실전에서 사용한다는 것이 조금 마음에 걸린다.
'할 수 없지!'
당우는 밤이 깊어질 때까지 기다렸다가 슬그머니 몸을 일으켰다.

스읏!
어른 몸통만 한 나무 기둥에 등을 댔다.
좌우로는 벽이다. 앞에는 자신이 숨어 있던 수풀이 보인다. 횃불이 주위를 환하게 밝히고 있지만, 다행히도 천유각 안에는 경비 서는 무인이 없다.
정문 너머로 무인 두 명의 등이 보인다.
주의해야 할 사람이 있다. 외눈박이무인이 지붕 위에서 두 귀를 쫑긋 세우고 있다.
드디어 승부를 걸 때가 왔다.
당우는 손에 들고 있던 작은 돌멩이를 발 앞에 떨어뜨렸다. 힘껏 던질 필요는 없다. 손바닥만 펴서 굴려 떨어뜨린다는 기분으로 구르게 한다.
톡! 데구루루……!
돌 굴러가는 소리가 지극히 미미하게 회랑을 울렸다. 그리고,
스읏!

세상은 여전히 조용하다. 하지만 당우는 지붕 위에서 날쌘 들고양이가 움직이는 느낌을 감지했다.

그럴 것이다. 전각 전체를 혼자서 감당할 정도로 강한 자라면 파리의 날갯짓조차 분간해 낼 것이다. 그런 자가 돌 굴러가는 소리를 알아채지 못하랴.

스웃!

지붕에 있던 자가 스르륵 내려선다. 거의 같은 순간, 당우도 그를 맞이하기 위해 신형을 띄웠다.

"읏!"

그가 짧은 경악성을 토해냈다.

회랑에 무엇인가 있기는 한데, 그는 쥐가 아닐까 생각했다. 누가 침입한 흔적도 없을뿐더러 대담하게 회랑에서 시비를 걸어올 수는 없다고 생각했다.

회랑은 공개된 장소다.

검이 부딪치는 소리는 정문을 지키는 수문 무인들을 뒤돌아서게 만든다. 안에서 운공 중인 류명에게 경계심을 북돋게 만든다. 일다경 정도의 시간만 흐르면 천검가 무인들이 전각 주위를 빼곡히 에워쌀 것이다.

자살하기로 작정한 놈이 아닌 한 탁 트인 회랑에서 시비를 걸 수는 없다.

무엇보다도 인기척을 감지하지 못했다.

무슨 소리가 나긴 했는데 사람이 있을 것이라는 느낌은 전

기망(欺罔) 155

해오지 않았다.

그는 확인만 한다는 심정으로 가볍게 내려섰다.

그 순간, 당우가 쏘아온 것이다.

'이런! 어처구니없는 짓이!'

당우는 외눈이 말하는 소리를 들었다.

그는 분명히 경악했다. 전혀 예상치 못한 공격에 당황했다.

그렇다고 경악만 하고 있을 그가 아니다. 그것뿐이라면 독존대를 운운하지도 못한다.

외눈에서 살광이 번뜩였다. 그리고,

쉐엑!

일장이 무서운 속도로 쏘아져 온다.

피하고 싶어도 피할 틈이 없다. 그는 어른이고 자신은 어린아이다. 이 싸움에서는 분명히 그렇다. 어린아이가 예상치 못한 곳에서 불쑥 튀어나와 놀라기는 했지만 곧 힘찬 주먹질이 시작된다.

퍼엉!

가슴에서 둔중한 울림이 일어났다.

마치 쇠뭉치로 얻어맞은 듯 등뼈까지 자르르 울린다. 하나 그 순간 묵중한 통증은 진기가 되어 휘돌았다. 그리고 거의 반사적으로 다섯 손가락이 쏟아져 나갔다.

쉐엑! 퍼억!

오지(五指)가 명치에 틀어박혔다. 손가락이 살을 뚫고 들어가서 뼈를 으스러뜨렸다.

우두둑!

갈비뼈 부러지는 소리가 울렸다.

푹! 푸욱! 뿌드득!

손목까지 뱃속으로 파고들었다. 주먹으로 두부를 친 것처럼 오른손이 거침없이 뱃속으로 쑤셔 들어갔다.

"컥! 컥!"

그가 숨 막히는 단말마를 토해냈다.

당우는 그제야 오른손을 빼냈다.

툭!

독안구의 신형이 모래성처럼 허물어졌다.

투골조! 투골조가 살아 있다!

당우는 피 묻은 오른손을 들여다보며 한동안 멍하니 서 있었다.

정문 무인들은 뒤만 돌아보면 그를 발견했을 것이다. 류명이 문을 열고 나설 수도 있다.

이 순간, 그는 완전한 방심 상태였다.

자신조차도 너무 놀라서 무엇을 해야 할지 상황 판단이 되지 않았다. 그저 피 묻은 손을 들여다볼 뿐이다.

독안구의 뻥 뚫린 배에서 피가 샘물처럼 솟구친다.

붉은 핏물이 회랑을 타고 내려가 마당으로 후드득 떨어진다.

원래는 주먹을 쓸 생각이었다. 명치를 힘차게 두들길 생각이었다. 상대로 하여금 검을 뽑지 못할 상태로 몰아넣고 한 대 맞은 다음 한 대 돌려주면 남는 장사라고 생각했다.

가슴을 두들긴 타격이 진기가 되어서 전신을 휘도는 순간, 권이라고 생각했던 것은 조(爪)가 되었다.

투골조의 운용 구결이 자신도 모르게 떠올랐다.

오지가 한데 모아져서 송곳이 되었다. 전신을 휘돌던 진기가 손끝에 모아지며 철추(鐵鎚)가 되었다. 그리고 꽝!

'웃!'

당우는 정신을 퍼뜩 차렸다.

일이 이상하게 틀어졌다.

독인구를 살려줄 생각은 없었나.

아니, 아니, 이건 너무 건방진 말이다. 자신의 무공으로 독안구를 살려준다거나 죽인다는 생각을 하는 건 오만이다. 무조건 최선을 다하는 것으로 만족해야 한다.

그러나 전신의 피란 피를 모두 뽑아낼 생각은 없었다.

그런 죽음은 아주 위험하다. 만정에서 피 냄새를 맡고 살았기 때문에 피비린내가 얼마나 심한지 알고 있다. 곧 정문 무인들이 냄새를 맡을 것이다. 류명은 더 빨리 알아챌 게다.

가능하다면 조용히 격살한 후에 류명까지 들이칠 생각이었다. 하지만 이제는 방법을 바꿔야 한다. 독안구가 이상하게 죽었기 때문에 처음부터 다시 시작해야 한다.

쉭! 스웃!

그는 신형을 날렸다.

다시 숨는다. 류명을 지켜본다.

덜컹!

문이 열리면서 류명이 나왔다.

역시 정문 무인들이 뒤돌아보는 것보다 류명이 더 빨리 알아차렸다. 정문 무인들은 밖에 있고 그는 안에 있었는데 그래도 그가 더 빨리 알았다.

그가 독안구의 시신을 봤다.

그는 잠시 놀란 듯했지만 곧 냉정을 회복했다.

우선 주위를 쓸어본다. 주검을 만든 자가 주위에 있는지 주의 깊게 살핀다.

이상이 없다. 인기척도 없고 살기도 없다.

그제야 독안구의 시신을 뒤집었다.

"흠!"

그가 짤막한 탄성을 토해냈다.

"엇! 가주님!"

"가주님, 이게……."

정문을 지키던 무인들이 그제야 피 냄새를 맡고 달려왔다.

"호들갑 떨지 말고…… 우룡을 불러와."

"네? 넷!"

명을 받은 무인들이 쪼르르 달려나갔다.

잠시 후, 소식을 들은 사람들이 거의 동시에 달려왔다.

독존대 다섯 명 중 우룡으로 분류된 네 사내가 독안구의 시신을 살폈다.

"일격에 당했군요."

"이게 어떤 병기지? 쇠뭉치 같은 것으로 찔린 것 같은데? 상처 크기가 거의 주먹만 해."

"쯧! 어쩌다가."

그들은 독안구의 죽음을 비교적 담담하게 받아들였다.

애도는 인상 한 번 찡그리는 것으로 대신했다. 그리고 사인을 분석하기에 바빴다.

"뭐에 당한 것 같아?"

류명이 웃으면서 말했다.

"글쎄요? 이만한 구멍을 내려면 선뜻 떠오르는 게 없습니다. 창이라면 등까지 꿰뚫렸을 것 같고… 이건 명치로 파고들어서 비스듬히 위로 올라갔어요. 조금만 더 올라갔으면 심장을 직접 타격할 뻔했습니다."

"아직 어떻게 당했는지도 모르는 거예요?"

마사가 종종걸음으로 다가섰다.

독안구가 당했다는 소식을 듣고 급히 달려온 것 같다.

"음! 잘 오셨습니다. 혹시 이 상처에 적합할 만한 병기가 생각나시는지?"

조심스럽게 물었다.

정통 무가의 병기 중에는 상처에 합당한 것이 없다. 그렇다면 적성비가는 어떤가 하는 물음이다.

마사가 상처를 들여다봤다. 그리고 피식 웃었다.
"손이군요."
"손?"
우룡은 서로를 쳐다봤다.
그들은 강호 경험이 일천하다. 지금은 우룡이라는 막중한 위치에 있지만 얼마 전까지만 해도 하급 무인이었거나 무공을 모르는 일반인이었다.
그들의 무공은 급성장했다. 무공만 급성장했다.
독안구도 무공이 약해서 당한 게 아니다. 경험이 부족했기 때문에 순간적인 방심을 했다.
"관수(貫手)로 살을 찢고 안에서 휘저었어요. 손이에요."
"손……?"
우룡은 같은 말만 반복했다.
어떻게 검을 든 검사가 손에 당했단 말인가? 그것도 류명의 거처에서, 그가 있는 곳에서. 도대체 독안구에게 어떤 일이 벌어졌던 것인가.
"투골조군."
류명이 말했다.
마사는 고개를 끄덕였다.
"당우가 투골조를 대성한 것 같다는 생각이 들어요."
"대성?"
류명이 믿지 못하겠다는 표정을 지었다.
투골조를 십성까지 깨우치려면 무려 천 명의 동남동녀기 필요하다. 일성에 백 명씩 열 번을 이어가야 한다.

이게 가당키나 한 말인가?

과거 살심이라면 하늘을 찔렀던 조마조차도 십성에 이르지 못했다.

동남동녀 백 명을 구한다는 게 쉬운 게 아니다. 더군다나 아이들만 죽인다고 해서 십성까지 쭉쭉 뻗어나가는 것도 아니다. 각 단계마다 이뤄야 할 단계가 있다.

백 명의 아이를 잡아냈다고 해도 일정한 성취를 이뤄내지 않고는 다음 단계로 넘어갈 수 없다.

삼 년이란 시간, 자신이 천유비비검을 수련한 시간이지만 투골조를 수련하기에는 터무니없이 부족하다. 천유비비검은 깨달음의 검학이지만, 투골조는 성취의 무공이기 때문이다.

마사가 침중한 표정으로 말했다.

"지금 주위에서 쓰레기 냄새가 나나요?"

그 말에 모두 냄새를 맡아봤다.

아무 냄새도 나지 않는다. 피 냄새, 풀 냄새, 한 가지 덧붙이자면 마사의 청초한 냄새가 맡아진다.

"시신 썩는 냄새는요?"

그들은 마사의 말뜻을 알아차렸다.

투골조는 냄새를 풍긴다. 조마는 냄새 때문에 가까이하는 사람이 없었다. 냄새가 너무 지독한 탓에 싸우려는 사람조차 없었다. 마인인 줄 알면서도 가까이 오지 않기만 바랐다.

독안구의 시신은 아무런 냄새도 풍기지 않는다.

투골조를 썼는데 냄새가 나지 않는다. 그렇다면 조마의 단계를 뛰어넘었다는 뜻이고, 대성에 이르지 않았을까 추측된다.

"재미있군."

류명이 독안구의 상처를 다시 살폈다.

어쩌면 자신이 만들었을지도 모를 상처다. 그때 투골조를 포기하지 않고 계속 수련했다면 이런 수공(手功)이 자신의 손에서 터졌을 수도 있다.

"위력이 대단하지 않아?"

"걸리면 끝입니다."

"그런데… 독안구는 검도 뽑지 못했어. 즉, 기습을 받았다는 이야기야. 검을 뽑을 틈도 주지 않고 당했다……. 어떻게 기습했기에 이럴까? 이런 기습은 사실 나도 힘든데 말이야."

우룡은 아무 소리도 하지 못했다.

그들 중에서 기척도 없이 독안구에게 다가설 수 있는 사람은 없다. 그를 기습할 수는 있다. 하지만 검과 검이 부딪치는 상황을 피할 방도는 없다.

당우는 그 일을 해냈다.

"모두들 물러가."

류명이 차게 굳은 얼굴로 말했다.

"가가!"

마사가 류명의 뜻을 알아채고 소매 끝을 잡았다.

류명이 웃었다.

기망(欺罔) 163

"내가 당할 것이라고 생각해?"
"아뇨. 하지만……."
"이런 놈 하나 상대하지 못하고 검련을 쥘 수 있어?"
"가가."
"가. 가서 기다려. 모두 가라. 이곳에서 멀찍이 떨어져. 저 놈들도 치우고."
그가 정문을 지키는 무인들을 가리켰다.

"당우, 오랜만이다."
류명이 회랑을 거닐면서 혼잣말로 중얼거렸다.
회랑은 고적했다. 우룡은 그의 명을 받들어 완전히 모습을 감췄다. 들어가는 척하고 숨어 있는 게 아니다. 그 정도로는 당우를 기망할 수 없다고 판단해서 완전히 물러났다.
마사도 거처로 돌아갔다.
천유각 주변이 비워졌다.
"이곳엔 나뿐인데…… 나올 수 있나?"
대답이 들리지 않는다. 텅 빈 허공에 실바람만 맴돈다.
"후후! 기습인가? 독안구에게 했듯이 날 노리나?"
그는 회랑에서 내려와 화원을 거닐었다.
당우는 어디에나 있을 수 있다. 자신의 눈에 띄지 않고, 우룡의 눈에 띄지 않는다. 독안구를 감쪽같이 죽여 버렸다. 당우는 살수 중의 살수가 되어서 나타났다.
류명은 경계심을 띠지 않았다. 전신을 탁 풀어서 언제든지 공격해 보라는 뜻을 전했다.

"그렇다면 복수로군. 복수……. 좋은 말이지. 괜히 잘사는 사람을 죽음으로 몰아넣었다 이거지? 하하하! 난 내가 제일 대단한 줄 알았는데 네놈도 대단하군. 그때는 분명히 무공 같은 건 근처에도 가보지 않은 풋내기였는데 고수가 되어서 나타났어. 하하하! 좋아, 오늘부터 나흘 동안 그 누구도 천유각에 얼씬거리지 않을 게다. 그 안에 승부를 내도록 해."

류명이 전각을 향해 뒤돌아섰다.

"아! 네놈이 언제까지 숨어 있을 수 있다고는 생각지 마라. 마사에게는 네놈을 찾을 수 있는 비책이 있어. 나흘 후에는 아마도 그게 준비될 게다. 그러니 내 충고를 받아들여. 나흘이다, 나흘. 하하하!"

류명이 혼잣말을 마치고 앙천광소를 터뜨렸다.

2

마지막 한 수가 통했다. 그것도 너무 잘 통했다.

지금까지 만정에서 그 숱한 싸움을 치러왔지만 투골조를 써보겠다는 생각을 한 번도 한 적이 없다. 어차피 미완성으로 끝날 무학이기 때문이다.

육성이나 칠성 정도까지라도 수련할 수 있다면 기꺼이 했을 게다. 하지만 고삭 일성이다. 맛만 보다가 끝나고 만다. 기수식을 배운다고 자세만 잡다가 일생이 끝나 버린다.

투골조를 계속 수련한다는 것은 그런 의미다.

그래서 투골조를 잊었다. 편마의 녹엽만주에 온 정신을 쏟았다. 만정에서 나온 다음에는 백마비전이라는 잡다한 마공들을 섭렵하느라고 정신이 없었다.

그래 봤자 어차피 정신 무공일 뿐이다.

육체로 펼칠 수 없는, 실전에서 사용될 수 없는, 머릿속에 기억해 놨다가 다른 사람에게 전해주는 통로 역할만 할 뿐이다.

백마비전에는 마지막 한 수로 써먹을 만한 무공이 산재했다.

그 어떤 무공을 가져와도 마지막 한 수로 흡족한 성과를 낼 수 있었다.

진기만, 진기만 충족한다면.

그런데 상대방의 타격을 진기 삼아서 부지불식간에 내뻗은 일격이 투골조다.

본인 스스로는 투골조를 잊었다고 생각했지만 사실은 가장 깊이 생각해 왔다는 반증이다. 너무 깊이 생각해서 이제는 몸의 일부처럼 자연스럽게 달라붙었다.

당우는 고민했다.

충격을 받은 후 부지불식간에 펼쳐지는 게 투골조라면 정말 고민을 깊게 해야 된다.

그것은 필살의 싸움밖에 안 된다.

단순한 제압 같은 것은 꿈도 꾸지 못한다. 딱 한 가지밖에 못한다. 반격을 받고 죽인다. 힘 조절도 할 수 없고 다른 권장

(拳掌)으로 바꿀 수도 없다.

이토록 곤혹스럽고 난감한 일이 또 있을까?

자신이 반드시 이긴다는 소리는 아니다. 질 경우도 생긴다. 이길 경우에 별다른 소득을 기대할 수 없다는 것이다.

다른 방책은 없나?

시험이라도 해볼 수 있으면 좋겠는데, 타격을 당하기 전에는 어떤 게 튀어나갈지 알 수 없으니 답답하기만 하다.

그렇다고 여기까지 와서 이대로 돌아갈 수는 없다.

당우는 밤이 깊을 때까지 기다렸다.

류명을 이길 자신은 없지만 만나봐야 하지 않겠나.

꽤 늦은 시각인데도 방 안에서는 불빛이 꺼지지 않고 있다.

똑! 똑!

당우는 정식으로 방문을 두들겼다.

"들어와."

누구냐고 묻지도 않는다. 대뜸 들어오란다.

당우는 방문을 열고 들어섰다.

류명이 보인다. 방 안 정중앙에 탁자를 놓고 그 위에 가부좌를 틀고 앉아서 운공조식 중이다.

두 사내의 눈길이 마주치면서 불똥을 튀겼다.

"네가 당우?"

당우는 고개를 끄덕였다.

"낮에 독안구를 죽였나?"

당우는 이번에도 고개를 끄덕였다.
"대담하군. 모든 걸 시인하다니. 그만큼 자신있다는 뜻인가?"
"하나만 묻자."
"묻자? 내가 천검가의 가주라는 건 알고 왔나? 그럼 가주에 대한 예의를 지켜야지."
"그런 건 네 수하들에게나 강요해."
"푸하핫! 하하하하!"
류명이 앙천광소를 터뜨렸다.
그는 한눈에 당우를 읽어냈다.
신경 쓸 것 없는 놈이다. 두 발은 중심이 잡혀 있지만 진기는 깃들이 있지 않다. 눈동자에는 힘이 넘치지만 강기는 풍기지 않는다. 정말로, 정말로 한주먹거리도 안 되는 놈이다.
그런데 이놈이 독안구를 죽였다.
이해할 수 없는 일이 벌어진 것이다.
놈의 면면을 살피면 투골조를 수련한 흔적이 전혀 없다. 한데 투골조를 써서 단숨에 죽였다.
류명에게는 새로운 연구거리다.
그는 당우를 적으로 생각하지 않았다. 우리에 갇힌 애완동물이 어떻게 적이 될 수 있는가.
"당우…… 어디 투골조가 어떤 건지 구경 좀 보자."
류명이 깍지를 낀 후 으드득 소리가 나게 꺾었다.
당우는 오히려 팔짱을 꼈다. 피식 웃기까지 했다.

"그것도 좋은데 먼저 알아둘 게 있다. 천검가에 나 혼자 들어왔다고 확신하나?"

"……?"

"이곳 천유각이 화액으로 뒤범벅이 되었다면 믿겠나?"

"하하하! 하하! 화액……. 좋아, 좋아. 화액은 아주 좋은 공갈 협박이 되지. 하하하!"

류명이 웃었다.

그는 당우의 말을 믿지 않는다. 믿지 못하는 근거가 있다. 사람들을 천유각에서 물린 후 어떠한 인기척도 듣지 못했다. 화액이 바람에 실려와 스스로 묻은 게 아닌 이상, 당우의 말은 거짓말이다. 괜한 공갈이다.

하지만 그는 이미 흔들리고 있다.

화액은 세상에 등장했다. 폭파된 만정을 또 한 번 폭파시켰다. 그리고 그 덕분에 만정 마인들이 살아났다.

당우와 화액은 불가분의 관계에 있다. 그가 화액을 쓴다고 해서 하등 이상할 게 없다. 만일 정말로 화액을 뿌렸다면 천유각은 만정 꼴이 된다.

당우 이놈 말을 믿어야 하나?

당우가 말했다.

"잠시 눈을 감아보겠어?"

"뭐라고?"

"독안구라고 했나? 그 애새가 어떻게 죽였는지 가르쳐 주지. 어때? 눈 감을 용기는 있나?"

"후후후!"

류명이 당우를 노려봤다.

당우도 눈길을 피하지 않았다.

그는 류명이 화원에서 자신에게 말을 걸 때 그의 성격이 어떤지 파악해 냈다.

그 정도는 쉽다. 아홉 개의 머리가 톱니바퀴처럼 맞물리면서 돌아가면 예전에는 보지 못했던 것들이 뚜렷이 보인다.

한 인간의 성격을 파악하는 것은 아주 쉬운 일에 속한다.

"독안구가 어떻게 죽었는지 가르쳐 주겠다?"

"그걸 알게 되면 천유각에 화액을 어떻게 묻혔는지도 알게 되지."

"좋아!"

그 말을 끝으로 류명은 정말로 눈을 감아버렸다.

어디 마음대로 기습을 해봐라. 하고 싶은 대로 해봐라.

꼭 감은 눈에서 그의 자신감이 읽혔다.

당우는 기습을 가하지 않았다. 어차피 무공으로는 승산이 없다고 판단했다.

당우는 옆으로 다섯 걸음을 옮겼다.

"됐어. 그만 눈 떠."

류명이 눈을 떴다. 처음에는 웃음을 머금고, 그러나 곧 화등잔만 하게 부릅떴다.

당우가 말했다.

"이제 알겠나?"

"……."

류명은 아무 소리도 못했다.

그는 눈을 감았다. 그리고 주위의 움직임에 감각을 기울였다. 공기의 흐름도 읽고, 바닥이 울리는 소리도 들었다. 미세한 움직임조차도 모두 파악하려고 온 신경을 기울였다.

움직임은 없었다. 그러나 당우는 움직였다. 눈을 오래 감고 있었던 것도 아니다. 금방 감았다가 떴다. 다섯 걸음? 옆으로 천천히 다섯 걸음 걸을 시간 동안 감고 있었던 것 같다.

당우는 자신이 눈을 감자마자 걸었다. 옆으로 다섯 걸음이나 걸었다. 그런데 자신은 어떠한 움직임도 읽지 못했다.

짝! 짝짝! 짝짝짝!

"대단하군."

류명이 박수를 치면서 말했다.

이 정도의 신법이라면 독안구가 검도 뽑지 못하고 죽은 게 이해된다. 천검가 무인들의 이목을 속이고 무인지경 헤집고 들어온 것이 오히려 당연하다.

그의 이목을 속였다.

오감 중에서 단 하나, 시각을 버렸을 뿐인데 움직임을 읽지 못했다. 그것도 코앞에서 움직였는데 말이다.

"믿는 게 좋아. 이곳은……."

당우는 큼지막한 기둥을 만졌다.

"저기 있는 촛불만 떨어뜨려도 꽝이야. 너도 나도 흔적도 없이 날아가는 거지."

당우가 시선을 류명에게로 돌렸다.

"그러니 투골조를 보기 전에 먼저 내 물음부터 대답해 줘야 겠어. 삼 년 전에 투골조⋯⋯ 누구에게 전수받았나?"

"⋯⋯."

류명이 대답하지 않고 당우를 노려봤다.

당우의 말을 믿고 싶지 않다. 하지만 당우라면 화액을 구할 수 있고, 천유각에 묻힐 수 있다. 자신이 직접 당우의 신법을 봤기 때문에 믿지 않을 수 없다.

"이 신법도 투골조에서 나온 것이냐?"

"물론."

"하하하! 거짓말을 하려면 제대로 해야지? 내가 투골조의 구결을 잊어버렸을 것 같으냐!"

"잊지 않았겠지. 그럼 구결을 다시 살펴보도록. 자실(子實) 이라는 말을 기억하나?"

"자실⋯⋯."

"자실은 투골조의 기본이다. 일성의 완성을 자실이라고 하지. 당시 넌 자실을 연성할 수 있었다. 동남동녀 백 명의 원정 진기로 이루는 것이 자실이니까. 자실이란 전신의 모든 기운을 뭉쳐서 한 개의 씨앗으로 만드는 것이다. 그러면 귀식대법(龜息大法)을 펼쳤을 때처럼 전신의 기운을 죽일 수 있지."

"⋯⋯."

"자, 이제 더 이상 물음은 허락하지 않는다. 누가 투골조를 전수했나? 대답을 하든가, 같이 죽든가."

당우가 활활 타오르는 대황촉(大黃燭)을 집어 들었다. 그리고 봉창이 있는 곳으로 걸어가 벽에 어깨를 기댔다. 여차하면 봉창 밖으로 대황촉을 던질 기세다.

"누군지는 나도 모른다."

류명이 입을 열었다.

"믿을지 모르겠지만 나도 어떻게 해서 투골조를 지니게 되었는지 모른다."

파아아아……!

당우는 류명과 하나가 되었다.

그의 호흡, 감각, 가슴의 울림까지 자신의 것처럼 감지했다.

류명은 거짓말을 하고 있지 않다. 가슴 떨림도 없고 흥분됨도 없다. 담담하게 옛이야기를 풀어놓고 있다.

"후후! 어느 날 문득 정신을 차려보니 아이들이 백여 명이나 죽어 있더군. 내공은 급상승되어 있고, 들어본 적도 없는 구결이 머릿속에 맴돌고."

'거짓말이 아니다.'

"그것이 전부다."

사실이다. 류명은 거짓말을 하고 있지 않다.

지금까지 많은 사람들이 잘못 알아왔다. 류명이 자진해서 투골조를 수련했다고 생각한다. 천검가의 무인이라면, 그때 사건을 기억하는 사람이라면 모두 그렇게 알고 있다.

류명도 누명을 썼다.

이상한 것은 가주의 태도다. 가주는 진실을 파악하기보다는

기망(欺罔) 173

사태를 수습하기에 급급했다.

검련 본가도 이상하다.

마치 류명을 오래전부터 주시해 왔던 듯 백석산 사건이 터지자마자 추포조두를 파견했다.

검련 본가는 공격하고, 천검가는 방어하는 형국이다.

투골조 사건은 그것으로 끝났다.

두 가문은 마치 아무런 일도 없었던 듯 백석산 사건을 덮어버렸다.

왜? 그것을 알기 위해서는 가주를 만나야 한다. 병환으로 몸져누워 있다는 가주와 대면해야 한다. 천유비비검의 창시자와 정면으로 부딪쳐야 한다. 가능한가?

"실망했나?"

류명이 놀리듯이 말했다.

"그런 넌…… 투골조를 수련했다는 오명을 뒤집어썼는데, 억울하지 않나?"

"후후후! 덕분에 천유비비검을 빨리 배울 수 있었지. 전부 사오 년씩 폐관 수련을 해야 겨우 기초를 닦는데, 나는 삼 년 만에 이룰 수 있었어. 그러면 된 것 아닌가?"

"그렇군. 그거면 된 거군."

그러면 자신은 뭔가? 중간에 끼어서 만정에 굴러 떨어진 운명은 뭐가 되는가.

이들은 상당한 이기주의자들이다.

당우는 빠져나가야 할 순간임을 깨달았다.

류명에게서는 더 얻을 게 없다. 그는 자신도 모르게 투골조를 얻었고, 얻자마자 빼앗겼다. 투골조를 내놓으면서 망설였던 것은, 내놓기 싫어했던 것은 어떠한 무공이든 잃기 싫어하는 무인의 욕심 때문이다. 거기에 또 다른 이유는 없다.
　"이제 그만 가야겠어."
　"후후후! 이대로?"
　류명의 눈가에 살광이 번뜩였다.
　"안타깝게도 이번에는 네가 졌다. 같이 죽기 싫으면 놓아줄 수밖에 없어. 선택은 네 자유다."
　"화액이 널 언제까지 보호해 줄까?"
　"적어도 지금 이 순간만은 보호해 주겠지."
　"후후후! 지금 널 놔주면 이곳을 벗어나자마자 불꽃을 일으킬걸? 그러느니 차라리 같이 죽는 편이 낫겠군."
　"널 죽이고자 했다면 벌써 죽였을 거라는 생각은 안 드나?"
　"……."
　류명이 침묵했다.
　류명은 목숨을 아낀다. 아직 죽고 싶지 않다. 그렇기 때문에 자신의 상대가 안 된다. 무공은 하늘을 찌를지라도 목숨을 아끼는 한 최고가 되지 못한다.
　죽음의 수련을 거쳤다고 했나?
　헛고생했다. 죽음을 몸속 깊이 받아들이지 않고 겉으로만 느꼈다. 물론 당시에는 뼛속 깊이 느꼈겠지만, 편안하고 안락한 생활에 젖다 보니 어느새 망각해 버렸다.

죽음을 느낀 세월이 너무 짧다.

아니다. 그도 삼 년, 자신도 삼 년이다. 다만 자신은 만정에서 항시 죽음과 함께 살았고, 그는 가끔 느낀 정도다. 그 차이 때문에 자신은 아직도 죽음이 곁에 있는 것 같지만, 류명은 현실로 돌아올 수 있었던 게다.

당우가 확인시키듯 말했다.

"화액을 묻히자마자 불꽃을 일으켰다면 지금쯤 넌…… 후후! 재가 되지 않았을까 싶은데."

"……."

"날 믿어라. 오늘은 이대로 물러간다. 대신 너도 최소한 한 시진은 기다렸다가 추적을 시작해라. 추격을 안 하지는 않을 거고…… 사내 대 사내로. 괜찮나?"

"사내 대 사내? 후후후!"

당우는 그를 남겨두고 뒷걸음질로 물러섰다.

류명은 움직이지 않았다.

쉿!

당우는 천유각을 빠져나오기가 무섭게 신형을 쏘아냈다.

쒜엑!

바람이 뒤흔들리며 류명이 곧바로 뛰쳐나왔다.

그렇게 다짐해 주었지만 천유각에 불을 놓을까 봐 가만히 있지 못한 것이다.

그는 전각을 벗어난 것도 모자라서 담장 밖으로 신형을 쏘아냈다.

　당우는 담장을 넘어서지 않았다. 그것은 너무나 위험하다. 그래서 잠시 숨어 있던 곳에 다시 몸을 숨겼다.

　그때, 무인 한 명이 횃불을 들고 뛰어들어 왔다.

　그는 영문도 모른 채 기둥이며 담에 일 장 간격으로 횃불을 들이댔다.

　'이런!'

　당우는 한심한 생각이 들었다.

　이것이 류명의 그릇인가?

　화액을 확인하기 위해 친 혈육이나 다름없는 자파의 문도에게 횃불을 쥐어준 건가?

　당우는 마사가 류명을 지아비로 택한 이유를 알 것 같았다.

　류명은 보검이다. 매우 날카로운 검이다. 검수가 마음대로 휘두를 수 있는 좋은 검이다. 그러면서 부리기는 쉽다. 조금만 손질해 주면 아주 순해진다.

　천검가의 가주는 마사다.

　"화액은 없어요."

　마사가 굳이 말할 필요도 없었다. 천검가 무인이 횃불을 들고 일일이 확인한 후이다.

　"가가께서 속은 거예요."

　"으……!"

　류명은 주먹을 움켜쥐었다.

기망(欺罔) 177

자신이 누군가에게 속았다는 사실, 그것도 눈 뜬 상태에서 당했다는 사실이 치 떨리게 만든다.

"말해준 게 뭐예요?"

"으……!"

류명은 말을 하지 못하고 주먹만 부들부들 떨었다.

"괜찮아요. 당우…… 여기서 빠져나갔을 것 같아요?"

"놈이 아직도 여기 있단 말이야?"

"예. 아직 빠져나가지 못했어요. 확신해요."

"그놈은 언제쯤 찾을 수 있나?"

"듣겠어요."

"그런가? 후후! 후후후!"

류명이 잔소(殘笑)를 흘렸다.

'화액……'

마사는 당우를 다른 관점에서 다시 볼 필요가 있다고 생각했다.

투골조를 수련한 무인에서 사람 심리를 이용할 줄 아는 머리 비상한 무인으로 격상시켜야 한다.

화액을 들먹이면 류명은 당하게 되어 있다.

그가 직접 만정을 폭파시켰다. 한데 그것보다 훨씬 강력한 폭발이 일어났다. 산의 지형을 바꿔 버릴 만한 강력한 폭발이다.

눈을 부릅뜰 만큼 놀라운 화력이다.

"화액이 뭐야?"

이 한마디로 류명의 심중이 대변된다.

류명이 가장 껄끄러워하는 게 있다면 노가주와 화액일 것이다.

당우가 그 점을 집어냈다. 그 점으로 협박했다. 아무것도 없는데 대황촉만 들고 설쳤다.

류명을 탓할 수는 없다. 그가 속을 만한 분위기가 연출되었을 게다.

'빠져나갔을까?'

솔직히 그 점은 장담하지 못한다.

류명에게는 빠져나가지 못했다고 말했지만 그는 류명 앞에서 기척없이 움직였다고 한다. 그런 자를 천검가 무인들이 잡아낸다는 것은 어불성설이다.

당우에게 천검가는 안방이나 다름없다. 오고 싶으면 오고 가고 싶으면 간다.

하지만 마사는 당우가 빠져나가지 못했다고, 아니, 빠져나가지 않았다고 단정한다.

그는 류명에게 만족한 답을 듣지 못했다. 투골조에 관한 진실을 듣지 못했다. 그런 말을 해줄 사람은?

'노가주!'

마사의 눈빛이 반짝였다.

第七十六章
원모(遠謀)

1

 자고로 나아갈 때와 물러설 때를 알아야 한다고 했다.
 지금은 물러설 때다.
 투골조에 대한 궁금증은 전혀 풀리지 않았다. 바보 같은 류명만 다시 발견했을 뿐이다.
 미공자에다 무공도 뛰어나고, 젊은 나이에 천검가를 걸머지었고, 머리까지 똑똑하니 그야말로 인중지룡(人中之龍), 하지만 당우에게는 이리저리 휘둘리는 바보로만 보인다.
 하기는 그를 바보라고 할 수는 없다.
 그 나이에 누군가가 모략을 꾸민다면 당할 수밖에 없을 것이다. 더군다나 짐작하는 것처럼 검련 본가에서 일을 추진했다면 당하지 않을 재간이 없다.

원모(遠謀) 183

천검가는 무조건 가장 빠른 시간 내에 모략으로부터 벗어나야 한다. 그러자면 뭘 어떻게 해야 할까?

그래서 등장한 사람들이 치검령과 자신이다.

검련 본가와 천검가는 한바탕 후다닥 싸움을 벌였다가 그만두었다. 어떤 무리가 만정에 떨어졌든 어쨌든, 누가 죽었든 말든 그들이 신경 쓸 이유가 없다.

고래 싸움에 끼어서 등 터진 게다.

그것밖에는 없다.

노가주가 싸움을 왜 그만뒀는지, 검련 본가에서 왜 그런 모략을 꾸몄는지 알아낸들 무엇하겠는가.

이미 다 지나간 일이다.

무림에서 벌이지는 수많은 암세 중에 한 가지가 지나간 것뿐이다.

그러나 당우는 그럴 수 없다.

그는 아직도 백석산 사건의 주역이다. 백 명의 동남동녀를 죽인 원흉이다. 사람들은 믿지 않지만 공식적으로는 그런 식으로 결정되어 버렸다.

오명을 벗든 안 벗든 크게 중요하지는 않다.

솔직히 아주 먼 곳으로 가서 이름을 바꾸고 살면 알아보는 사람조차 없을 게다.

그런데 그러자니 약이 오른다.

사람을 마음대로 농락하는 저들이 괘씸하다. 더불어서 아버지가 저들에게 무슨 빚을 졌는지도 알아야겠다. 도대체 어떤 빚을 졌기에 자식을 죽음으로 내몬단 말인가.

자신이 인정할 수 있는 빚이어야 한다. 만일 그렇지 않으면 아버지도 용서하지 않겠다.

어쨌든 오늘은 물러난다.

류명은 가지고 놀았지만 노가주는 그런 식으로 요리될 인물이 아니다. 그를 만나기 위해서는 그와 맞설 만한 무공이 필요하다. 그렇지 않으면 투골조 사건의 잔재로 취급받아서 정리당한다.

얌전히 물러서야 할 때다.

'오늘은 이만……. 이미 경종을 울렸으니 너희도 편히 발 뻗고 자지는 못할 것.'

당우는 자신의 시간이 돌아오기를 기다렸다. 어둠, 아주 깊은 어둠이 포근한 이불처럼 전신을 에워쌀 것이다.

컹! 컹컹! 컹컹!

개 짖는 소리가 요란하게 울렸다.

순간, 도둑질하다가 들킨 사람처럼 가슴이 거칠게 뛰었다. 어떤 이유에서인지 잘 모르겠지만 불길한 예감이 머리끝까지 치밀어서 숨조차 크게 쉴 수 없었다.

'저 개…….'

미간이 저절로 찌푸려졌다.

천갑가에도 개는 있다. 애완견부디 수색견까지 여러 종류를 기른다. 하지만 그가 듣는 소리는 소금 독득하나. 냉수가 아닌가 싶을 정도로 강한 야성(野性)이 감지된다.

컹컹컹! 컹컹!

시간이 흐를수록 개 짖는 소리는 더욱 커져만 간다.

'심상치 않아!'

해가 지려면 한 시진 정도를 더 기다려야 한다. 하지만 조금이라도 지체해서는 안 될 것 같다는 느낌이 든다.

쉬익!

당우는 허공으로 신형을 띄웠다.

드디어 천유각 담장을 넘어선 것이다. 그때,

"저기닷!"

"저놈이닷!"

사방에서 거의 동시에 우렁찬 일갈이 터져 나왔다.

보보마다 천유각 무인이다. 멀리 떨어져 있다고 해봐야 일장 간격이다.

천검가 무인들이 천유각을 빙 둘러 에워싸고 있다.

역시 낮에 움직이는 것은 무리인가.

쒜엑! 쒜엑! 쒜엑!

헝겊 채찍이 바람을 갈랐다.

녹엽만주보다 사십사편혈을 썼다.

녹엽만주는 살상에 중점을 둔다. 폭풍처럼 몰아치든 실바람처럼 다가가든 죽이기만 하면 된다는 식이다. 반면에 사십사편혈은 일정한 초식에 근거를 둔다. 매 초마다 위맹한 강기를 동반해서 채찍이 다가오기도 전에 공포심부터 안긴다.

살상적인 측면에서는 녹엽만주가 단연 뛰어나지만 시각적인 효과나 청각적인 효과에서는 사십사편혈이 낫다.

당우는 사십사편혈조차 제대로 펼칠 수 없다. 하지만 강맹한 느낌은 들게 할 수 있다.

천검가 무인들이 어려움을 깨닫고 물러나 줬으면.

채찍이 발목을 휘감아오자 다가서던 무인이 깜짝 놀라 허공으로 솟구쳤다. 다른 무인은 급히 몸을 틀어서 벽에 달라붙었다. 또 다른 무인은 뒤로 훌쩍 물러섰다.

채찍의 장점은 원거리 공격에 있다. 파공음이 크다는 점, 위력이 실제 지닌 힘보다 더 크게 느껴진다는 점도 장점이다.

쉐엑!

당우는 눈에 보이는 전각 안으로 뛰어들었다.

어떤 이름을 가진 전각인지, 누구의 전각인지 알지 못한다. 하지만 노출된 상태로 있는 것보다는 훨씬 안전할 듯싶다. 그래서 과감하게 뛰어들어 갔다.

쫘앙!

전각 문이 산산조각났다.

심수각(心修閣)!

대부인의 이남인 류과의 거처다. 아니, 거처였다.

심수각이라는 이름은 류과가 직접 지었으며, 글씨는 천검가주가 직접 썼다.

류과는 심수각이라는 현판을 내걸면서 진각 안에서만큼은

큰 소리로 떠드는 일이 없어야 할 것이라고 천명했다. 웃고 우는 인간의 감정 표현조차도 삼가라고 말했다.

그가 있을 때, 심수각은 절간이나 다름없었다. 늘 깊은 침묵이 잔잔하게 깔려 있었다.

그러나 오늘, 심수각은 제대로 큰 소리를 냈다.

컹컹! 컹컹! 컹!

심수각 밖에서 짖어대는 개 소리가 귀청을 두들겼다.

'심상치 않은데?'

당우는 미간을 찌푸렸다.

그는 전각 안으로 뛰어들자마자 가장 어두운 곳, 천장 위로 올라섰다. 전각 안은 어둡고 천장은 더욱 어둡다. 이곳이라면 밤이 될 때까지 버틸 수 있을 것 같다.

그런데 천검가 무인들이 따라서 들어오지 않았다.

바로 뒤쫓아 들어올 줄 알았는데 천장에 올라서고도 한참이 지나도록 감감무소식이다.

그러다가 개 짖는 소리가 울려오기 시작했다.

포위망을 펼친 듯 사방에서 짖어대는데 정신이 없을 정도다. 또한 심수각 담장 앞에까지 왔는지 바로 옆에서 짖는 것처럼 생생하게 들린다.

그것뿐이면 담담할 수 있다.

도미나찰, 전신의 모든 감각을 완전히 풀어버리면 온 신경을 바짝 곤두세웠을 때보다 더 많은 것을 보고, 더 많은 소리를 들을 수 있다.

도미나찰로 개 짖는 소리를 들었다.

개들은 정확히 자신을 보고 짖는다. 심수각 담장 밖에서 짖고 있지만 느낄 수 있다. 개들의 잿빛 눈초리가 느껴진다. 개들은 정확히 전각 천장을 노려보면서 짖는다.

어찌 된 일인가? 개들에게는 무기지신이 통하지 않는 것인가?

개가 전각 안으로 들어서면 움치고 뛸 시간조차 주어지지 않는다. 빠져나가려면 지금 나가야 하는데, 나가기만 하면 꼼짝없이 생포될 것이다.

'그것참……'

당우는 진퇴양난에 걸려들었다.

해지는 것이 먼저냐, 개가 투입되는 것이 먼저냐? 전자라면 당장 뚫고 나갈 수 있지만, 후자라면 상당히 어려워진다.

입안이 바작바작 타들어간다.

컹컹! 컹컹컹!

개 짖는 소리가 점점 가까워진다.

포위했던 개들 중 일부가 이동해서 전각 안으로 투입되고 있다는 소리일 게다.

지금 당장 빠져나가야 한다.

지금은 한 걸음도 움직일 수 없다.

구령마혼, 아홉 개의 머리가 이 모순된 문제를 풀기 위해서 팽팽 돌아갔다. 하지만 제한된 환경과 불안전한 무공으로 할 수 있는 일은 전혀 없었다.

컹컹! 컹컹! 컹……!

개들이 전각 안으로 쏟아져 들어왔다.

눈동자에 푸르스름한 귀기(鬼氣)가 감도는 것으로 보아서 특별하게 조련된 추격견인 듯싶다.

컹! 컹컹……!

개들은 정확하게 당우가 숨어 있는 곳으로 달려왔다. 그리고 세상이 떠나가라 짖어댔다.

"호호호! 역시…… 떠나지 않았군."

마사가 웃으면서 들어왔다.

당우는 포박되어서 무릎 꿇려졌다.

"허! 기가 막혀서……."

"이놈이 정말 독안구를 죽인 놈이야? 믿을 수가 있어야지."

우룡들은 당우를 보고 헛바람부터 토해냈다.

당우는 뛰어난 구석이 없다. 어지간한 자들이라면 상대할 수 있을 것 같다. 그런데 이런 자에게 천검십검과 비견되는 독안구가 죽었다니 믿을 수 있는가.

"저, 이자…… 저 주세요."

마사가 말했다.

"저놈을? 뭐하게?"

류명이 눈길을 당우에게 고정시킨 채 물었다.

"쓸모가 있겠어요. 빨리 죽이는 건 독안구를 생각하는 게 아니에요. 가능한 천천히, 고통스럽게 죽여야죠."

"고통스럽게라……."

"한 사나흘 정도 흠씬 두들겨 팬 다음에 죽이려고요."

"후후! 뭔가 다른 생각이 있나 보군."

"예? 왜 그런 생각을 하셨어요?"

"내가 아는 마사란 여자는 고통 같은 건 생각하지 않는 여자지. 독안구의 복수를 생각했다면 즉참(卽斬)이 가장 나았을 거야. 몇 대 더 때리고 죽인다고 해서 달라질 건 없다고 생각하니까. 내 말이 많이 틀리지는 않았지?"

"그럼 다시 말할게요. 무조건 제게 맡겨주세요. 득이 되었으면 되었지 나쁜 건 없어요."

"이유는 몰라도 되고?"

"나중에 꼭 말씀드릴게요."

"하하하! 그러지. 하하하!"

류명이 통쾌하게 웃었다.

아니다. 사실 그의 눈은 분노로 이글이글 타올랐다.

우룡은 당우를 보고 어처구니없어했다. 이런 놈에게 독안구가 당했다는 사실을 믿을 수 없다고 했다.

그 말은 다시 말해서 자신을 조롱하는 것과 진배없다.

놈들은 자신들이 무슨 말을 하고 있는지도 모른다. 독안구를 조롱하는 말이 곧 자신을 조롱한다는 사실을 깨닫지 못한다. 그러면서 무조건 나불거리기만 한다.

독안구가 놈에게 당했다.

자신도 당했다. 놈에게 계략으로 당하고, 무공으로 당하고,

철저하게 당했다. 놈에게 놀림까지 당했으니 어떤 면에서는 독안구보다 더 비참하게 무너졌다.

단매에 때려죽이고 싶다.

화액이니 어쩌니 하면서 나불거리던 주둥이부터 짓이겨 버린다. 대황촉을 들었던 팔은 조각조각 썰어버린다. 자신을 빤히 쳐다보던 눈동자는 파내서 개에게 던져 준다.

그래도 직성이 풀리지 않는다.

그런 자를 당장 죽이지 않고 달라? 다른 자가 그런 말을 했다면 어림 반 푼 어치도 없다. 오히려 그런 말을 한 자까지 한데 몰아서 치도곤을 냈으리라.

그런데 마사가 말했다.

들어줄 수밖에 없는 사람이 그런 말을 했다.

"이유는 나중이라……."

"나중에 꼭 말씀드릴게요. 절대 후회는 안 하실 거예요."

마사가 손을 살며시 잡아왔다.

무기지신!

마사는 당우가 가진 능력을 한눈에 알아봤다.

그녀는 적성비가의 은자다. 은자가 살수들이 오매불망하는 궁극의 경지를 몰라본다면 수치다. 살수들이 고대하고 또 고대하는 무기지신을 어찌 몰라볼까.

한심한 것은 이들을 추격했던 좌호들이다.

세요독부를 비롯해서 네 놈 중 그 누구도 무기지신이란 말은 언급한 자가 없다.

네 놈 중 둘은 남고 둘은 비주와 당우를 뒤쫓았다.

남은 놈들은 그렇다 치고 뒤쫓은 놈들은 무기지신을 알아봤어야 하는 거 아닌가!

모두들 무공에 눈이 멀어서 적성비가의 비기를 까맣게 잊었다.

차령미기는 약도 되지만 독도 된다. 좌호, 그들에게는 약보다도 독이 더 된 것 같다.

천검가 무인 이십 명이 당우를 에워쌌다. 그리고 우룡 네 명이 포위망 밖에서 팔짱을 낀 채 지켜본다.

"풀어줘라."

마사가 명했다.

"푸, 풀어줍니까?"

천검가 무인이 얼떨떨한 표정으로 말했다.

마사의 명령은 뜻밖이다. 놔주기만 하면 펄펄 날뛰는 놈인데, 기껏 잡은 놈인데 놔주다니.

밖에서 지켜보던 우룡들에게도 마사의 명은 뜻밖이다.

하나 그들은 간여하지 않았다. 류명이 천유각으로 돌아가면서 일체 간섭하지 말라고 명했기 때문이다.

"검을 줘라."

"검까지요?"

천검가 무인이 노골적으로 떨떠름한 표정을 지었다.

마사는 두말하지 않았다. 얼음처럼 차기운 눈으로 당우를 쏘아볼 뿐이다.

천검가 무인이 진검을 건넸다.

마사가 말했다.

"지금부터 결전을 벌일 것이다. 우리는 목검을 쓴다. 넌 진검을 써라. 수단 방법을 가리지 말고 빠져나가라. 이곳만 벗어나면 자유를 보장해 주마. 천검가 밖으로 빠져나갈 길을 내가 직접 안내해 주겠다. 저 문…… 저 문만 벗어나라."

마사가 주위를 쓱 둘러봤다.

목검 대 진검, 결전.

누구도 나서려고 하지 않는다.

더군다나 상대할 놈은 독안구를 잔인하게 죽인 놈이다. 투골조를 절정으로 익혀서 걸리기만 하면 끝장이다.

그런 놈하고 누가 싸우랴.

"너!"

마사가 무인을 지목했다.

"저, 저는……."

천검가 무인이 주춤거렸다.

그들이 보기에도 당우는 참 한심하다. 무인다운 모습을 전혀 엿볼 수 없다. 하지만 그는 절정고수를 죽였다. 천유각까지 침입했는데도 아무도 눈치채지 못했다. 호기심이라면 모를까 결전 상대로는 겨루고 싶지 않은 자다.

"너, 검 놓고 나가. 너!"

마사가 다른 무인을 지목했다.

검 놓고 나가라는 말은 곧 파문이다. 기껏 고생해서 이제 기틀을 마련했는데 여기서 나갈 수는 없다.
"하, 하겠습니다. 제가 합니다."
먼저 지목받은 무인이 목검을 집어 들고 나섰다.

목검을 든 무인은 마음이 조급했다. 상대는 진검이 아닌가. 더군다나 어떤 비기를 쓸지 모르잖은가. 그래서 처음부터 전력을 다해서 일격을 가했다.
쉐엑!
검이 상대의 머리와 어깨를 동시에 노렸다.
당우는 허점투성이다. 보폭도 엉성해서 빨리 피하기가 어려워 보인다. 그렇다고 변화를 이끌어낼 수도 없어 보인다.
당우는 엉거주춤한 자세로 검을 들어 올렸다.
그래도 제딴에는 공격을 막아보려고 애쓴 듯하다.
따악!
목검이 당우의 머리를 사정없이 후려쳤다. 나무가 단단한 껍질을 두들겼을 때처럼 맑은 소리가 울렸다.
비명은 울리지 않았다.
천검가 무인은 일격을 성공시킨 후 훌쩍 물러섰다.
그는 여전히 긴장했다. 너무 쉽게 일격을 가했기 때문에 이것이 혹시 함정이 아닐까 하는 우려가 깊었다.
당우의 머리가 깨지면서 피가 주르륵 흘러내렸다.
싸움이 끝났다. 누가 봐도 당우의 패배다.

"다음! 너!"

마사가 다른 무인을 지목했다.

이번 무인도 마지못해서 목검을 들고 나섰다.

먼저 무인이 머리를 깨놓은 터라서 경계심이 한결 더했다. 악에 받친 놈이 무슨 짓인들 못하랴.

"에잇!"

무인은 사력을 다해서 목검을 쳐냈다.

퍼억!

목검이 모래주머니를 올려친 듯 둔탁한 소리를 냈다.

목검이 갈비뼈 밑으로 파고들었다. 내장을 썰어낼 듯 깊이 파 들어갔다.

우당당당탕!

당우는 들소에게 받친 듯 형편없이 나가떨어졌다.

이번에도 그는 검을 들어서 막으려고 했다. 목검이 날아오는 방향을 봤고, 정확이 그쪽을 막아갔다.

하나 너무도 느리다. 이건 도대체 막으려는 건지 막는 흉내만 내는 건지 알 수 없을 정도로 느리다.

"다음!"

이번에 지목받은 무인은 비교적 가벼운 마음으로 검을 들었다.

"후후후! 뭔가 탈이 생겼군."

그는 혼잣말로 중얼거렸다. 하나 이는 그의 혼잣말이 아니다. 당우를 지켜보는 사람이라면 모두 같은 생각을 했다. 우룡과 마사만 제외하고.

'이놈! 진기를 쓰지 못해!'
'진기를…… 못 쓰잖아? 이런 자가 어떻게!'
싸움을 지켜보는 우룡은 같은 생각을 했다.
당우가 형편없는지는 알았지만 이토록 쓸모없는 존재일 줄은 미처 몰랐다.
천검가 무인들의 무공은 고절한 편이 아니다.
솔직히 우룡 중 한 명만 나서도 포위망을 구축한 이십여 명쯤은 단숨에 도륙해 버릴 수 있다.
당우는 그런 자들에게 당하고 있다.
진기를 쓰지 못하니 당연하다. 초식은 어느 정도 알고 있는 것 같은데, 검에 힘을 쏟아붓지 못하니 속도나 위력 면에서 형편없이 밀린다.
이런 자는 독안구를 죽일 수 없다.
암습이었던가. 암습에 당한 것이었나?
"쯧!"
"이거야 원……."
당우는 다섯 번째 무인과 싸우면서 머리를 다시 한 번 가격당했다.
그는 피를 철철 뒤집어쓰고 있다. 숨도 거칠다. 호흡 조절이 도저히 안 되는지 어깨까지 들썩거린다.
미시 말대로 진뜩 얻어맞다가 죽을 놈이다.

우룡들은 흥미를 잃은 듯 한 명 두 명 자리를 떴다.

'확실해! 무기지신!'
마사는 몸을 바르르 떨었다.
당우는 얻어터진다. 이리저리 두들기는 대로 얻어맞는다.
누구든 이런 지경이 되면 암울한 혼(魂)이 튀어나오게 되어 있다. 악에 받친 원혼(冤魂)이 타오르기 시작한다. 눈동자는 독기를 뿜고, 입술은 악물리며, 주먹은 으스러져라 꽉 쥔다.
당우가 그런 모습이다. 마지막 사력을 다하고 있다.
매 맞아 죽기 일보 직전인 모습이 분명하다.
하나 그 속에서 어떠한 기운도 읽을 수 없다. 독기는 물론이고 두기(鬪氣)까지 감지되지 않는다.
'이거였어.'
그녀는 천검가의 경계망이 어떻게 뚫렸는지 원인을 찾아냈다.
당우 같은 자가 침입하려고 들면 어떤 문파든 다 뚫릴 것이다. 왜? 그는 살수들이 갈망하는 최고의 경지, 무기지신을 이룬 몸이니까. 바로 옆에서 움직여도 종적을 감지하지 못할 테니까.
류명도 이 수법에 당했다.
눈을 감았다 떴더니 자리를 이동했더라? 어떻게 이동했는지 이동하는 순간을 느끼지 못했다?
완벽한 무기지신이다.

이건 무공이 아니다. 말 그대로 살수들의 지고무상한 경지다. 은신술의 최고봉이다.

밤이 되면 당우를 당적할 사람이 없을 것이다.

지금은 형편없이 두들겨 맞지만 일단 사방이 어두워지면 그때는 모두가 목숨을 걸어야 한다. 우룡은 물론이고 류명까지도 위험할지 모른다.

마사는 하늘을 쳐다봤다.

해가 뉘엿뉘엿 넘어가고 있다.

"그만!"

마사는 자동적으로 튀어나오는 무인을 제지시켰다.

이제 그들은 경계심 따위는 품지 않는다. 당우를 무조건 한두 대 두들길 수 있는 상대로 여긴다. 그러니 목검을 들고 흔쾌히 튀어나오는 게다.

마사의 제지에 목검을 든 무인이 주춤거렸다. 그의 표정에는 정말 아깝다는 기색이 역력했다. 반면에 당우는 긴장이 풀렸는지 그 자리에 풀썩 무너졌다.

"묶어라!"

당우의 몸에 다시 결박이 지어졌다.

마사가 눈살을 가늘게 좁히며 말했다.

"뇌옥에 가둬라. 내일 다시 시작한다."

그녀는 말하면서 생각했다.

'무기지신……. 이건 그냥 버리기에는 너무나 아까워. 진기 없이 쓴다는 건 고련(苦練)으로 터득했다는 건데, 귀영단애의

작품인가? 호호! 넌 곧 어찌 된 영문인지 알려주게 될 거야.'

2

천검가의 포승법은 적성비가의 칠십이 매듭 포승법에 비하면 어린아이 장난에 불과하다.
툭!
당우는 손쉽게 포승을 풀어냈다.
그의 육신은 녹엽만주로 단련되어 있다. 전신이 문어처럼 자유자재로 굴곡된다.
그의 육신을 구속할 만한 포승이란 존재하지 않는다.
"음!"
그는 제일 먼저 몸 상태부터 살폈다.
온몸이 멍들고 찢어졌다. 목검을 맞은 자리가 욱신거린다. 심한 몸살에 걸린 것처럼 열도 치솟는다.
한 걸음도 움직이지 못할 정도로 지쳤다.
마음을 차분히 가라앉히고 운공조식을 취했다.
그의 운공조식은 참선이나 명상의 일종이다. 의념을 일으키기는 하지만 진기는 움직이지 않는다. 다만 정신이 집중되고, 마음이 평온해지며, 육신도 깊은 잠에 들었다가 깨었을 때처럼 상쾌하기 때문에 자주 하는 편이다.
딱! 따악! 딱!
머릿속에 목검과 부딪쳤을 때의 광경이 떠오른다.

목검이 그의 육신을 두들길 때, 그는 반사적으로 진기를 끌어 모았다. 그리고 내칠 뻔했다.

이런 욕구를 참느라고 참 많이 고생했다.

목검에 맞는 아픔보다도 반격을 가하고 싶은 마음을 꾹 누르는 게 더 힘들었다.

반격하면 죽는다!

오직 이런 일념으로 몸속에 쌓인 진기를 허공으로 쏘아냈다.

반격을 가하면 한 명, 두 명 정도는 격살할 수 있다. 하지만 그다음이 문제다. 동료가 죽어나가면 저쪽도 최선을 다할 것이다. 일격에 즉사할 수 있는 힘을 담을 게다.

그의 진기는 상대로부터 빌려온 것이다.

일단 격중당해야 검을 쓸 수 있는 힘이 생긴다. 타격으로 전달되는 상대의 힘이 반격할 수 있는 힘의 원천이다. 격중당하는 순간에 절명해 버리면 반격이고 뭐고 없다. 그 순간 끝나버린다.

이를 악물고 참았다.

그러기 위해서 있는 힘껏 검을 잡아야만 했다. 밖으로 떨쳐 나가려는 힘을 억누르기 위해서 아랫입술을 피가 나도록 짓씹고, 신법을 꼬이게 만들어야만 했다.

정말 힘든 싸움이었다.

그러나 그 싸움에서 자신을 이긴 결과, 목숨을 부지한 채 뇌옥에 갇히는 쾌거를 이뤄냈다.

쾌거, 옥에 갇힌 것이 쾌거라…….

그렇다. 이것이 구령마혼이 생각해 낸 탈출로다. 정상적인 방법으로는 탈출할 수 없기에 외도(外道)를 택했다.

잡힘으로써 탈출한다.

마사는 그에 대해서 잘 모른다. 아는 것이 거의 없다. 그렇기 때문에 살 수 있는 기회가 생긴다.

특별히 조련된 개에게 위치를 발각되는 순간, 그는 자신의 존재를 철저하게 숨겼다.

무기지신인 상태를 최대한으로 활용했다.

은가에서 성장한 은자라면 한눈에 파악할 수 있게끔 최고의 노력을 기울였다.

그의 뜻대로 그녀는 무기지신을 봤다.

그녀가 보지 못했다면 자신의 목숨은 이미 끊겼을 게다. 류명에게, 혹은 우룡이라고 불리는 자들에게 독안구의 복수라는 이름으로 목이 잘렸을 게다.

그녀는 싸움을 시키면서 무기지신을 확인했다.

진기나 초식 측면에도 관심을 기울였지만 주로 관찰한 것은 무기지신이다.

그녀는 신기한 것을 본다는 표정이었다.

그때 죽지는 않겠다는 생각이 들었다.

구령마혼으로 생각해 낸 것이 맞아떨어지는 순간이다. 독안구 같은 거인을 죽였음에도 불구하고 산다. 류명을 겁박까지 했는데도 목숨을 부지한다.

이건 기적이나 다름없다.

이제 두 번째 단계로 들어선다.

두 번째라고 해서 별다를 건 없다. 붙잡혀 있는 몸이니 탈출해야 하지 않겠나.

"음!"

당우는 가부좌를 풀고 일어섰다.

뇌옥의 경계망은 느슨한 편이다.

누가 감히 천검가의 뇌옥을 건드리겠는가. 어떤 놈이 뇌옥에서 탈출할 생각을 하겠는가. 천검가라는 이름이 들어가면 들어오는 것도 나가는 것도 마음대로 하지 못한다.

아니다. 여기에는 또 하나의 속임수가 있다.

무기지신을 확실히 볼 요량이라면 어떻게 하는 게 좋을까?

'어디 한번 마음대로 해봐라' 하고 판을 벌여주는 것도 생각할 수 있다.

자신이 마사라면 그렇게 한다.

마사에게는 조련된 개가 있다. 아무리 날고뛰는 무기지신이라고 해도 단번에 붙잡을 수 있다.

이런 조건이라면 약간의 자유쯤은 줘도 되지 않을까?

탈출에 대한 희망을 던져두면 있는 재주, 없는 재주 다 쓰게 되어 있다.

경계가 느슨한 것은 그것 때문이다.

탈출할 기회를 주고 어디선가 지켜본다.

툭! 두둑!

낡은 자물쇠가 힘없이 부서져 나갔다.

이제는 더 이상 볼 것도 없다. 틀림없이 마사가 함정을 파놓고 기다린다.

경계도 느슨하고 자물쇠는 거의 부식되어 있고…….

여기까지도 계산한 것과 똑같다.

역시 생각대로라면 뇌옥을 벗어나자마자 공격이 시작된다. 본격적으로 천검가 무인들이 살검을 휘두를 것이다. 그러니 자신은 발각되지 않도록 은폐물을 이용해서 조용히 빠져나간다. 물론 이 모든 것을 마사가 지켜본다.

마사의 생각대로 해줄 수 없다.

스우.

당우는 뇌옥에서 나가지 않고 몸을 숨겼다.

'여기서부터 시작이야!'

한 시진, 한 시진 시간이 흘러간다. 밤이 깊어져서 자정을 넘겼다.

"교대야. 안에는 별일 없지?"

"무슨 일 있겠어? 그럼 수고해."

뇌옥을 지키던 무인들이 교대를 했다.

"안에 들어가 봐. 별일 없나."

"그래, 그럼. 잘 지키고 있어."

천검가 무인들의 음성이 높다.

'확인!'

그가 하도 나오지 않으니까 마사가 확인을 보낸 게다.

당우는 뇌옥 한 귀퉁이에 고슴도치처럼 전신을 둘둘 말아 감고 숨을 멈췄다.

"확인할 게 뭐가 있다…… 도! 도망이다! 놈이 없어졌다!"

뇌옥 안을 확인하던 무인이 고함을 버럭 내질렀다.

자물쇠가 부서졌고, 옥문이 열려 있다. 뇌옥을 지키던 두 무인은 당우가 사라진 것을 보지 못했다. 하지만 분명히 뇌옥은 텅 비었다. 감쪽같이 사라져 버렸다.

"찾아!"

"도주했다!"

뇌옥 밖에서 무인들이 가을철 메뚜기처럼 뛰어올랐다.

그 순간, 당우는 사구작서의 신법인 유혼신법을 펼쳤다.

절대 침묵을 요구하는 어둠의 신법!

스읏!

당우는 뇌옥 밖으로 나갔다. 어둠이 깃든 곳만 골라서 움직였다.

마사는 어디에 있는가? 분명한 것은 그녀가 아직은 자신을 놓치지 않았다는 것이다. 어디선가 지켜보고 있다. 만약 자신을 놓쳤다면 그 즉시 개 짖는 소리가 울릴 것이다.

마사가 지켜보고 있으니 유혼신법에 약간의 허점을 보탠다. 가끔 옷자락 부스러거리는 소리도 흘리고 거친 숨도 내뱉는다. 이런 정도라면 충분히 지켜볼 수 있다는 자신감을 준다.

스읏! 툭!

옆으로 내딛는 발걸음에 나뭇가지가 밟혔다.

물론 아주 주의 깊게 들어야만 간신히 파악할 정도로 미미한 소리다. 너무 미미해서 바람 소리로 착각할 정도다.

이 정도의 실수는 대수롭지 않다. 살수나 은자는 물론이고 땅을 밟고 사는 사람이라면 이 정도 소리는 흘린다.

당우는 엄청난 실수를 한 사람처럼 한동안 움직이지 않았다.

"멀리는 못 갔을 거야! 샅샅이 뒤져!"

"저쪽은 뒤졌어?"

"내가 방금 뒤지고 온 길이야. 그쪽은?"

"없어!"

"이 쥐새끼 같은 놈!"

무인들이 당황해서 동분서주(東奔西走)한다.

그들은 진짜로 다급해한다. 마치 큰일이라도 벌어진 것처럼 주변을 샅샅이 헤집고 다닌다.

마사에게서 연통을 받지 못한 것이다.

그들에게는 뇌옥을 지키고 있었는데, 당우가 감쪽같이 탈출해 버린 사건이 되었다.

'이렇게 되면 일대일의 싸움인가.'

마사와 그의 싸움이 되었다.

마사는 적성비가의 비술을 수련했다. 추포조두나 묵혈도에 못지않은 경지를 이뤄냈다. 벽사혈의 말을 빌리자면 적성비가에서는 다섯 손가락 안에 꼽히는 고수다.

그만한 실력이 되니까 아직까지 지켜볼 수 있는 게다.

'이제부터…… 잘 봐라. 네가 어떤 실수를 했는지.'

당우는 마사의 아름다운 얼굴을 떠올렸다.

그녀는 그가 지금까지 보아온 어떤 여인보다도 아름다웠다.

그가 본 여인이라고 해봐야 몇 명 되지도 않는다. 그중에 미녀라면 홍염쌍화와 벽사혈이 고작이다. 하지만 마사의 화려한 아름다움에 비하면 그녀들은 작은 채송화에 불과하다.

확실히 마사는 아름답다.

하지만 당우는 그녀에게서 아름다움을 보지 못했다. 너무 아름다운데 허무했다.

무엇 때문에 그런 느낌이 드는지는 알 수 없다. 그저 첫 느낌이 가까이하기에는 두려운 여자라는 생각만 들었을 뿐이다.

그녀에게 정면으로 도전장을 내민다.

스읏!

당우는 천천히 몸을 아래로 가라앉혔다. 두 무릎을 굽히고, 양쪽 팔꿈치를 땅에 대고, 배까지 찰싹 붙였다.

마사가 여전히 지켜본다.

'시작할까? 하나, 둘…….'

당우는 멍석말이를 당할 때처럼 몸을 옆으로 굴렸다.

한 번, 두 번, 그리고 세 번째, 갑자기 방향을 틀어서 반대 방향으로 데구루루 굴렀다. 그리고 팟! 사라졌다.

'앗!'

마사는 깜짝 놀라 소리를 지를 뻔했다.

당우가 땅에 몸을 붙일 때 그녀는 피식 웃었다. 무릎부터 양 팔꿈치, 그리고 전신을 찰싹 붙인다. 이것은 적성비가에서 가장 기본적으로 수련하는 자세 중의 하나다.

이런 식으로 몸을 붙이면 최대한 소리를 죽일 수 있다. 가장 간단하면서도 효과적이다.

당우가 몸을 굴렸다.

그때도 웃었다. 오른쪽으로 두 번, 그리고 반대쪽으로 급히 굴러간다. 이런 행동을 하는 데는 이유가 있다. 오른쪽으로 구르면서 반대쪽으로 구를 탄력을 얻는 것이다.

이것 역시 적성비가의 운신법(運身法) 중의 하나다.

그녀는 당우가 구르는 모습을 지켜봤다. 어디로 숨을지 이미 예측해 놓은 상태라서 지켜보기가 어렵지 않았다.

그런데 사라졌다.

'이놈!'

그녀는 퍼뜩 정신을 차리고 반대쪽을 훑었다.

구를 장소를 예측한 것이 실수다.

놈은 자신이 적성비가의 은자라는 사실을 안다. 그렇기 때문에 적성비가의 비술을 쓰면 익숙한 행태대로 시선을 옮길 것이라는 사실까지 생각했다.

쥐새끼처럼 약은 놈이다.

놈은 몸을 다시 뒤집었다. 그녀의 눈길이 예측했던 장소로

빨려 들어갈 때, 놈은 반대쪽으로 굴렀다.

그 잠깐 동안의 시선 뺏김 때문에 놈을 놓쳤다.

그녀가 눈길을 주는 곳에는 아무것도 없었다.

있을 리 없다. 지금까지 땅이나 구르고 있으면 바보 멍청이라고 불러도 좋으리라.

'그래 봤자 네놈이 갈 곳은 없다만…….'

마사는 주위를 샅샅이 훑어봤다.

수색견을 쓰기 전에 자신이 직접 확인해 보고 싶었다.

당우는 없었다.

컹컹컹! 컹컹!

아닌 밤중에 개 짖는 소리가 요란하게 울렸다.

전각 곳곳에서 불이 휘황하게 켜졌다. 잠자던 사람들이 모두 깨어서 밖으로 뛰쳐나왔다.

"무슨 일이야?"

"놈이 사라졌어."

"놈? 뇌옥에 갇혀 있었잖아?"

"경비가 허술했던 모양이야."

"이런 쳐 죽일 놈들이 있나! 도대체 경비를 어떻게 선 거야!"

천검가 무인들이 부랴부랴 검을 챙겼다.

"호호! 호호호!"

마사는 실소를 터뜨렸다.

그녀는 뇌옥 안으로 들어서서 당우의 행적을 되짚었다.

놈이 포승을 푼다.

풀린 포승줄이 뇌옥 안에 널려 있는데, 매듭이 아주 매끄럽게 풀렸다. 거칠게 뜯어낸 게 아니라 차분하게 풀었다.

놈은 포승법을 안다.

놈이 추포조두나 묵혈도에게서 적성비가의 비술을 전수받았다면 이해하지 못할 일도 아니다.

놈이 자물쇠를 부순다.

놈은 진기가 없다. 그래서 자물쇠를 녹이 많이 슨 것으로, 손만 대도 풀릴 수 있는 것으로 준비했다.

놈은 거침없이 자물쇠를 부수고 뇌옥을 활보했다.

뇌옥 안에 경계가 없다는 사실을 알고 있었던 게다. 어떻게?

여기서 일차로 의문점이 생긴다.

놈은 진기를 쓰는 무인이나 할 수 있는 행동을 한다. 천시지청술(天視地聽術)을 펼친다면 주위에 누가, 몇 명이 있는 정도는 쉽게 알아낼 수 있다.

당우는 그런 것도 펼치지 못하면서 마치 펼친 것처럼 행동한다.

놈은 뇌옥 안에서 기다렸다.

그동안 뇌옥을 지키던 무인이 안으로 들어왔다. 놈과 엇갈린 것이다. 그런데도 놈을 보지 못했다.

확실히 무기지신이다.

그다음은 그녀가 직접 본 것과 같다.

놈은 뇌옥을 나설 때부터 자신의 눈을 벗어날 때까지 철저하게 계산했다. 자신이 지켜볼 것도 예상해서 적성비가의 비술을 쓰는 척하다가 엉뚱하게 도피했다.

잔머리가 뛰어나다고 해야 하나, 생존 본능이 탁월하다고 해야 하나.

그렇다면 자신이 놈을 놓쳤을 때, 어떤 행동을 할 것인지도 생각했다는 뜻이 된다.

수색견이 주위를 뒤진다.

이 정도는 아주 쉽게 예상된다.

한 번 수색견 때문에 잡힌 경험이 있기 때문에 특별히 경계를 거듭할 게다.

수색견에 대한 대비책을 세웠다.

마사의 눈빛이 번뜩였다.

놈이 수색견의 후각까지 피해내고 천검가를 벗어난다면, 그렇다면 그건 잔머리가 아니다. 놈의 머리가 자신만큼이나 비상하다는 뜻이다.

그녀는 당우의 입장에서 생각했다.

수색견이 풀린다. 십 리 안에 있는 냄새라면 모두 맡아내는 맹견들이다. 특히 그는 수색견에게 잡힌 경험이 있다. 수색견들이 놈의 냄새를 알고 있다.

놈이리면 어떻게 할까?

냄새를 죽인다. 그러러면 물속에 들어가야 한다. 천검가 내에서 물속이라고 할 수 있는 것은 우물밖에 없으니. 하나 그곳으로 몸을 피한다면 잡힌 것이나 다름없다.

　우물을 뒤지라는 명령은 이미 내려졌다.

　다음은 뒷간이다.

　뒷간에 몸을 숨긴다면 수색견의 후각을 피할 수 있다.

　하나 그것 역시 통하지 않는다. 지금쯤 천검가 무인들이 뒷간이란 뒷간은 모두 뒤지고 있을 게다.

　결국 놈이 날개가 달리지 않은 이상 빠져나갈 구멍은 없다.

　마사는 웃음을 흘렸다.

　"호호호!"

　한 시진 후, 수색견들이 한자리에 모였다.

　깊은 침묵이 흘렀다.

　수색견들은 당우의 냄새를 잡지 못했다. 이리저리 컹컹 짖어대면서 뛰어다녔지만 어느 구석에서도 냄새는 존재하지 않았다.

　"다 뒤진 거야?"

　"넷! 샅샅이…… 다섯 번이나 뒤졌습니다."

　"우물은?"

　"없습니다. 직접 안으로 들어가서 확인해 봤습니다."

　"거기는?"

　"없습니다. 저희도 직접 사람이 똥통…… 뒷간 통에 들어가서 구석구석 뒤졌는데, 없습니다."

"못 본 거 아냐?"

"횃불을 대낮처럼 밝게……."

보고하는 무인이 몇 마디 더 했지만 마사의 귀에는 아무 소리도 들리지 않았다.

놈이 빠져나갔다. 어떻게?

마사는 아무리 생각해도 그 부분을 알 수 없었다. 두 번, 세 번 반복해서 생각해 봤지만 빠져나갈 구멍이 없었다.

마사가 뒤지지 않은 곳이 있다.

수색견이 냄새를 맡을 수 없는 곳이 있다.

독안구의 시신이다. 독안구의 시신이 들어 있는 관이다.

독안구의 시신은 벌써 부패하기 시작했다. 아주 지독한 냄새를 풍기면서 썩어 들어간다. 그 냄새는 뒷간 냄새와는 비교도 할 수 없을 정도로 지독하다.

당우는 관 속에서 고르게 숨을 쉬었다.

그에게는 이런 냄새가 오히려 그립기까지 하다. 만정에서는 이런 냄새 정도는 구수하다고들 한다.

시기(尸氣)?

사람들은 괜히 시신을 두려워한다. 죽은 사람은 만지기 싫어하고 보는 것조차 꺼린다.

당우에게는 그냥 죽은 사람일 뿐이다.

마사가 이곳까지 뒤진다면 도주는 포기해야 한다. 지금뿐만이 아니라 그녀가 천김가에 있는 한, 도주할 생각을 버려야 한다.

 독안구의 시신은 마지막 탈출로다.

 컹컹컹! 컹컹컹!

 개 짖는 소리가 점점 멀어져 갔다.

 수색견이 거둬지고 있다. 천검가 무인들의 발걸음 소리가 점차 잦아든다.

 당우는 피식 웃었다.

 '이겼군!'

第七十七章
불견(不見)

作詞　作舞

1

'빌어먹을!'
비주는 툴툴 웃었다.
천검가 상황이 심상치 않다. 난데없이 개들이 짖어대는가 하면, 오밤중에 대낮처럼 불이 환히 켜진다.
묵비 비주의 경험으로 비추어봤을 때, 이런 상황은 매우 좋지 않다. 굉장히 암울하다고 할 수 있다. 당우는 잡혔거나 최소한 곤란한 처지에 놓여 있을 것이다.
그를 도와줄 힘 같은 건 없다.
처음부터 무리였다. 당우라면 해낼 수 있지 않을까 하는 기대감을 가져봤지만, 역시 단신으로 천검가를 뚫는다는 건 싶을 지고 불속으로 뛰어드는 행농이었다.

자, 그럼 어떻게 한다.

"후욱!"

그는 숨을 깊이 들이마셨다.

몸이 엉망이다.

복부를 꿰뚫은 검상이 두고두고 속을 썩인다.

왼쪽 가슴에 받은 일검도 심상치 않다. 심장은 용케 비켜냈지만 피가 멈추지 않는다. 이대로 가면 재차 공격을 받지 않는다고 해도 한 시진을 버티지 못할 것이다.

금창약도 다 써버리고 없다.

그가 할 수 있는 치료라고는 혈도를 찍거나 손으로 꾹 눌러서 혈류를 막는 것뿐이다.

할 것은 다 했다.

혈도는 열 번도 넘게 찍었고, 가슴을 누른 손은 쥐가 날 정도다.

그런데도 피가 멈추지 않는다. 상당히 많은 피가 꾸역꾸역 새어 나온다.

인간은 지니고 있는 피의 사 할가량이 빠져나가면 목숨이 위태로워진다. 물론 그전에 정신을 잃을 터이다. 아직까지 정신이 멀쩡하다고 방심할 수 없다.

모든 나쁜 상황은 순식간에 일어난다.

'제길! 천검가를 내려다보며 죽을 운명이라니.'

무인은 죽음에 대해서 많은 생각을 한다.

자신이 남을 죽이는 만큼 자신도 언젠가는 당할 것에 대비한다.

나는 언제 죽을까? 봄일까, 겨울일까? 죽는 장소는 어디일까? 산일까, 강일까? 죽는 순간 옆에 누가 있을까? 외롭게 죽어가지는 않겠지? 아니, 그럴 공산이 더 높지 않을까?

자신의 죽음에 대해서 문득 궁금증이 치밀기도 한다.

비주도 그런 생각을 한 적이 있다. 하지만 자신의 죽음은 언제나 장렬했다. 이름도 알지 못했던 적성비가 은자 놈들에게 쫓기고 쫓기다가 죽으리라고는 생각해 보지 않았다.

이 대 일, 어려운 싸움이다.

두 놈이 똑같이 뛰어나다. 무공뿐만이 아니라 악착같이 달라붙는 근성까지 훌륭하다.

류명이 천검십검 대용으로 쓸 수 있는 자들이다.

그는 천검가를 내려다봤다.

새벽이 밝아오면서 천검가는 다시 조용해졌다. 개 짖는 소리도 들리지 않고, 횃불이 오가지도 않는다.

평정을 되찾은 모습이다.

'끝났군.'

상황이 정리되었다. 그렇지 않다면 사방을 뒤지느라 부산할 것이다. 개 짖는 소리도 계속 들려와야 하고, 천검가의 모든 출입문은 단단히 봉쇄될 게다.

자신이 묵비 비주라면, 침입자를 잡지 못한 상태라면 틀림없이 그렇게 한다.

그는 당우를 보낸 후 처음으로 후회했다.

불견(不見) 219

혼자 보내는 게 아니었다.

지리도 잘 알지 못하는 놈이 류명을 직접 만난다는 게 있을 법이나 한 소리인가. 그런 말을 듣고도 무엇엔가 홀린 사람처럼 그러라고 말한 자신이 우습다.

항상 머릿속에 간직한 생각이지만 왠지 당우라면 뭐든 해낼 것 같은 느낌이 든다.

당우는 머리로 이해할 수 있는 자가 아니다. 행동을 보고 파악할 수 있는 자도 아니다.

반혼귀성의 유령!

그 말이 딱 맞다. 그는 유령이다. 그를 사람으로 대하면 무엇을 하든 간에 실패한다. 엇비슷하게 어깨를 겨루려면 당우라는 존재를 유령으로 생각해야 한다.

그래서 혼자 간다고 했을 때도 만류하지 않았는데, 안 되는 것은 안 되는 것인가.

"흑!"

그는 고통을 참으면서 쥐어짜듯이 가슴을 짓눌렀다.

피가 흐르는 걸 막아야 한다.

언제까지 이러고 있을 수는 없지만 지금 당장 급한 것은 피를 멈추는 거다.

"비주, 괜찮나?"

한 놈이 조롱을 보내왔다.

놈도 무사하지 못하다. 싸움 초반에 어깨 부상을 입었고, 그 후에는 왼쪽 다리에 제법 깊은 검상을 입었다. 그런데도 절룩

거리면서 잘도 싸운다.

"저쪽은 벌써 끝난 것 같지 않아?"

"……."

비주는 대꾸하지 않았다.

피가 멈추지 않는 한 승산이 없다. 싸움이 벌어지면 어쩔 수 없이 싸워야 하지만 그전에 어떻게든 싸울 수 있는 몸 상태를 만들어야 한다.

"우리도 그만 끝내지!"

"비주, 저 친구 악착같이 버틸 모양이야. 하하! 이봐, 오래 버텨봤자 나을 게 없어. 서로 피곤한데 그만하자고."

다른 놈이 말했다.

이놈은 아무런 상처도 입지 않았다. 정말 거짓말처럼 멀쩡하다.

그동안 여섯 번이나 격전을 치렀다. 그런데도 티끌만 한 손상조차 입지 않았다.

놈이 강한 것은 아니다. 아주 약게 싸운다.

놈은 상처를 입을 정도의 위험은 절대로 시도하지 않는다. 모든 위험은 다른 자에게 떠넘기고 자신은 위험 너머에서 살짝살짝 간만 본다.

그렇다고 놓아주는 법도 없다. 악어처럼 한번 문 먹이는 절대 놓아주지 않는다. 치고 빠지고, 빠졌다가 치는 행위를 반복하면서 끈질기게 물고 늘어진다.

무섭도록 악은 놈이다.

비주는 만약 자신이 여기서 죽는다면 필히 저놈 손에 죽을 것이라는 생각이 들었다.

"후후! 그만 끝내자 이 말이지. 그래, 그럼 그만 끝내야지."

비주가 혼잣말로 중얼거렸다.

그와 저들 사이에는 거친 바위 덩어리들이 있다.

그는 이쪽에서, 저들은 저쪽에서 서로가 무엇을 하는지 환히 짐작하면서 휴식을 취한다.

휴식도 이번이 마지막이다.

천검가가 평온을 되찾았다는 건 너희도 빨리 끝내라는 무언의 압박이다. 비주는 그렇게 받아들이지 않지만 저 두 사람은 틀림없이 그런 식으로 받아들였을 게다.

비주는 압박하던 손을 살며시 뗐다.

피가 솟구치지 않는다. 줄줄 흘러내리지도 않는다. 다행히 압박이 잘되어서 피가 멈췄다. 하지만 아직은 위험하다. 몸을 움직이기만 하면 바로 시냇물 흐르듯이 철철 넘쳐흐를 게다.

황토(黃土)를 살살 파내서 심을 찾았다.

촌사람들은 떡이라고도 하는데, 황토를 잘 살펴보면 마치 떡처럼 찰진 부분이 있다.

황토 심인데 먹을 수도 있고 상처 치료에도 쓰인다.

그는 황토 심을 떠내서 물에 진하게 개어 상처에 처발랐다.

'크윽!'

이물질이 상처에 닿으면서 진한 아픔을 끌어냈다.

꽉 쥔 주먹에서 피가 주르륵 흘러내렸다. 손톱이 손바닥을 파고들면서 또 다른 상처를 만들었다. 하지만 그렇게라도 하지 않으면 비명을 토할 것 같았다.

그래도 비명을 입 밖으로 토해내지는 않았다.

저들 앞에서 약한 모습을 보이기는 싫다.

그래도 묵비 비주였던 몸이지 않나. 하루아침에 속성으로 무공을 익힌 놈들에게 굴복할 수는 없다. 오랜 세월 동안 심신을 수양한 끝에 이뤄낸 무공은 뭔가 다르다는 점을 가르쳐 주고 싶다.

'태연하게…… 아무렇지도 않은 것처럼…….'

비주는 일부러 검을 세차게 휘둘렀다.

쒜엑! 쒜엑!

검이 허공을 후려치면서 날카로운 검음을 토해냈다.

"하하! 기운이 넘치는군. 비주, 혹시 허장성세(虛張聲勢)라고 들어봤나? 괜히 기운 뺄 필요 없어. 우리가 당신 상태를 모르겠어? 하하! 지혈이나 잘하라고!"

상처 입은 자가 고함쳤다.

"후후! 자네 다리는 괜찮나?"

비주가 맞받았다.

"누가 누구를 염려하시나? 내 염려는 말고 지혈이나 잘하시라니까 그러시네."

"생각 중이야."

비주가 뜬금없이 말했다.

"생각? 하하! 아직도 생각할 게 남았나? 속된 미련은 비리라고. 비주, 넌 끝났어. 잘 알잖아. 깨끗하게 마무리하자고."

"그래서 생각 중이라는 거다."

비주의 음성은 기분 나쁠 정도로 나직하고 차분했다.

"아무리 생각해도 내가 쓸 수 있는 건 단 일 초뿐이란 말이야. 그 이상은 기회를 안 주겠지. 안 그런가? 후후! 그래서 그걸로 뭘 만들까 고민 중이지."

"……"

이번에는 두 사람이 침묵했다.

비주의 말은 사실이면서 협박이다.

그는 일 초를 쓸 수 있다. 그 이상은 두 사람이 용납하지 않는다.

여섯 번의 싸움을 치르는 동안 비주는 만신창이 되었다. 솔직히 검도 제대로 들고 있을 기력조차 남아 있지 않을 게다.

무공이 비슷한 세 사람이 이 대 일로 싸웠다.

이런 싸움은 그야말로 천운이 따라주지 않는 한 수적 우세를 뛰어넘기 힘들다.

그가 사용하는 일 초는 이승에서 쓰는 마지막 초식이 될 것이다. 물론 지금까지처럼 동귀어진의 초식이 될 것이고, 모든 기력을 다 쏟아부을 것이니 특별히 강맹할 게다.

그런 초식으로 무엇을 만들어낼 수 있을까?

두 사람 중 한 사람은 격상시킬 수 있다. 사지 중 하나를 잘라내는 것도 가능하다. 비주가 목숨을 던지면서 전개한 마지막 일 초이기 때문에 무엇이든 해낼 수 있다.

조롱하지 마라. 비웃지 마라. 심기를 건드린 놈이 당할 것이다. 목숨을 빼앗든가, 사지 중 하나를 절단 내든가. 얌전히 돌아갈 수는 없을 것이다.

두 사람이 조용할 수밖에 없다.

"후후후! 이놈들아, 내 목숨을 받아가면서 팔 하나, 다리 하나도 아깝더냐!"

"당신 같으면 기운 빠진 늙은 살쾡이를 죽이면서 손가락 한 개인들 내놓고 싶겠소?"

"오! 넌 상처가 하나도 없지?"

"……."

"이봐, 다른 놈! 넌 나서지 않는 게 어때? 이번 일전은 저놈과 단둘이 치러보고 싶은데 말이야!"

"후후! 그것도 좋지."

상처 입은 자가 말했다.

물론 거짓이다. 은자들의 말은 하나도 믿을 게 없다. 그들이 하나라고 말하면 기본적으로 둘이나 셋 정도로 알아들어야 한다. 곧이곧대로 들으면 당한다.

'협공하겠군.'

그는 결정했다. 마지막 일 초는 상처 입은 자에게 쓴다. 자신의 몸 상태로 멀쩡한 자에게 상처를 입히는 것은 무척 어렵다. 아니, 가능성이 거의 없다.

아픈 놈을 더 아프게 만드는 것이 낫다.

놈은 다리에 상처를 입었으니 신법이 자유롭지 못할 터. 놈을 친다. 처음부터 동귀어진을 작심하고 들어간다. 상처 입지 않은 놈의 검을 육신으로 받아내면서 아픈 놈을 친다.

'끄응!'

그는 검을 지팡이 삼아서 짚고 일어섰다.

"그만 노닥거리고 판을 벌이지."

몸을 숨긴 바위를 돌아 두 사내의 정면에 섰다.

"너무 노닥거렸다고 생각하지 않아? 젊은 놈들이 그렇게 골골대서야 어디 씨나 뿌리겠냐고."

"하하하! 이거 억울하네. 너구리가 상처 입었기에 좀 봐줬더니 적반하장으로 나오네. 하하!"

두 사람 중 상처 입지 않은 자가 검을 들고 일어섰다.

"니 맘 일대일로 싸워보고 싶다고? 좋아, 해주지. 하하! 내가 만만하게 보였다니 유감이야."

그가 검을 들어 올렸다.

비주는 속을 알 수 없는 웃음만 흘렸다.

한 명이 검을 들고 나섰다. 그런데 상처 입은 자는 모습을 드러내지 않는다.

아마도 옆으로 돌아오고 있을 게다.

이들은 절대로 일대일의 싸움을 하지 않는다. 일대일의 승부도 가능하지만 이 대 일이 훨씬 쉽다는 걸 아는데 굳이 어려운 싸움을 할 필요가 있겠나.

저들이 염려하는 것은 재수없는 일격이다.

동귀어진을 겁내는 것이 아니다. 재수없어서 팔이라도 하나 날아갈까 봐 그걸 우려한다.

'마지막 검은…… 후후! 그래…… 그놈을 위해서.'

비주의 머릿속에 천검귀차 귀주가 떠올랐다.

귀주와 같이 입문하여 한 사람은 천검귀차를 이끌고 또 한 사람은 묵비를 이끌었다.

그때가 그들의 황금기였다.

이제 귀주는 죽었다. 자신도 묵비에서 떨궈져 죽음에 이르렀다.

묵비는 천유비비검 이외에 무무검법을 수련한다. 천검귀차는 천유비비검을 쓰지 않는다. 처음부터 금마검법이라는 아주 살기가 짙은 검법을 수련한다.

먼저 죽은 귀주를 위해서 금마검법을 쓴다.

달칵!

검을 수평으로 뉘였다.

"어! 검법이 바뀌었네?"

"와라!"

"검무 안 춰? 추라고, 춰. 검무 출 시간을 줄 테니까 마음껏 춰보라고. 나중에 후회하지 말고."

비주는 검을 수평으로 뉘인 채 천천히 거리를 좁혀 나갔다. 그러면서 들으라는 듯 큰 소리로 말했다.

"합공하려는 것, 알고 있다. 기습할 생각이라면 포기해라. 분명히 말하지만 먼저 검을 뺄은 놈이 당한다. 지금은 이놈을 칠 생각이다만, 네놈이 먼저 들어오면 네놈을 벨 수밖에."

아직 모습을 드러내지 않은 자에게 한 말이다.

2

'후후!'
그는 잔소(殘笑)를 흘렸다.
비주의 공갈은 어린아이에게나 통한다. 감히 어디서 장난 같은 말을 늘어놓는 겐가.
이 대 일.
이보다 확실한 승산은 없다.
지금까지 항상 이겨왔다. 놈이 여우처럼 빠져나가는 바람에 번번이 놓쳤지만 그냥 보내준 것은 아니다.
살을 찢고 뼈를 갈랐다.
'서 있기조차 힘든 놈이!'
하지만 서둘 필요가 있을까?
그는 공격하기 좋은 곳에 자리를 잡고 기회를 엿봤다.
두 사람은 일촉즉발(一觸卽發), 지금 당장 검을 섞는다고 해도 하등 이상할 게 없는 상태다.
그는 비주의 검을 자세히 살폈다.
검을 잡은 모습으로 보면 쾌검을 쓸 것 같다. 천유비비검의 현묘함이 아니라 단순히 속도에만 의지하는 진정한 쾌검이다.
다른 쪽은 원래부터 쾌검이었다.
쾌검과 쾌검이 맞부딪친다.

이런 싸움은 둘 중 한 명이 치명상을 입게 되어 있다. 더군다나 비주가 동귀어진의 수법으로 검을 쓰는 이상 아무런 해도 입지 않고 물러설 수는 없다.

비주는 상처를 입었다. 다른 쪽은 멀쩡하다. 치고 빠지는 수법으로 티끌만 한 상처조차 입지 않았다. 자신이 방패막이를 해주는 동안 얄밉도록 교묘하게 검을 썼다.

이제는 빠져나갈 수 없다. 둘 중 한 명은 죽고, 한 명은 치명상을 입는다.

서둘 필요가 전혀 없다.

'일전이 불붙은 후에 공격해도 늦지 않겠군.'

공격은 한다. 하지만 먼저 서로 싸워야 한다. 그 후에 비주가 죽지 않았다면 공격한다. 그때는 이미 죽음의 경계선을 넘어서고 있을 터이지만. 그때,

툭!

어깨에 마른 나뭇가지가 걸렸다.

순간, 그는 움직임을 멈췄다.

절대 우연은 없다. 두 사람이 지금이라도 싸울 수 있기 때문에 언제든 공격할 수 있도록 준비를 마쳤다.

전신에 진기가 팽배해 있다.

차령미기로 받아들인 진기들이 성난 파도처럼 넘실거린다.

마른 나뭇가지가 어깨에 걸려? 그런 일이 일어나도록 내버려 두겠는가? 몸이 무엇에 닿는 느낌을 모르겠는가!

그는 숨을 죽인 채 인기척을 살폈다.

등 뒤에서는 숨소리 한 올 들리지 않는다. 어깨에는 마른 나뭇가지가 닿아 있는데, 기척이 감지되지 않는다.

'이런 고수가!'

어떤 자이기에 이토록 강한가!

류명 같으면 자신들을 상대할 수 있다. 일대일의 승부라고 해도 그에게는 안 된다. 하지만 그도 기척은 흘린다. 상대할 수 없을 뿐 감지는 할 수 있다.

이자는 감지조차 되지 않는다.

툭!

검을 쥔 손에서 땀이 굴러 떨어졌다.

"긴장을 풀어야지."

등 뒤에서 차분한 음성이 들려왔다.

'헉!'

그는 소스라치게 놀랐다.

누군가가 접근했다는 것은 짐작했지만 막상 음성으로 듣고 보니 몸에 와 닿는 충격이 상상 이상으로 컸다.

"긴장을 풀고 차분하게 검을 쓰도록."

"누구냐!"

"바보 같은 질문이군. 친구라면 등 뒤를 겨눌까?"

그는 호시탐탐 뒤돌아설 기회를 노렸다. 잠시라도, 찰나에 불과한 시간일지라도 틈만 잡으면 돌아설 생각이었다.

그가 감지되지 않는다. 어떤 모습으로 어떻게 하고 있는지 알지 못하겠다. 뒤돌아서려는 찰나에 등에 대고 있는 것을 푹 찌르면 심장이 꿰뚫린다.

"적이라면…… 죽여라!"

"그냥 죽이기는 너무 심심해서."

"뭐라고!"

"검을 떼겠다."

상대가 조롱하듯이 말했다.

다 잡은 고기를 놓아준단다. 너 정도는 얼마든지 상대할 수 있다는 조롱이 아니고 무엇인가.

그는 차분히 생각했다.

등에 닿은 것, 마른 나뭇가지가 아니고 검이다. 검을 뗀다. 그 순간 돌아서면서 환검을, 아니, 환검은 부적절하다. 이토록 짧은 거리에서는 변화를 이끌어낼 시간도 공간도 없다.

'돌아서면서 벤다!'

단 한 수뿐이다.

등 뒤의 사내가 말했다.

"너도 알겠지만 기회는……."

살짝 검이 떼어졌다. 순간,

쒜엑!

그는 번개처럼 휘돌면서 검을 그었다.

퍼억!

등 뒤 사내의 복부가 쩍 갈렸다. 손목에 전달되는 느낌이 아주 기분 좋다. 그런데,

퍼익!

그는 극심한 통증을 느끼면서 눈을 부릅떴다.

무엇인가 뭉툭한 것이 가슴을 뚫고 들어왔다. 작은 몽둥이만 한 것이 생살을 찢고 들어와서 심장을 짓뭉갰다.

쿵!

그는 비명도 지르지 못한 채 쓰러졌다.

'이것이 마지막 한 수!'

당우는 쓰러진 자를 무심히 쳐다봤다.

그가 들고 있는 것은 검이 아니다. 나뭇가지다. 검은 강기(剛氣)가 너무 강해서 상대에게 느낌을 준다. 나뭇가지는 철기(鐵氣)가 아니라 목기(木氣)이기 때문에 상대적으로 부드럽다. 지금과 같은 상태에서는 느낌을 잘 받지 못한다.

그러면 왜 찌르지 않았나?

찌르지 않는 것이 아니라 찌를 수 없었던 것이다.

검이든 나뭇가지든 무엇이든 상관없다. 상대를 찌르려는 순간에 물체가 지닌 기운은 제 속성을 잃어버린다. 그리고 온통 살기(殺氣)로 변한다.

상대는 살기를 감지한다.

검도자가 마지막 순간에 그의 공격을 피할 수 있었던 이유다.

이자도 마찬가지다. 그를 죽이려고 했다면 등에 나뭇가지를 대기도 전에 역공을 받았을 것이다. 제대로 된 공격이었을 것이고, 자신은 일 초도 감당하지 못한 채 쓰러졌다.

그래서 마지막 수단을 강구했다.

죽일 생각을 하지 않는다. 살기를 띠지 않는다. 그저 희롱 삼아서 나뭇가지를 댄다.

공격은 상대가 먼저 하게 만든다.

치명적인 공격이어서는 곤란하다. 선공을 양보하되 자신이 받아낼 수 있는 공격이어야 한다.

검으로 복부를 베게 하자.

그 정도의 공격은 받아낼 수 있다. 다른 사람 같으면 복부가 갈라질 터이지만, 그에게는 구각교피가 있다. 강한 충격에 내장이 뒤틀리는 고통은 받겠지만 베어지지는 않는다.

충격이 전해지면 곧바로 충격을 진기로 환원시켜서 역공을 취한다.

당우에게는 이 수밖에 없었다.

그가 만일 선공을 취하지 않고 앞으로 쭉 달려나갔다면, 그래서 정식으로 결전을 벌였다면 생각하기도 싫은 일이 일어난다. 그런 건 싸움이라고 하는 게 아니다. 자살이라고 한다.

상대는 자신의 생각대로 움직여 줬다.

검으로 복부를 베었다. 뒤돌아서는 회전력을 최대한 이용하는 검은 베는 검밖에 없다. 찌르는 검도 좋다. 어느 쪽이든 상관하지 않는다. 다만 머리 위쪽으로 쳐들리는 검은 곤란한데, 그것은 직격(直擊)하는 시간이 길어서 쓰지 않을 게다.

딱 그대로 되었다.

문제는 빈격에 있다.

이번에도 두끌소가 엉겁결에 튀어나왔다.

오른손에 수리검을 들고 있었다. 반격 수법으로는 풍천소옥의 일촌비도를 떠올렸다. 머릿속으로 몇 번이고 '일촌비도를 써야지' 하고 다짐했다.

그런데 왼손이 튀어나갔다. 투골조의 강맹한 조공이 상대의 심장을 짓뭉갰다.

어떤 힘이 마지막 순간에 투골조를 이끄는 걸까?

어쨌든 그가 취할 수 있는 공격은 오직 투골조뿐이라는 게 증명되었다.

공격을 하지 않거나 투골조를 쓰거나.

당우는 두 사람이 싸우는 곳으로 걸어나갔다.

그는 벌써 흔들렸다.

당우가 동료를 죽였다. 그것도 너무 쉽게, 그저 손을 툭 대는 것처럼 가벼운 일수로 죽였다.

당우가 걸어온다.

왼손 팔꿈치 아래로는 온통 피투성이다. 동료의 가슴을 꿰뚫은 흔적이다.

그는 고개를 갸웃거렸다.

그동안 지켜본 바에 의하면 당우의 무공은 형편없는 수준이다. 천검가 무인이라면 아무라도 상대할 수 있을 정도이니 크게 신경 쓰이지도 않는다.

그런 놈이 동문을 죽였다.

놈에게 비상한 수법이 있는 게 틀림없다.

더욱 놀라운 점은 놈이 천검가를 무사히 빠져나왔다는 점이다.

마사가 누구인가? 손에 잡힌 물고기를 놓아줄 여자가 아니다. 차라리 죽여 버릴지언정 놓아주지는 않는다.

놈이 탈출했다는 소리다. 혈혈단신의 몸으로 마사의 추격에서 빠져나왔다는 말이 된다.

뭔가 있지 않고는 이런 일들이 벌어질 수 없다.

냉정하게 지금 상황을 분석하면 아직도 그가 절대적으로 유리하다.

비주는 몸이 엉망진창이니 신경 쓸 게 없다. 만일을 대비해서 이 대 일의 싸움을 고집했지만, 일대일의 승부를 벌여도 질 수 없는 상태다.

당우는 피 칠갑을 했지만 여전히 약하다.

상대는 둘이고 자신은 혼자이지만, 무공으로 저울질하면 일검에 쓸어버릴 수 있다.

하지만 그는 그런 생각을 하지 못했다.

자신과 필적하던 동문이 피투성이가 되어서 쓰러진 모습을 보자 모든 생각이 마비되었다.

'알지 못하는 게 있군.'

그의 눈동자가 심하게 흔들릴 수밖에 없다.

"후후! 방해자라……. 비주, 운 좋군. 하늘이 도왔어. 우리 싸움은 다음으로 미뤄야겠지? 하하하!"

"쯧! 그래, 기리. 그렇게 나올 줄 일있다."

불견(不見) 235

비주는 검을 내려 버렸다. 적을 앞에 두고 철저하게 무시해 버린 것이다.

그래도 상대는 공격하지 않았다.

"하하하! 청산이 푸른 한 땔감 걱정을 할 필요는 없지. 곧 또 보게 될 게다. 조만간 보자!"

그가 신형을 날려 사라졌다.

동문이 죽었는데 복수도 하지 않고 사라졌다.

"잡힌 줄 알았다."

"되게 당했군요."

"후후! 이 정도는 약과지. 이보다 훨씬 심한 상처를…… 입은 적이 없군."

"치료하세요."

당우가 털썩 주저앉았다.

"개 짖는 소리가 요란하더만."

"그랬죠."

"추격해 올 텐데?"

"후후! 이를 갈고 덤빌 겁니다. 약 좀 올렸거든요."

"점점 더 힘들어지는 건가. 그건 그렇고, 알아낸 건?"

당우는 고개를 내저었다.

사건의 전모를 파헤치려면 천검가주를 만나야 한다. 단순한 만남이 아니라 그를 핍박해서 진실을 토해내게 만들어야 한다.

당대의 거물, 거인인 천검가주.

그에게 검을 들이밀 사람이나 있을까? 하물며 그를 핍박해? 꿈도 꾸지 못할 일이다.

그를 만나면 개죽음만 당한다. 그래서 돌아가기는 하는데 반드시 돌아온다.

"하나만 묻겠습니다. 묵비 비주로 있으면서…… 제 어머니 소식은 못 들으셨어요?"

당우는 자신이 가지고 있던 금창약까지 건네주었다. 산음초 의가 만일을 대비하라며 찔러 넣어준 것이다.

"끙! 도광도부와 함께 떠났다."

비주가 신음을 토하며 말했다.

"그 후 소식은?"

비주가 고개를 살래살래 저었다.

도광도부의 흔적은 묵비의 정보망에 잡힌 적이 없다. 임강부를 떠난 후에는.

第七十八章
후염(後染)

1

당우가 좌호를 죽였다?

능히 천검십검과 비견된다는 절대고수 두 명이 당우에게 죽었다니 믿을 수 있나?

당우는 천검가 무인들에게 난타당했다.

당시 손속에 사정을 남겼기에 목숨이나마 부지할 수 있었지, 진검으로 싸웠다면 목이 열 개라도 부족했다.

놈이 기망한 건 아니다.

일부러 무공을 숨기는 것과 진짜 얻어맞는 것을 구분하지 못할 정도로 안목이 녹슬지는 않았다.

그때 낭우는 섬을 쓸 힘이 없었다.

지금도 단언하지만 그가 가진 것이라고는 무기지신밖에 없

후염(後染) 241

다. 다시 말해서 그를 등 뒤에 두면 당할 공산이 크지만, 앞에 두면 절대로 당할 염려가 없다.

그런 자에게 두 명이나 죽었다는 건 가볍게 지나칠 일이 아니다.

'이건 거물이다!'

마사는 당우에 대한 모든 생각을 전면 수정했다.

우선 그를 얕보던 생각부터 버렸다.

출신 배경에 대한 천시, 만정 마인이라는 무시, 무공을 수련한 지 삼 년밖에 안 된 풋내기라는 점 등등 그를 얕보게 할 수 있는 모든 요소를 머릿속에서 털어냈다.

"당우를 조사해라."

"넷! 당우에 대한 조사라면……."

"처음부터 다시 해."

"……."

묵비는 그녀의 말뜻을 알아듣지 못했다.

"소처럼 순박해서 당우라고 했나? 그 시절부터 다시 조사해. 성격적으로 부드러운 부분, 까칠한 부분 모두 조사하고 생활적으로도 어떤 상태였는지 낱낱이 조사해."

"알겠습니다."

묵비가 대답을 하고 물러났다.

묵비는 여전히 왜 이런 명령을 내리는지 알지 못하겠다는 눈치다.

당우에 대한 건은 모두 조사되어 있다. 지금에 와서 뒤적거린다고 해서 새롭게 등장할 것이 없다.

'시간낭비일 뿐이야.'

마사는 물러가는 묵비의 머릿속을 들여다봤다.

그가 무슨 생각을 하고 있는지 알 것 같다. 그렇다고 콩이다 메주다 일일이 설명해 줘야 하나? 자신은 명을 내리고 저들은 명을 받들면 그만이다.

당우를 처음부터 다시 뒤진다.

아무 편견 없이, 선입관 없이 당우라는 사람 자체에 초점을 맞추고 입체적으로 살핀다.

당우가 어떤 인간인지 드러날 게다.

이것이 가장 선급하다. 그가 어떤 무공을 쓰느냐가 중요한 게 아니다. 무기지신을 염려할 필요도 없다. 그의 사람됨을 알면 그가 싸우는 방식도 알게 된다.

독안구나 좌호가 어떻게 죽었는지 이해될 게다.

'거물을 눈앞에서 놓쳤어. 이 손에 쥐었다가 놓아주었어.'

마사는 자신의 손을 들여다봤다.

어쩌면 이번 일이 천추의 한으로 남게 되지 않을까 하는 생각을 해본다.

저벅! 저벅!

마사는 문득 들리는 발걸음 소리에 고개를 돌렸다.

류명이 걸어오고 있다.

지난밤, 그도록 시끄러워도 그녀를 생각해서 나와보지 않았던 사람이다. 당우에 대한 처리를 그녀에게 맡겼으니 자신이 간여해서는 안 된다는 입장을 보인 게다.

"놓치고 말았어요."

마사가 피식 웃으며 말했다.

"그럼 우리 부부가 놈에게 한 번씩 당한 거군. 나도 한 번 당했으니까. 그때 일을 생각하면 자다가도 벌떡 일어나진다니까."

"그런 자를 놓쳐서 어떻게 해요?"

"후후! 언젠간 만나겠지. 그때 오늘 받은 수모를 어떻게 돌려줄까 생각하면 오히려 즐거워."

"그렇군요."

마사는 활짝 웃었다.

류명은 참 못난이였다.

삼 년 전에는 아주 못난 자였다. 제정신도 아닌 상태에서 남에게 투골조 따위나 넘겨받는 멍청이였다.

천유비비검을 익힌 후, 옥면신검이라는 휘황찬란한 별호를 앞세우고 적성비가를 찾아올 때도 못난 자에 속했다.

이용하기 딱 좋은 자.

가문 좋고 무공 높고, 그러면서 치마폭에 휘감겨 벗어나지 못하니 이보다 좋은 자도 찾기 힘들다.

그런 류명이 조금씩 변모하고 있다.

지금도 못난이인 것은 변함없지만 아주 조금씩 못난 틀을 벗어던지고 있다.

무공이 사람을 변화시킨다.

천유비비검이 깊어질수록 마음 또한 잔잔하게 가라앉는다.

마음이 잔잔하다? 고요하다? 평온하다? 이런 사람들에게는 세상사가 한눈에 꿰인다. 무엇이 옳고 그른지, 현재 자신이 무엇을 해야 할지 명확하게 파악한다.

현자(賢者)는 될 수 없을지라도 자기 자신을 잃는 경우는 생기지 않는다.

타고난 성격상 욱하는 버릇은 고칠 수 없을 것이다. 하나 천검가주의 피를 물려받았으니 점점 세상을 요리할 줄 아는 능구렁이로 변해갈 건 분명하다.

류명이 말했다.

"잠깐 아버님께 가지."

"네? 왜요?"

"아버님 호출이야."

"호출요? 제겐 아무 연통도 없었는데……."

"내게 사람을 보냈어. 오는 길에 마사도 데려오라고. 후후! 노인네, 마지막 유언을 하려나?"

류명은 대수롭지 않게 말했다. 하지만 마사는 어젯밤 소란도 있고 해서 마음이 답답했다.

"당우가…… 왔었다고?"

병색이 완연한 노가주는 초점 잃은 눈을 허공에 걸고 말했다.

"걱정하실 일이 아니에요."

마사가 노가주의 손을 두 손으로 감싸 쥐며 말했다.

"당우······."

노가주의 음성이 금방이라도 끊어질 듯 미약했다. 하지만 당우라는 발음만은 똑바로 했다.

"그 애를······ 어쩔 셈이냐?"

"쫓을 생각입니다. 천검가가 어린아이 놀이터가 아님을 알려줄 생각입니다."

류명이 단호하게 말했다.

"손 떼라."

"······!"

류명과 마사는 자신들이 잘못 듣지 않았나 싶어서 서로를 마주 쳐다봤다.

"손 떼."

노가주가 분명하게 말했다.

"아버님, 그놈은 우리 문도를 두 명이나······."

"말하기 힘들어. 말 많이 하게 만들지 마. 손 떼."

류명이 뭐라고 말하려 했지만 마사가 옷자락을 살며시 잡아당겼다. 그리고 말했다.

"알겠습니다. 손 뗄게요."

그녀는 순순히 대답했다.

"너··· 당우 그놈······ 뒷조사 시켰다며?"

"······!"

마사는 퍼뜩 정신을 차렸다.

묵비 중에 간자가 있다. 방금 전에 내린 명령을 노가주가 벌써 알고 있다. 명령을 받은 놈이 아직 천검가도 벗어나지 못했는데 자신이 되물음을 받고 있다.

"그만둬."

"조사는 해놔야 하지 않을까요?"

마사는 류명처럼 강하게 말하지 않았다. 어디까지나 노가주의 명을 받들지만, 자신의 의견은 이렇다는 식으로 말했다.

"그만둬. 해서 뭐해."

"……!"

마사는 깜짝 놀랐다.

노가주의 음성에 거부를 용납하지 않는 단호함이 배어 있다.

뜻을 어기는 자는 누구든 용서하지 않겠다는 거두의 일갈이 내포되어 있다.

'거역하면 안 돼!'

마사는 상황을 읽자마자 즉시 말했다.

"알겠어요. 그만둘게요."

"그래. 그게 좋아."

노가주는 눈을 뜨고 있는 것조차 힘든 듯 잠을 청하는 듯 눈을 사르륵 감았다.

"노인네가 노망이 나도 단단히 났군."

류명이 분기를 참지 못해서 시근덕거렸다.

이럴 때 보면 딱 옛날 모습이다. 아마 삼 년 전에 이러지 않았을까 싶다. 고수다운 진중함이나 성숙함 같은 것은 엿보이지 않고 철부지의 모습만 보인다.

"아버님께서 나름대로 사정이 있으시겠죠."

"사정은 무슨, 저건 노망이야. 그놈을 손대지 말라니! 이게 납득이 돼?"

"어른 말씀이잖아요."

마사는 류명을 다독거렸다.

노가주는 류명에게 가주 직을 물려주지 않았다.

류명에게 전권을 맡기기는 했지만 정식으로 위임 절차를 밟지 않고 있다.

언제든 류명을 밀치고 복권할 수 있다는 뜻이다.

류명과 그녀의 관계도 같은 맥락에서 살펴야 한다.

천검가 사람들은 그녀를 안주인으로 대한다. 류명과 혼인할 것을 믿어 의심치 않는다.

실제로 생활을 부부처럼 하고 있다.

전각은 따로 쓰지만, 류명이 원할 경우에는 언제든 합방을 하고 있다. 그 외에 생활적인 모든 면에서 류명은 남편 행세를, 자신은 안주인 역할을 맡고 있다.

혼인만 하지 않았을 뿐이지 실질적인 부부다.

그러나 그런 관계조차도 한순간에 물거품이 될 수 있다.

'노인네의 명을 어기는 순간…… 끝장나는 거야.'

마사는 노가주의 저력을 읽었다.

천검가에 발을 디딜 때만 해도, 아니, 천검가를 주물럭거리면서 적성비가 무인들에게 주도권을 쥐어줄 때만 해도 노가주의 생명은 끝난 듯했다.

노가주는 죽지 않는다.

생명의 불꽃은 심지를 다하고 있을지 모르지만 무림에서의 위치는 여전히 공고하다. 그놈의 생명 심지조차도 정말 끝나고 있는지 알 수 없지만.

노가주는 천검가에서 일어나는 소식을 낱낱이 듣고 있다.

언제 무슨 일이 일어났는지 환히 안다. 골방에 틀어박혀 있으면서도 직접 눈으로 본 것처럼 안다.

무엇인가 수틀리는 일이 벌어지면 그 시간부로 끝이다.

류명은 친자식이니 목숨까지 위태롭지는 않다. 하지만 자신은, 적성비가 사람들은……. 그들이 천검가에서 산다는 것은 지옥에 한쪽 발을 들이밀고 있는 것과 다를 바 없다. 적어도 노가주가 생존해 있는 이상은 그렇다.

"나 잠깐 나갔다 오지."

류명이 씩 웃으면서 검을 들었다.

"안 돼요."

마사는 옷깃을 움켜잡았다. 잡는 시늉을 한 게 아니다. 정말로 나가지 못하게 꽉 움켜쥐었다.

"마사!"

"나가서 뭐하시게요? 당우를 쫓아가시게요? 그러지 말라고 하셨잖아요. 어른 말씀은 들어야 하는 거예요."

"진정이오?"

"진정이에요."

"후후후! 마사도 노친네를 두려워하는군."

"그것과는 달라요. 그분은 시아버님이세요. 아버님이시라고요. 두려워하는 것과 존경하는 것은 달라요."

"알았어. 그만두지."

류명이 검을 놓았다.

마사는 웃음이 터져 나오려는 것을 간신히 참았다.

류명의 표정에는 만족한 기색이 없다. 온통 불평불만이다. 겉으로는 태연함을 가장하고 있지만 속은 들끓는다.

류명은 반드시 당우를 찾아간다.

그것도 나쁠 것은 없다. 당우와 류명이라……. 그 싸움은 무조건 류명의 승리다. 류명이 당우에게 상대가 안 될 정도로 형편없다고 해도 무조건 류명이 이긴다.

노가주가 뒤를 봐주고 있는데 누가 그를 상대할 수 있단 말인가.

노가주의 말을 듣지 않은 죄는 따로 받겠지만 크게 염려할 건 없어 보인다.

마사가 웃으면서 말했다.

"이따 저녁에 봐요. 오늘은 잠잘 생각 하지 말아요. 알았죠?"

'당우 같은 놈…….'

마사는 감시의 눈길을 의식했다.

누구인지 모르지만 그는 상당히 뛰어나다. 어디에 숨어 있는지 찾아보려고 했지만 촉수에 걸려들지 않는다. 그런 면에서 꼭 당우 같은 놈이다.

그는 지금도 어디선가 지켜보고 있을 것이다.

자신의 일거수일투족을 낱낱이 꿰뚫어 볼 게다. 무슨 말을 하는지, 어떤 행동을 하는지, 누구를 만나는지, 천검가에 대해서 어떤 마음을 품고 있는지.

그런 후 노가주에게 보고한다.

류명과 있었던 일도 보고될 것이다.

자신은 막았고, 류명은 포기했다고 설명할 게다. 그리고 또 사견(私見)임을 내세워서 류명이 곧 당우를 추격할 것으로 보인다는 말도 하게 될 게다.

자, 그럼 연극 좀 해볼까?

그녀는 전각으로 돌아오자마자 아침에 명을 내렸던 묵비를 불렀다.

"당우에 관한 건, 진행하고 있나?"

"네. 열두 명을 보냈습니다. 정보 취합이라면 귀신같은 놈들이니 곧 좋은 소식을 들고 올 겁니다."

"그거 취소해."

"예?"

"아니, 취소로는 부족하겠어. 당우에 관해서 일체 조사하지 마. 이건 명령이야."

"아, 예."

"가봐."

마사는 담담한 신색으로 말했다.

'가라! 가서 보고해. 내가 지금 내린 명까지.'

2

자신을 감시하는 눈은 하나다.

이건 절대적으로 확신한다.

감시자는 자신의 촉수에 걸려들지 않을 정도로 무공이 뛰어나다.

천검가의 무공을 살펴볼 때, 천검십검 정도의 무공을 지닌 자일 것이다.

그만한 무공을 지닌 자가 자신을 감시하기 위해 달라붙어 있다?

말이 안 된다. 그만한 자가 두 명 이상 붙어 있다는 것은 더 말이 안 된다.

그래서 감시자는 한 명이라고 단정한다.

또 그 한 명조차도 상시 달라붙어 있지 않다. 필요할 때만 잠시 붙어 있다가 떨어져 나간다.

그런데 명을 내리기가 무섭게 호출을 하더니 명령을 취소하란다.

감시자가 우연히 그 상황을 봤을 리는 없다. 그런 우연이 없다고는 할 수 없지만, 논외로 하는 것이 타당하다.

그렇다면? 주위에 누군가가 있다.

'누군가?'

노가주와 선이 닿는 자가 있을 것이라는 생각은 했다. 비주와 연통한 자가 있듯이, 권력의 향방에 따라서 정보를 내주는 자들은 반드시 존재한다.

마사는 탁자에 향합(香盒)을 열두 개나 늘어놓았다.

십이신향(十二神香)!

각기 다른 냄새를 풍기는 열두 개의 향.

특이한 것은 향합을 열어도 아무 냄새가 풍기지 않는다는 점이다.

무색(無色), 무취(無臭)의 특이한 향이기 때문이다.

사실 십이신향은 향이 아니다. 액(液)이다. 향합에 담긴 물을 골고루 뿌려주면 된다.

그래도 냄새가 나지 않는다. 인간보다 수십 배가 후각이 발달된 개를 풀어놓아도 냄새를 맡지 못한다.

십이신향은 절대로 냄새를 풍기지 않는다.

정말 그런가? 냄새는 풍긴다. 그렇기에 향이라고 불리는 게다.

열두 개의 향냄새를 맡으려면 코 밑에 신수(神水)를 발라야 한다. 그러면 그때부터 세상에 뿌려놓은 열두 가지의 향냄새가 골고루 맡아진다.

그럼 왜 열두 가지인가?

이는 육방(六方)에 기초한다. 상하(上下)가 있고, 전후(前後)가 있으며, 좌우(左右)가 있다.

이 육방에 좌우(左右)의 개념을 더 보탠다.

좌좌(左左), 우좌(右左), 좌우(左右), 우우(右右)…….

육방이 십이방으로 세분화된다. 육방을 살피는 것보다 상대를 파악하기가 더 용이해진다. 여기서 한 번 더 나누면 이십사방이 되지만, 스물네 가지의 향을 만들 수 없다.

열두 가지의 향이 구분하기 딱 좋다.

십이신향의 냄새를 묻힌 자가 노가주에게 갈 것이다.

냄새를 묻힌 줄도 모르고 태연히 노가주를 만나서 자신이 내린 명령을 보고하리라.

그들은 자신들에게 무슨 일이 일어나고 있는지 모른다.

자신은 신수를 바르고 노가주를 만나면 된다.

재수 좋으면 어느 놈이 간자인지 즉각 알 수 있고, 운이 나쁘더라도 놈이 어느 구석에 숨어 있는지 알 수 있다.

간자를 잡을 도구로는 이만한 게 없다.

노가주의 눈을 가려야 한다. 노가주가 지켜보고 있는 한 아무것도 할 수 없다.

마사는 십이신향을 십이방(十二方)에 맞춰서 골고루 뿌렸다.

냄새는 없다. 너무 건조해서 물을 뿌려놓은 것과 별반 다르지 않다. 그것도 곧 말라서 흔적이 전혀 남지 않을 것이다. 하지만 냄새는 보름간 지속된다.

신수를 바르는 순간, 십이방에서 풍기는 상큼한 향내를 맡을 수 있을 것이다.

두 번째!

'손을 떼라고? 왜?'

이제 이 문제에 집중한다.

당우는 아무것도 아닌 인간이다. 막말로 오늘 당장 죽어도 누가 알아줄 사람이 없다.

그런 인간을 조사하는데 하지 마라?

'당우에게 무언가 있다.'

어쩌면 과거 류명에게 일어났던 투골조 사건도 우연이 아니었을지 모른다. 자신이 생각했던 것보다 훨씬 깊고, 많은 사람이 연관되어 있는 복잡한 사건인지도 모른다.

그녀에게는 상당한 장벽이 출현한 셈이다.

그녀는 황산지회를 도약의 발판으로 삼을 생각이었다.

치밀하고 빈틈없는 계획이 요구된다. 그때를 대비해서 준비를 착착 진행하고 있다.

한데 그녀가 전혀 모르는 일이 발생했다.

검련 본가와 노가주만 아는 일이 있다. 그 외에도 어떤 사람들이 연관되었는지 모른다.

자칫 그녀의 야망을 수포로 만들 수 있는 변수다.

알아야 한다. 당장 알아내야 한다. 노가주는 조사하지 말라고 했지만 그럴 수 없다. 천검가의 아낙이 되기 위해서 격성비가를 말아먹은 게 아니다. 이 정도에서 그칠 것 같았으면 사주

께서 비가를 내놓지 않았을 게다.

당우, 뜻밖의 변수다.

하지만 지금이라도 알게 된 게 다행이다.

막상 황산지회에서 일을 터뜨린 후에 이런 일이 터졌다면 어쩔 뻔했나.

'당우, 네가 누군지 알아야겠어.'

그녀는 이런 일을 부탁할 만한 자를 떠올렸다.

세요독부가 가장 좋은데, 그는 먼 곳에 있다. 벌써 돌아오고도 남을 시간인데, 아직까지 소식이 없는 것을 보면 그도 다른 자들처럼 곤경에 처한 것 같다.

'쓸모라고는…… 후우!'

한숨이 절로 나온다.

이런 일을 해줄 사람은 적성비가의 은자들뿐인데, 괜히 차령미기를 썼나? 적성비가 사람이 세 명으로 확 줄어버렸으니 일을 시키기도 마땅치 않다.

더군다나 그들은 막강한 무인이 되었다.

옛날처럼 자잘한 일은 손도 대지 않으려고 한다. 무공이 그녀보다 높아진 후에는 그녀의 말조차 거스르는 분위기다. 그녀가 천검가의 안주인이니 명을 받는 것이지 적성비가의 마사이기에 명을 받는 건 아니라는 뜻을 노골적으로 비치곤 했다.

주객전도(主客顚倒) 현상이 일어나고 있다.

"휴우!"

또 한숨이 새어 나왔다.

적성비가는 인재가 없다. 은자는 많이 키워냈지만 정말 필요한 인재를 만들지 못했다. 그나마 쓸모있는 사람이 파문된 추포조두와 죽은 장불주다.

그 외에는 신중한 일에 쓸 수 있는 자가 없다.

무공이 높아진 후에도, 명성을 얻은 후에도, 자존(自存)할 수 있는 위치에서도 처음처럼 초심을 지키는 자가 없다.

'그래도 어쩔 수 없지. 일을 해줄 수 있는 사람이라고는 그들밖에 없으니.'

마사는 노란색 비녀를 머리에 꽂았다.

대다수의 사람들이 그저 예쁘다는 말만 하고 지나치겠지만, 몇 사람만은 눈빛이 번뜩일 것이다.

해가 석양으로 떨어질 무렵, 그녀는 화원을 거닐었다. 마침 맞은편에서 불호독수(不好毒手)가 걸어왔다.

불호독수는 독수를 좋아하지 않는다는 뜻이 아니다. 본성이 악하다는 본성불호(本性不好)에서 불호를 따왔고, 사악한 수법을 즐겨 쓴다고 해서 독수를 붙였다.

불호독수는 결코 착한 사람이 아니다.

동문을 제물로 내놓고 혼자 살아 돌아온, 예전 같으면 눈에 독기를 품고 한마디 해줬을 파렴치한이다.

아니, 그도 예전에는 이러지 않았다. 은자였을 적에는 명령 한마디에 목숨을 건 충자(忠者)였다. 적성비가를 위해서라면 기꺼이 한목숨 내놓을 준비가 되어 있던 자다.

그런 자가 너무나 급하게, 너무도 강한 무공을 얻었다.

무공을 얻는 과정도 문제가 된 것 같다.

동문을 죽이지 않으면 자신이 죽는다. 어제까지 같이 웃고 우는 사이였지만, 서로 목숨을 건다. 진기를 빼앗지 않으면 자신이 빼앗긴다. 죽는다.

이런 극한적인 방법은 죄책감을 상실시켰다.

동문을 죽여도 당연한 것이 되었다. 동문은 운이 나빠서 죽은 것이고, 자신은 운이 좋아서 진기를 빼앗은 것이다.

적성비가의 정신은 그때 뭉개졌다. 돌이킬 수 없는 지경으로 파괴되었다.

그런 사람들에게 적성비가의 규율을 지키라는 것은 삶은 호박에 이빨도 들어가지 않을 소리다.

불호독수가 사인(邪人)이 된 건 차령미기 때문이다.

"후후! 오랜만이야. 노을이 참 좋지?"

불호독수가 곁에 다가서며 말했다.

"거두절미하고 말할게. 당우를 조사해 줘."

"아! 묵비에게 내렸다던 그 명령? 그거 취소했다고 들었는데, 아니었나?"

"내가 무슨 말 하는지 알잖아."

"후후후! 본가 밀마까지 써가며 만남을 요청해서 무슨 좋은 일이라도 있나 싶어서 한달음에 달려왔더니, 당우를 조사해 달라? 이거 사람을 너무 무시하는데?"

"……."

"내가 그런 놈 뒷조사나 하는 놈으로 보이나?"

불호독수의 눈빛에 광망(狂芒)이 이글거렸다.

마사는 담담하게 말했다.

"할 거야, 말 거야?"

"훗! 후후후! 대답을 원한다 이거지? 안 한다."

마사는 알았다는 듯 고개를 끄덕였다.

불호독수가 찬 눈으로 말했다.

"앞으로는 이런 일로 부르지 마라. 그리고…… 적성비가의 밀마, 그거 이제 그만 잊어버리고 싶은데…… 괜찮겠지? 이미 무너진 문파의 밀마 따위는 잊는 게 좋지 않겠어?"

"……."

마사는 떨어지는 석양만 쳐다봤다. 한참 동안 묵묵히 지는 해만 쳐다봤다.

"그럼 석양 구경 잘해라. 나는 이만……."

"불호독수."

"할 말이 남았나?"

"지금… 내 말을 거역한단 말이네?"

"뭐라고? 하하하! 너 정말…… 그리고 뭐? 거역? 하하하! 마사, 고운 여자 입에서 이 무슨 망발이야? 내가 한 말 못 들었어? 이제 적성비가의 밀마는 잊자니까?"

마사가 불호독수를 쳐다봤다.

동료가 가슴이 뻥 뚫려 죽었는데도 승산이 좋지 않다고 해서 도망친 비겁자의 모습이 거기 있었다.

"불호독수, 마지막으로 한 번만 더 물을게. 할 거야, 말 거야?"

"내 도움을 받고 싶으면 정중히 청해라. 다른 말도 좋겠지. '조용한 곳에서 만나자' 라든가……."

"불호독수…… 내 앞에 서지도 못하던 위인이 많이 컸네."

"후후후! 그런 말은 기분 상하니 하지 말고."

"아냐. 정말 많이 컸어."

"괜한 공갈협박은 피하자니까. 분위기 딱딱해지잖아."

"모두들 날 왜 두려워하는지 잊은 것 같아서 하는 말이야."

"아! 하하하! 이봐, 마사. 당우를 조사해 달라고 했지? 그거 노가주가 하지 말라는 거 아냐? 그렇게 소문이 쫙 났는데. 네가 물먹었다고. 아직 듣지 못했나?"

불호독수의 눈빛이 욕념으로 반짝거렸다.

그의 눈길이 얼굴에서부터 가슴으로 흘러내렸다.

"노가주가 하지 말라는 걸 겉으로는 하지 않는 척하면서 나에게 시키는 거 아냐. 고약한 버릇이지. 지금 이 사실, 노가주에게 말하지 말란 법도 없고."

불호독수가 마사 앞에 섰다.

"조사해 줄 수 있지. 하지만 빈 입으로는 안 돼. 내가 뭘 원하는지는 너도 알 거야. 자, 이제 명령이니 뭐니 하는 건 집어치우고 거래를 해볼까?"

"미친놈."

"뭐?"

"정신 바짝 차리고 살아. 그렇게 흐리멍덩하니 비주 같은 놈도 죽이지 못하고 꼬리를 만 거지."

"마사, 언제까지 네가 우리를……."

"시끄러! 가서 당우나 조사해 와. 태어날 때부터 지금까지 모든 걸 샅샅이."

"허! 웃!"

코웃음을 치던 불호독수의 얼굴이 썩은 돼지 간처럼 시커메졌다.

"도, 독!"

"말했잖아. 마지막으로 묻는다고. 좋게 물을 때 너도 좋게 대답했어야지. 까불지 말라고 언질도 줬건만. 쯧!"

마사가 혀를 찼다.

"도, 독한……."

불호독수의 눈가에 절망감이 물들었다.

마사가 쓴 독은 적성비가 은가라면 모르는 사람이 없는 절명독(絶命毒)이다.

사시사철 잎이 붉은 적엽녹화(赤葉綠花)의 수액(水液)을 채취해서 만든 것이다.

독성은 아주 지독해서 오장육부를 녹여 버린다.

천천히, 아주 천천히 사흘 밤낮 동안 장기가 녹아내리는 고통을 당하다가 죽는다.

해약(解藥)은 있다. 오직 시전자만 가지고 있다.

적성비가의 은자들은 적엽녹화의 수액에 자신만 아는 독 허나를 더 섞는다. 그렇기 때문에 직접 제련한 사람이 아니면 같은 동문이라고 해도 해약을 알 수 없다.

세상에 단 하나뿐인 독이며, 해약도 하나뿐이다.

"독이 발작하려면…… 너도 알지? 시간이 얼마 남았는지."

"시, 십이 시진!"

"그래, 십이 시진이야. 그 안에 뭐든 주워와. 당우에 관한 건 뭐든 좋아. 단, 아주 조용하게. 무슨 뜻인지 알 거야."

불호독수는 진기를 끌어올렸다.

마사는 독거미다. 그녀에게 잡히면 영원히 헤어 나오지 못한다. 그래서 적성비가의 동문들이 그녀의 아름다움을 지켜보면서도 탐내지 못했던 게다.

그녀의 독에 중독된 이상 살길은 없다.

적엽녹화의 수액은 그가 잘 안다.

노가주는 물론이고 화타(華陀)가 되살아난다고 해도 해약을 만들지 못한다.

진기로 억누르는 것은 어떨까?

지금까지 적엽녹화의 독에 중독된 사람치고 진기로 버텨냈다는 말은 들어보지 못했다.

진기로 독을 배출하는 신공도 존재한다. 하지만 그런 신공으로도 적엽녹화의 수액만은 뽑아내지 못한다.

더군다나 시간은 십이 시진밖에 남지 않았다. 그 안에 무엇인가를 한다는 것은 불가능하다.

결국 마사의 말을 잘 듣고 해약을 받는 수밖에 없다.

'죽이고 죽자!'

마사를 죽이는 길밖에 없다. 해약을 기대하고 삶을 도모했다가는 추잡한 인생만 남는다.

마사가 말했다.

"마음에 들면 해약을 줄게. 호호! 너무 걱정하지 마. 내가 설마 셋밖에 남지 않은 동문을 독살하겠어? 말을 안 들으니까 그런 거잖아. 말만 잘 들었으면…… 어쩌면 네가 원하는 것을 얻을 수 있을지도 모르지."

마사가 살짝 눈웃음을 쳤다.

'불여우!'

마사를 당장 때려죽이고 싶다. 돌아서는 여인의 뒤통수에 일격을 가하고 싶다.

그는 손을 쓰지 못했다.

그녀의 눈웃음을 보니 말 같지도 않은 희망이 뭉클 피어난다.

어쩌면 그녀를 안아보는 날이 올지도……. 내가 뭐 어때서? 무공도 절정이고, 생김새도 계집애처럼 반지르르한 류명보다 낫고, 마사를 안 지도 오래되었고, 동문이라는 정도 있고…….

"노가주가 알면 안 되겠지?"

"정신 똑바로 차리라고 했잖아. 설명 해줘야 해?"

"해약은 정말……."

"못 믿는 거야? 우린 동문이야. 직성비기 은사들 중에 몇이나 살아남았다고 그래?"

"내가 잘못했다. 그러는 게 아니었는데……."
"알아. 걱정 말고 다녀와."
"고맙다."
불호독수가 신형을 쏘아냈다.
그런 그를 마사가 하얀 웃음으로 지켜봤다.
"처음부터 중독되지를 말았어야지. 쯧!"

第七十九章
심안(心安)

1

　왔던 길을 거슬러 가는 것은 미련한 행동이다. 움직임이 환히 드러난 상태에서는 더욱 그렇다. 가는 길이 묵비들만 이용하는 험로(險路)일 경우에는 말할 필요도 없다.
　당우와 비주는 남들이 미련하다고 하는 행동을 서슴지 않았다.
　"앞에!"
　"나 먼저 가지."
　당우가 숨어 있는 존재를 발견해 내면 비주가 길을 열었다.
　묵비는 움직임을 환히 꿰뚫어 볼 수 있는 곳에 자리를 정한다. 큰 힘 들이지 않고 사방을 실필 수 있는 요지다.
　비주는 그런 자의 눈을 피해서 길을 만든다. 묵비의 시야가

미치지 않는 곳을 골라서 기어가기도 하고 돌아가기도 한다.
당우는 비주의 뒤를 쫓는다.
올 때는 길을 열어줄 필요가 없었다. 비주보다 당우가 먼저 감시망을 뚫기도 했다.
지금은 항상 같은 순서로 움직인다.
당우가 발견하고, 비주가 뚫는다. 시간적인 여유가 없기 때문이다. 가급적이면 달음박질을 해서라도 달려가야 한다. 자신들을 기다리면서 거대한 폭풍과 맞서 싸우고 있는 반혼귀성 귀신들을 위해서 말이라도 타야 한다.
이것저것 가릴 시간이 없다.
"정말 신법은 모르나?"
"압니다."
"펼치지 못하는군. 진기가 없어서."
"……"
"그런 몸으로 용케 두 사람을 죽였어."
"죽을 각오 한번 해볼래요?"
"죽을 각오야 언제든 되어 있지만…… 무슨 일인데?"
"절 때려주세요."
"뭐?"
비주는 무슨 소리냐는 듯 되물었다.
"어떻게 될지 모르겠는데…… 한번 때려보세요. 장난이 아닙니다. 정말 죽을지도 몰라요."
"도대체 무슨 소리인지."

비주가 투덜거리면서 당우를 툭 건드렸다.

"세게, 세게 때려주세요. 미운 놈 쥐어박듯이 힘껏."

따악!

말이 떨어지기가 무섭게 주먹이 어깻죽지를 후려쳤다. 그 순간,

파앗!

당우는 귀영단애의 신무신법을 펼쳤다. 그리고 그의 신형이 일 장이나 쑤욱 밀려 나갔다.

"헛!"

비주가 깜짝 놀라 눈을 부릅떴다.

"너…… 진기를 쓸 줄 아네?"

"방금 빌린 겁니다."

비주는 그 한마디로 모든 정황을 읽어냈다.

"이거 정말…… 어디서부터 어디까지 믿어야 할지……. 내 눈으로 봤으면서도 믿지 못하겠네."

"얼마나 때릴 수 있어요?"

"한 대씩 쥐어박는 거야 죽을 때까지도 할 수 있지. 왜? 몇 대 더 맞을래?"

"그래야겠는데요."

"그래라, 그럼! 간닷!"

쒜엑! 따악!

일 권이 등짝을 후려쳤다.

당우는 권력(拳力)에 떠밀린 듯 쭈욱 쏘아나샀나.

"좋아! 재미있군!"

쒜엑! 따악! 쒜에엑!

비주가 달려들며 일 권을 후려친다. 그 탄력으로 당우가 달려나가고, 멈출 만하면 다시 달려와 후려친다.

타격은 견딜 수 있다.

경근속생술로 다져진 몸에 구각교피가 덧씌워졌다. 그런데다가 녹엽만주를 수련하면서 그의 육신은 그야말로 강철이 되었다. 검에도 베이지 않는 몸이거늘 육장에 부서지랴.

쒜에엑! 따악!

두 사람은 앞서거니 뒤서거니 빠른 속도로 치달려 나갔다.

신법을 전개할 수 있다!

비록 남의 도움을 받아야만 펼칠 수 있는 반편 신법에 불과하다. 하지만 세상을 비호처럼 달리는 기분이 나쁠 리 없다. 마치 신이 된 듯한 느낌이다.

이제 타격을 받았을 때 할 수 있는 일이 한 가지 더 늘었다.

하나는 참을 수 있는 것이고, 하나는 즉시 공격하는 것이다. 그리고 또 하나는 타격을 단전으로 끌어들이지 말고 곧바로 용심(湧心)까지 끌어내리는 것이다.

그러면 미끄러지듯 신법이 전개된다.

다만 속도가 마음에 들지 않는다. 보다 빠르게 나아갈 수 있는데 타격을 제대로 활용하지 못하는 것 같다.

신법 선택을 잘못한 점도 있다.

그가 주로 사용하는 신법은 한결같이 은밀함에 비중을 둔다.

풍천소옥, 적성비가, 귀영단애, 그 모든 문파가 은신술을 바탕으로 신법을 형성한다.

숨는 게 우선이고, 빠름은 차선이다.

당우는 백마비전을 떠올렸다.

만정 마인 중에는 빠름 하나로 세상을 조롱한 자가 있다.

비표오서(飛鏢鼯鼠)라고 불린 자인데, 사구작서가 서(鼠)라는 이름을 독점한 후에는 그냥 비표오라고만 불렸다.

표창을 쓰는 날다람쥐라는 뜻이다.

그는 표창술도 뛰어났지만 중원 무인들을 약 올린 것은 눈부시게 빠른 발이다.

그와 눈길이 마주치면 놓쳤다고 보아야 한다.

네 명, 다섯 명이 형성한 포위망 정도는 장난처럼 빠져나가 버린다.

오죽 빨랐으면 남들이 한 걸음을 뗄 때 두 걸음을 뗀다는 소문까지 나돌았다.

만약 그가 다른 무공까지 강했다면 무림의 판도는 달라졌을 게다.

당시 그가 쓰던 신법이 뇌전십보(雷電十步)다. 벼락이 치는 짧은 순간에 십 보를 달려나간다.

벼락은 영원히 그를 때릴 수 없다. 그를 때리고자 하면 그는 벌써 십 보 밖에 서 있다.

백마비전으로 뇌전십보를 전해 들었을 때도 사기성이 짙은 구전(口傳)이라고 생각했다.

생각해 보라. 그만한 빠름이 어떻게 존재하겠는가.

이제 뇌전십보의 진실성을 시험해 볼 때다.

'구결이…… 보시일신지근기(步是一身之根基). 걸음의 근간을 한 몸에 받으며……'

뇌전십보의 구결이 생생하게 되살아났다.

'좋아!'

쉐엑! 따악!

비주가 달려와 등을 후려쳤다.

당우는 구령마혼으로 되뇌고 되뇌던 구결을 즉시 풀어냈다.

파아앗!

등에서 밀려들어 온 타격이 구결을 따라 휘돈다.

일부러 단전은 우회시켰다. 진기가 단전으로 들어가는 순간, 뇌전십보는 사라진다. 대신 투골조가 튀어나온다.

그는 몇 번의 시행착오 끝에 단전만 건드리지 않으면 투골조를 억제할 수 있다는 점을 알아냈다.

다만 단전을 통하지 않은 진기가 뇌전십보를 제대로 된 빠름으로 펼쳐 낼 수 있을지는 의문이다.

파앗!

그의 신형이 연기처럼 팍! 사라졌다. 그리고 십여 보 앞에서 불쑥 나타났다.

"엇! 뭐야!"

등을 타격하던 비주가 깜짝 놀라서 달리던 걸음을 멈췄다.
"다른 신법을 펼쳐 봤는데 쓸 만해요?"
"한 번 더 보자!"
쒜엑! 따악!
비주는 당우가 몸을 피할 여유를 주지 않았다.
그는 뒤돌아선 당우를 거침없이 후려쳤다. 자신의 행동이 얼마나 위험한 줄 모르고 복부를 가격했다.
팟! 촤악!
당우가 화살 맞은 참새처럼 멀찍이 나가떨어졌다. 아니, 십여 보 저쪽으로 쏘아졌다.
"뇌, 뇌전십보!"
비주가 눈을 부릅떴다.
"아세요? 하하! 견문이 넓으시군요."
"그거 가급적이면 쓰지 마라."
비주의 표정이 무거웠다.
"뇌전십보는 무척 빠르지만 발목을 심하게 손상시킨다. 당장 시험해 볼 수도 있다. 한 시진만 치달리면 발목이 시큰거려서 며칠 동안 걷지도 못할 게다."
"아! 그런 부작용이……."
"비표오서가 왜 잡혔다고 생각하느냐? 무림이 뇌전십보의 약점을 파악해 냈기 때문이다. 이 사람, 저 사람 번갈아가면서 쳐대니까 반나절을 버티지 못하고 잡혔다."
"음, 그렇군요."

"가자."

쒝엑! 따악!

비주가 당우를 쳤다.

팟!

당우는 먼저처럼 연기가 되어 십 장 밖에 섰다. 이쪽에서는 스르륵 사라지고, 저쪽에서는 분신(分身)이 나타난다.

"그거 쓰지 말라고 했는데…… 고집도 어지간하군."

"발목이 아플 때까지만 써보려고요. 어느 정도나 달리면 발목이 아파오는지 직접 확인해 놔야죠."

"그래라. 네 몸이니 네가 알아서 하겠지. 간다!"

쒝엑! 따아악!

일 권이 어깨를 가격했다.

당우는 반 시진을 견디지 못했다.

"훅!"

발목이 꺾이는 듯한 아픔에 비명이 절로 새어 나왔다.

"반 시진쯤 됐나?"

비주가 말했다.

"반 시진도 안 된 것 같은데요?"

"거봐라. 그러니 쓰지 말라고 했던 거지."

"잠시 쉬었다가 가야겠어요."

당우는 조그만 바위를 의자 삼아 털썩 주저앉았다.

발목이 쇠막대기에 후려 맞은 듯 퉁퉁 부어오르기 시작했다.

고통을 이제 막 느꼈다. 한데 이상 증세는 한참 전부터 일어난 듯싶다.

"이거 생각보다 심한데?"

비주가 발목을 보면서 말했다.

당우는 대꾸하지 않고 눈을 감았다.

구령마혼이 움직인다. 아홉 개의 머리가 빙빙 돌아간다. 뇌전십보의 구결을 새로운 관점에서 다시 정리한다. 처음부터, 첫 글자부터 면밀히 분석해 나간다.

왜? 왜? 왜?

비표오서도 이런 단점을 알았을 것이다. 당연히 단점을 보완하기 위해서 부심했으리라. 하나 그는 찾지 못했다. 단점을 껴안은 채 만정에 떨어졌다. 신산조랑에게 뇌전십보를 불러줄 때도 여전히 미완성인 상태였다.

그는 평생을 뇌전십보와 함께 살아왔다. 하지만 단점을 보완하지 못했다.

한 사람이 일생에 걸쳐서 고민했던 일을 잠시 눈 감고 생각한다고 해서 해결될 수는 없을 게다.

어느 누구라도 이런 생각을 한다.

당우는 아니다. 다른 사람은 하지 못했어도 자신은 할 수 있다고 생각한다. 오만이 아니다. 인간의 능력을 무시하지 말라는 소리다. 반대로 이야기할 수도 있다. 자신이 어떤 일을 못했다고 해서 남도 못하지는 않는다.

열 사람, 백 사람이 머리를 맞대도 풀리지 않던 문제가 한 사람의 머리에서 풀린다.

이런 경우는 많다.

어느 누구에게서 어떤 일이 벌어질지는 아무도 알지 못한다.

처음부터 못한다고 생각하는 것은 문제가 많다. 일단은 해보고, 그래도 안 되면 그때 안 된다고 말해도 늦지 않다.

심천(心泉)!

구결을 이어나가다 보면 무릎과 용천혈이 일직선이 될 때가 있다.

그때 체중은 구 할 이상이 앞쪽으로 쏠린다. 무릎이 치중된 무게를 거의 대부분 받아낸다.

그런 일이 빠르게 반복된다.

엄청난 하중이 무릎에 쏠린다. 뼈가 버텨내지 못할 정도로 많은 힘이 일시에 쏟아진다.

그러면 무릎이 아파야 하지 않나?

뇌전십보는 이 부분을 해소하기 위해서 심천이 이루어지는 순간에 발목을 비틀어준다. 무릎에 쏠리는 하중을 땅으로 풀어내는 과정으로 빼놓을 수 없다.

한데 이런 과정이 이번에는 발목에 무리를 준다.

비표오서도 여기까지는 찾아냈을 것이다. 다만 발목을 비트는 동작을 생략하거나 다른 동작으로 바꿀 수 없기 때문에 단점을 끌어안은 것이다.

'발목을 비틀지 않으면 무릎이, 무릎을 살리려면 발목

이……. 그것참…….'

 방법은 하나뿐이다. 발목이 구각교피처럼 질기고 단단해야 한다. 육신의 하중을 고스란히 받아내도록 단련시켜야 한다.

 '아픔을 이겨내야 해. 단련이 되면 신법을 마음껏 펼칠 수 있는 것이고…… 그전에 발목이 나가면 다리병신이 되겠지. 뇌전십보를 완벽하게 쓰려면 둘 중 하나를 선택할 수밖에 없어.'

 뇌전십보는 마공인가? 그렇다면 발목을 쓰지 못하게 될 것이다. 발목 아래 부분이 마비될 터이고, 끝내는 괴사(壞死)하여 다리를 잘라내야 할지도 모른다.

 뇌전십보가 마공이 아니라 정공이라면 지독한 아픔은 병아리가 되기 위해서 알을 깨는 과정일 게다.

 '멈추는 게 아니라 계속해야 한단 말이지. 그럼 해야지. 고통이라면…… 후후! 녹엽만주도 견뎌낸 몸이라네. 뇌전십보, 하고 싶은 대로 실컷 해보게나.'

 당우는 일어섰다.

 "가죠."

 "미쳤어?"

 "겪어봐서 알잖아요. 그 사람들, 상당히 힘들 거예요."

 천검가에 들어가서 알아낸 것이 있다면 새로운 천검십검이 어떻게 해서 탄생했느냐 하는 것이다. 그리고 적성비가에서 탄생시킨 네 명 중 두 명이 반혼귀성과 싸우고 있다.

 정말 힘든 싸움을 하고 있을 것이다.

"그럼 그건 쓰지 마라."

"그러죠."

"간다!"

쉐엑! 따악! 팟!

당우의 신형이 연기처럼 꺼졌다.

"이런! 쓰지 말랬잖아!"

"제 몸이니 제가 알아서 합니다! 하하하!"

"그래라! 정 견디기 힘들면 하고 싶어도 못하겠지. 어디 마음대로 고집부려 봐라. 간닷!"

쉐에엑! 퍼어억!

비주는 정말 있는 힘껏 일격을 쏟아냈다.

등뼈가 부러지는 것 같은 타격이 울렸다.

발목이 떨어져 나갈 것 같다가 마비가 왔다.

비주가 타격을 가해왔을 때, 당우는 신법을 펼치지 못하고 나뒹굴었다. 발목 밑이 마비되어서 땅을 밟고 있다는 느낌조차 들지 않았다. 그러니 걸음을 떼어놓는다는 건 어불성설이다.

'여기서 그치면 끝이야!'

발목이 완전히 절단 내든지 이겨내든지 끝까지 가야 한다. 한데 걸음을 떼어놓을 수 없으니 어쩐다?

'전체! 전체로 기운을 읽는다. 그리고 도미나찰로 땅의 위치를 파악한다. 발의 느낌을 살필 필요는 없어. 땅을 밟는 느낌

같은 것…… 필요없어.'

"갑시다."

"야! 인마!"

"어서요!"

"독한 놈! 그래, 가자!"

쒜에엑! 따악!

비주가 등짝을 가격했다.

비주는 만정에서의 당우를 보지 못했다. 녹엽만주를 수련하면서 어떤 고통을 겪었는지 모른다. 녹엽만주라는 무공이 삶보다 죽음에 가깝다는 사실도 모른다.

그렇기 때문에 당우가 지독스럽게 보인다. 인간으로 보이지 않고, 독종(毒種)으로 생각된다.

'된다!'

당우는 미끄러짐을 소화해 냈다.

장님이 눈으로 보지 않고도 사물을 파악하는 것과 같다. 느낌이 아니다. 전체로 사물을 보면 양 눈을 감고 있어도 부릅뜬 것처럼 환히 보인다.

발목의 아픔이 느껴지지 않는다. 마비가 되었기 때문에 감각 자체가 죽어버렸다.

그래도 걸음이 떼어진다.

쒜엑! 따악!

비주가 등을 후려친다. 그리고 자신은 뇌전십보를 밟는다.

심안(心安)

구령마혼이 이 부분을 탐구하기 시작했다. 꼭 남의 힘을 빌려야 하는 것일까? 자신이 자신을 후려치면 안 되는 것인가? 진기가 없기 때문에 타격이 크지 않나? 그렇다면 몽둥이로 머리를 후려치면 어떤가? 머리가 깨질 정도로 후려치면 가능하지 않을까?

지금은 생각일 뿐이다.

'첫 번째 타격이 강맹하다면 그다음은 연속적으로 이어질 수 있어. 그렇다면……'

달리는 것과는 전혀 상관없이 생각이 이어졌다.

2

홍염쌍화는 피투성이가 되어서 간신히 배에 올라탔다.

"됐어! 출발!"

신산조랑의 말이 끝나기가 무섭게 양쪽 노가 힘차게 물살을 갈랐다.

쉐엑! 쉐에엑!

강안을 향해 치달려 오는 두 사람이 보인다.

한 사람은 세요독부요, 또 한 사람은 붉은 옷을 입은 두꺼비 적의섬서다.

"저놈들, 또 닭 쫓던 개 지붕 쳐다보는 격인가?"

산음초의가 중얼거리며 허공에 독분을 뿌렸다.

세요독부와 적의섬서가 강안까지 달려오다가 산음초의의

행동을 보고는 황급히 뒤로 물러섰다.
"큭! 이것이 바로 죽은 공명(孔明)이 산 중달(仲達)을 쫓는다고 하는 거야. 자식들…… 이제는 밀가루에도 놀라 자빠지네."
산음초의가 득의해 웃었다.
사실, 반혼귀성이 지금까지 견딜 수 있었던 것은 온전히 산음초의 덕분이라고 해도 과언이 아니다.
산음초의는 예전에는 시골 의원에 불과했다. 하지만 만정을 벗어난 이후부터는 독의로 탈바꿈했다.
그는 독을 쓴다.
독분을 흘리기도 하고 독충을 풀기도 한다.
미리 준비한 것은 전혀 없다. 항시 주변에서 독을 구하고 쓴다. 독충을 잡고, 독초를 캐고, 한두 시진이면 텅 빈 주먹으로 독분을 한 움큼 만들어낸다.
세요독부와 적의섬서도 독에 관해서라면 문외한이 아니다. 은자들은 독에 관해서만 수년을 수련한다. 그렇기 때문에 그들도 반쯤은 독의라고 할 수 있다.
그런데도 산음초의에게 번번이 골탕을 먹는다.
그들과 산음초의는 독초를 대하는 자세부터가 다르다. 의술에 대한 기본적인 지식이 다르기 때문이다.
산음초의는 독도 약으로 대한다. 사람을 해칠 도구로 보는 게 아니라 질병을 치료할 수 있는 방편으로 본다. 반면에 두 사람은 약도 독으로 쓴다. 어떻게 하면 항거 불능의 상태로 만들 수 있느냐에 모든 초점을 맞춘다.

그러다 보니 은자들이 쓰는 독이란 건 몇 가지로 한정되어 버렸다.

치명적이지 않은 독은 무용지물이다. 독이란 썼다 하면 단번에 즉사시킬 수 있는 것이어야 한다. 그런 독들이 구하기 어려운 것도 아니다. 주변을 살펴보면 의외로 절독이 많다.

독성이 약한 독은 쓸 필요도, 알 필요도 없는 것이다.

산음초의는 모든 것에 관심을 둔다. 길가에 늘어져 있는 질경이까지도 유심히 살핀다.

어떤 성질을 지니고 있으며, 어떤 질병에 좋을까?

그러다 보니 독성도 발견된다.

찾고 싶지 않은 부분이지만 해가 되는 부분은 피해야 하기 때문에 어쩔 수 없이 찾는다.

산음초의는 손에 닿는 것이면 무엇이든 약도 독도 만든다.

"자, 이제 푹 쉬어도 되나?"

치검령이 노를 놓으며 말했다.

배는 강심(江心)에 도착했다.

첫날은 눈속임으로 배를 띄웠지만 둘째 날부터는 휴식을 취하는 공간으로 배와 강심을 이용했다.

"오래 쉬지는 못할 거야."

"후후! 어제처럼 하면……."

"멍청이! 어제 당했다고 오늘도 당할까! 저놈들, 빠른 배를 구했을 거야. 우리 배를 봤으니까 충분히 따라잡을 수 있는 배를 구했겠지. 사공도 구했을 게고."

"……."

깊은 침묵이 흘렀다.

더 이상은 싸울 수 없다.

치검령, 벽사혈, 홍염쌍화……. 모두들 성한 구석이 없다. 온통 피로 얼룩져 있다. 산음초의가 정성을 다해서 치료해 주었지만 상처라는 게 하루아침에 낫는 것이던가.

"쯧! 오늘은 더 심하게 당했네."

산음초의가 어해연의 상처를 살피며 말했다.

"시간이 얼마 없는 것 같네요. 움직일 수 있게 만들어주세요."

"쯧! 어림도 없어. 이제 그만 쉬어야 해. 이 상처로 싸운다는 건 자살 행위야."

"그걸 몰라서 싸운다는 게 아니잖아!"

어화영이 툭 쏘아붙였다.

"저, 저, 저…… 넌 제일 나중에 치료해 준다."

"영감, 짜증나는데 신경질 나게 만들지 마!"

"어휴! 저 망나니! 저걸 누가 데려갈까? 어떤 놈인지 저거 데려가는 놈은 등골이 휠 거야."

"영감한테 안 갈 테니 안심해."

"나도 사양이다."

산음초의와 어화영이 티격태격했다.

그들이 항상 다투는 것은 아니다. 어제끼지만 해도 거의 말을 하지 않았다. 서로 다투는 것보다는 세요독부와 적의섬서를 어떻게 상대해야 할지 머리를 쥐어짜기도 바빴다.

오늘은 거침없이 싸운다. 싸울 수밖에 없다. 이런 식으로라도 말을 해야만 살 것 같다. 찢어지는 아픔도 참을 수 있을 것 같고, 죽음에 대한 공포도 잊을 것 같다.

억지로 싸우고 있는 것이다.

"며칠만 더 버틸 방도가 없소?"

치검령이 물었다.

신산조랑은 대답하지 않았다. 멍한 표정으로 묵묵히 흐르는 강물만 쳐다봤다.

"한 이틀 정도만 견디면 되지 않을까?"

그대로 대답이 없다.

싸움이란 서로 간의 실력이 팽팽할 때 이루어진다.

한쪽이 일방적으로 두들겨 맞는 건 싸움이 아니다. 폭행, 구타를 당하는 것이다.

신산조랑은 싸움을 잘할 수 있도록 계책을 짜지 않았다. 조금이라도 덜 얻어터지기 위한 방책만 짰다. 이길 수 있는 방법이 아니라 천천히 지는 방법이다.

이제는 그것도 한계에 이르렀다.

치검령은 노를 젓고 있지만 사실 그것만으로도 대단한 의지력이다. 배가 쩍 갈라져서 오장육부가 쏟아지려는 놈이 무슨 힘이 있어서 노를 젓겠는가.

배에 칭칭 감아놓은 붕대만 아니라면 그는 지금 이 자리에서 장기를 쏟아내며 죽는다.

장기간 요양을 취해야 할 상태다.

벽사혈도 별반 다르지 않다.

그녀는 장검에 세 번이나 관통당했다. 장기가 썰리고 간도 많이 상했다.

지금은 정신을 차리고 있지만 문득문득 혼절한다.

싸울 수 있는 상태가 아니다.

그나마 홍염쌍화가 조금 낫다.

그녀들은 어둠을 이용해서 악착같이 버텼다. 첫날은 여섯 명이 모두 나섰지만, 오늘은 홍염쌍화 단둘만 싸웠다.

솔직히 그녀들이 죽지 않고 살아서 돌아온 것만 해도 기적이다.

자, 말해보라. 더 어떻게 싸워야 하나? 어떤 계획, 어떤 방책을 내세울 수 있을까?

신산조랑이 한참 만에 말했다.

"할 수 있는 데까지…… 버틸 수 있는 데까지 버텼어. 이제 그만 푹 쉬어. 그래도 될 것 같아."

동녘에서 떠오른 해가 강물을 붉게 물들였다.

"온닷!"

산음초의가 배 두 척을 발견해 냈다.

강안에서 출발한 배는 마치 기름 위를 미끄러지는 달걀처럼 쓰윽 미끄러져 왔다.

뱃전에 서 있는 두 사내가 보인다.

심안(心安)

염라나찰(閻羅羅刹)이 따로 없다. 저 두 사내가 지옥에서 기어나온 염왕(閻王)이다.

"지독하게 강해졌어."

정신을 차린 벽사혈이 두 사내를 쳐다보며 말했다.

"흐흐흐! 한 가문을 홀랑 말아먹은 대가 아냐. 사형제의 피를 빨아먹었으면 훨씬 강해져야지."

산음초의가 어화영의 종아리에 붕대를 감으며 말했다.

"영감, 위로는 못해줄망정 그걸 말이라고 해!"

"말이니 하지. 저놈들을 키우기 위해서 몇 명이나 죽어갔는데. 그런데 저놈들, 가문에 대한 자존심은 전혀 없는 것 같지 않아? 계집아, 너 적성비가에서 쫓겨난 거, 잘된 거 같다."

"그건 그래. 쫓겨나길 잘했어."

어화영도 이번에는 맞장구를 쳤다.

"이겨낼 방도가 없네."

벽사혈이 고개를 살래살래 흔들었다.

저들은 적성비가의 비술로 싸우지 않는다. 정통 검공인 천유비비검으로 싸운다. 절정에 이른 검공으로, 철벽보다 강한 내공으로 들이쳐 온다.

"노 저을 수 있어?"

신산조랑이 치검령을 쳐다봤다.

치검령은 기진했는지 잠시 꾸벅꾸벅 졸고 있었다.

적이 다가오는데 무인이 졸고 있다. 이 상태 하나만으로도 모든 상황이 설명된다.

"저을 수 있소."
치검령이 퍼뜩 정신을 차리며 말했다.
"강안으로."
"강안으로? 그럼 더 힘들지 않나?"
"강안으로 가면 도주라도 하지. 여기서는 수장되는 길밖에 없어. 너희…… 물에 빠지면 수영할 수 있겠어? 그 몸으로는…… 쭛! 강안으로 가자."
치검령이 묵묵히 노를 저었다.
뱃머리가 강안으로 돌려졌다.
강안에서 달려들던 쾌속선이 천천히 방향을 틀었다.
반혼귀성이 강안으로 올라선다면 급하게 달려들 이유가 없다고 생각한 게다.
"이게 마지막으로 보는 하늘인가?"
산음초의가 뱃전에 벌렁 드러누우며 말했다.

세요독부와 적의섬서는 그들보다 앞서서 강안에 발을 디뎠다.
"저놈들, 아주 여유있군. 이대로 배를 확 돌려 버려?"
"……."
"안 되는군. 그렇다고 이대로 다 죽을 수는 없잖아? 할망구, 방법 없어? 그 좋은 머리 어따 쓰려고? 머리 좀 써봐."
"마님, 마님 중에 한 분만……."
신산조랑이 말끝을 흐렸다.

그녀는 냉정하게 계산했다.

누가 살 수 있으며 누가 죽을 것인가.

그 결과 한 명 정도는 살 수 있을 것 같다는 생각이 든다. 모두가 합심해서 길을 열어준다면 홍염쌍화 중에 한 명은 몸을 빼낼 수 있다.

자신과 산음초의는 무공이 약해서 얼마 못 간다. 치검령과 벽사혈은 상처가 너무 깊다. 그나마 괜찮은 사람이 홍염쌍화인데, 두 사람 모두 빠져나가지는 못한다.

"네가 가."

어화영이 말했다.

"아니, 네가……."

"계집, 성말… 내 말 한 번이라도 들어! 하! 그 새끼 보고 싶네. 그 새끼는 어떻게 잘했는지 몰라."

어화영이 빙긋 웃었다.

"공자님을 만나시거든 천검가에서 사라진 사람들을 유념하라고 전해주세요. 그러면 아실……."

신산조랑이 말을 하다가 뚝 멈췄다.

"어!"

어화영도 강안에 발을 디디려다 말고 깜짝 놀라 입을 벌렸다.

그녀는 너무 놀라서 신형까지 휘청거렸다. 하마터면 제대로 땅을 밟지 못하고 강물에 빠질 뻔했다.

세요독부와 적의섬서 등 뒤로 두 사람이 걸어온다.

낯익은 사람들, 당우와 비주가 걸어온다.

"무사히…… 무사히 다녀왔군요."

말을 하는 신산조랑의 목이 멨다.

승산이 전혀 없는 계획이었다.

버티는 사람들도 승산이 없고, 천검가로 가겠다는 사람도 미친 것이나 다름없었다.

당우와 비주가 다녀왔다.

더욱 놀라운 점은 저들 두 사람이 좌호 두 사람의 합공을 견뎌냈다는 점이다.

세요독부는 비주와 당우가 벌써 죽었을 것이라고 말했다.

그럴 것이다. 네 명이 왔다가 두 명이 두 사람을 쫓아갔다면 죽음밖에 남는 게 없을 것이다.

그래서 죽었다고 생각했다.

혹시나 하는 마음이 없지는 않았다. 말을 할 때는 항상 살아 있다는 가정하에서 말했다. 하지만 마음속으로는 자신들의 바람이 얼마나 허망한 것인지 여실히 깨달았다.

세요독부가 강할수록, 강하게 다가올수록 당우와 비주의 죽음은 더 확실했다.

그런데 살아왔다.

그들의 죽음에 대해서 누구보다도 깊게 생각하고 고민했던 사람이 신산조랑이다. 그러니 그녀가 감격한다고 해도 무리는 아니다.

"정말 다녀왔군. 오지 못할 줄 알았는데."

치검령도 환하게 웃었다.

"야, 새끼야! 방금 너 보고 싶다고 말하는 참이었다! 잘 왔어! 그래도 죽기 전에 얼굴은 보여주네! 호호호!"

어화영이 소리를 빽 질렀다.

第八十章
역전(逆戰))

1

 반혼귀성 귀신들이 배에서 우르르 쏟아져 내렸다. 쏟아진다는 표현이 맞을 정도로 급히 뛰어내렸다.
 그들은 비주의 상태를 봤다.
 신법을 펼치고는 있지만 싸울 수 있는 몸이 아니다. 부상이 굉장히 심각해서 움직인다는 사실 자체가 기적처럼 보인다.
 당우는 더 볼 것도 없다.
 그는 어둠의 제왕이다. 하지만 밝은 대낮에는 어린아이처럼 약하다. 아무나 부러뜨릴 수 있는 수수깡이다.
 "어느 쪽?"
 세요독부가 웃으면서 말했다.
 홍염쌍화와 신산조랑, 그리고 산음초의가 한쪽이나. 치검령과 벽사혈은 싸우지 못한다. 당우와 비주가 다른 한쪽이다. 비주는 싸울 수는 있지만 싱겁다.

어느 쪽이든 단시간에 끝난다.

"먼저 고르시죠."

"그래? 그럼 난 이쪽."

세요독부가 강을 가리켰다.

"후후! 이번에도 팔 한 짝입니까?"

"말이라고."

"이젠 오기가 생기는군요. 오늘은 승부가 나겠죠?"

"흐흐흐! 그렇겠지."

세요독부가 씩 웃었다.

잔인한 미소다. 저런 미소를 대하면 마치 지금 당장 팔이 잘리는 듯한 느낌이 든다. 장난이 아니다. 내기에서 지면 반드시 팔을 내놓아야 한다.

"반드시 무팔로 만들어 드리겠습니다."

"좋아."

세요독부가 강을 향해 걸어갔다.

적의섬서는 비주를 맞이했다.

'오래 끌 것 없이!'

홍염쌍화와 싸우면서 얻은 경험이 있다면 싸움이란 끝낼 수 있는 최단 시간에 끝내야 한다는 점이다.

그는 홍염쌍화의 무공을 엿보지 못했다.

귀영단애의 절학들을 구경만 했다. 깊이있게 파 들어가지 못하고, 귀중한 시간을 그저 구경하는 데 소비했다.
 그럴 생각은 아니었지만 결과적으로 그렇게 되었다.
 체험이 속전속결(速戰速決)을 말한다.
 일말의 망설임도 없이, 얻고 싶은 보물을 내놓아도 눈을 찔끔 감고 숨부터 끊어야 한다.
 시간을 줘서 좋은 건 아무것도 없다.
 비주는 굉장히 몸이 안 좋다. 다리도 절룩거리고, 아랫배와 가슴은 피투성이다. 고통이 얼마나 심했으면 허리까지 구부정하게 구부린 채 걸어온다.
 저놈들을 베기 위해서 두 명이 달라붙었다.
 한 명으로 족할 것 같지만 그래도 만전을 기하라는 뜻에서 두 명이 합공을 취했다.
 그런데 그들은 돌아오지 않고 죽었어야 할 자들만 돌아온다.
 그들 두 명이 죽었다는 뜻이다. 죽지 않았다는 생각은 할 수 없다. 적성비가의 무혼(武魂)은 숨이 끊어지기 전까지는 공격을 멈추지 않는다.
 그들 두 사람도 그런 무혼으로 무장된 무인이다.
 그들이 죽었기에 이들이 돌아온 게다.
 역시 비주는 무시할 수 없는 고수다.
 그러나 그도 무사하지 못하다. 육신이 넝마처럼 너덜너덜해졌다. 온통 검 구멍투성이다.

일검에 벨 수 있다.

옆에 있는 놈은 신경 쓸 것도 없다. 무인이라는 놈의 걸음걸이가 이토록 투박해서야 어디 쓰겠는가. 적성비가 같았으면 사문 밖에 나서지도 못할 놈이다.

스윽!

검을 들어 올렸다.

비주가 주춤 멈춰 섰다. 그리고 적의섬서의 얼굴을 쳐다봤다.

"훗! 후훗!"

비주는 뭐가 즐거운지 웃음을 흘렸다.

"저놈이 죽겠다는데?"

"죽은 사람 소원도 들어주는 마당에 산 사람 소원을 못 들어주겠습니까?"

"그렇지? 죽여줘야지?"

"그런데 움직일 힘이나 남아 있어요?"

"한두 수 정도는 쓸 수 있을 것 같아."

"웬만하면 쉬는 게 어때요?"

"이렇게 당했는데 쉬라고? 후후! 밖에서 매 맞고 집에서 화내는 격이지만 저놈한테라도 분풀이를 해야겠다."

"그럼 건투를 빕니다."

"무슨 건투까지."

적의섬서는 미간을 찡그렸다.

비주와 당우는 자신을 염두에 두고 있지 않다. 그들 면전에 검을 들이대고 있지만 전혀 개의치 않는다.

'뭐? 웬만하면 쉬라고?'

자존심 상하는 말이다.

동요는 하지 않는다. 이런 격장지계(激將之計)는 홍염쌍화와 싸우면서 벌써 여러 번 당했다.

'마음껏 지껄여라!'

쐐액!

그는 신형을 쏘아갔다.

호랑이는 토끼를 잡을 때도 최선을 다한다. 아무리 하잘 것 없어 보여도 최선을 다해야 한다. 그래야 후회없는 일전을 벌였다고 말할 수 있다.

이것 역시 홍염쌍화에게 배운 경험이다.

그녀들에게 최선을 다하지 않은 결과, 지금까지 싸움을 질질 끌고 있다. 첫날 죽일 수 있었는데, 단숨에 눕힐 수 있었는데 그러지 못한 것이 한(恨)이다.

취릭! 취리리릭!

전력을 다한 천유비비검이 제일 먼저 죽여야 할 자, 비주를 향해서 터져 나갔다.

"갓!"

비주는 쩌렁 고함을 내지르며 있는 힘껏 권력을 쏟아냈다.

한데 그 대상이 적의섬서가 아니다. 바로 앞에 있는 당우다. 당우의 등을 격타하고 있다.

"엇! 저 미친!"

역천(逆戰)

"저, 저!"

배에서 내린 사람들이 비주의 어처구니없는 행동에 경악성을 쏟아냈다.

펑!

일 권은 정확히 당우의 등을 가격했다. 그 순간,

쉐엑!

당우의 신형이 눈에 보이지 않을 속도로 움직였다.

몸의 일부는 먼저 그 자리에 있고, 다른 몸의 일부만 십여 보 정도 떨어진 곳에 날아간 듯한 현상이 일어났다.

"헛!"

적의섬서는 깜짝 놀라 물러섰다.

당우가, 당우가 그를 스쳐 지나간다. 그림자처럼, 바람처럼 옆을 스치며 지나간다.

쉐에에엑!

심상치 않은 바람 소리가 바로 뒤를 이었다.

'뭐?'

적의섬서는 당우를 쳐다보랴, 소리 나는 쪽으로 고개를 돌리랴 정신이 없었다.

스르륵! 촤촤촤악!

느닷없이 땅에서 칡넝쿨 같은 것이 치솟더니 그의 몸을 칭칭 휘감았다. 발목을 휘감고, 종아리를 휘감고, 허벅지까지 둘둘 말아 감았다. 그리고도 모자란 줄기는 검까지 휘감았다.

"엇!"

입으로 나온 소리는 그게 고작이다. 하나 그의 머릿속에는 지극히 짧은 순간에 수만 가지의 의문이 스쳐 지나갔다.

이게 뭐야! 뭐지? 뭐가 어떻게 된 거야?

그가 가장 궁금해하는 것이다. 그때,

쒜에엑!

멀찍이 떨어져 있던 비주가 신형을 쏘아냈다. 검이 날아온다.

'이건 또 뭐?'

그는 검을 들어서 맞이해 가려고 했다. 하나 육신을 둘둘 말아 감은 칡넝쿨 때문에 움직일 수가 없었다.

그의 얼굴에서 핏기가 가셨다.

그가 칡넝쿨이라고 생각했던 것은 헝겊 채찍이다. 채찍 한쪽 끝이 당우에게 연결되어 있다. 방금 전, 귀신같은 신법으로 자신을 지나치면서 어느새 채찍을 풀어냈던 모양이다.

슈각!

틈을 노리지 않고 날아온 검이 목젖을 가로로 그었다.

검은 일검으로 끝나지 않았다. 검끝이 빙글 돌려지더니 오른쪽 겨드랑이 밑을 파고들었다. 폐를 가르고, 심장을 쪼개고 반대쪽으로 쭉 삐져 나간다.

"컥!"

직의섬서는 짧은 단말마를 토해냈다.

뭐가 어떻게 된 건지, 자신에게 어떤 일이 벌어진 건지 그는 영문도 모른 채 고개를 푹 떨어뜨렸다.

휘이이잉!

강바람이 강안을 쓸고 지나갔다.

사람들은 너무나 놀라서 입을 쩍 벌린 체 아무 소리도 하지 못했다.

당우가 헝겊 채찍을 수거했다.

비주는 적의섬서의 몸에 박힌 장검을 뽑아내 피를 닦았다.

"못 보던 검법인데요?"

"금마검법이라고…… 천검귀차의 무공이다. 그때 도망간 놈과 겨룰 때 이 검을 쓰려고 작심했거든. 놈이 도망가는 바람에 쓰지 못했지. 덕분에 원을 풀었다."

비주가 씩 웃었다.

"굉장히 독랄해 보입니다."

"그렇겠지. 신경만 끊어내는 검법이니까."

"꼭 그렇지는 않은 것 같은데요."

당우가 죽은 자를 쳐다보며 말했다.

적의섬서는 목이 절반쯤 갈라졌다. 양쪽 겨드랑이에도 큼지막한 입이 새겨졌다.

상처에서는 피가 콸콸 쏟아진다.

신경만 베어내는 검법이라고 할 수 없다. 아주 잔혹한 마검에 가까운 검이다.

"후후! 마지막에 나도 너처럼 조금 변형시켜 봤다. 이렇게 바꿔보니 꽤 쓸 만하지 않아?"

두 사람은 사람을 죽인 게 아니라 닭 한 마리 잡은 사람들처럼 태연하게 말을 주고받았다.

휘이이잉!

강바람이 머리칼을 날린다.

아무도 두 사람의 대화에 끼어들지 못했다.

비주의 검법이 잔혹했기 때문이 아니다. 적의섬서가 처참하게 죽었기 때문도 아니다. 물론 그런 점들도 영향을 미치기는 했다. 하지만 그보다도 당우의 놀라운 신법, 유령을 방불케 하는 신법 때문에 벌어진 입이 닫히지 않는다.

병기를 수습한 두 사람이 세요독부를 쳐다봤다.

"으……!"

세요독부는 저미한 신음만 토해낼 뿐 꼼짝도 하지 않았다. 아니, 움직일 생각을 하지 못했다.

"네가 세요독부냐!"

비주가 얼음 같은 음성으로 말했다.

세요독부의 눈도 음유하게 가라앉았다.

"호호호! 재미있는 무공이네? 정말 놀라워. 호호! 고수가 따로 있었다는 말이네."

"시끄러!"

당우가 혼잣말처럼 중얼거렸다. 하나 그 소리는 세요독부의 귀에 또렷하게 들렸다.

"……!"

세요독부가 입을 다물고 살광을 쏘아냈다.

당우가 말했다.

"너 사내야, 계집이야? 무슨 놈의 사내가 계집처럼 앙앙거려? 그렇게 사내가 싫으면 밑에 걸 떼어내든가."

"뭣!"

당우는 세요독부가 가장 싫어하는 소리를 했다.

세요독부는 부들부들 치를 떨었다.

평생을 살아오면서 가장 듣기 싫어하는 소리다. 그런 소리를 하는 인간들 때문에 이를 악물고 무공 수련을 거듭했다.

무공이 상승지경에 이른 지금 또 그런 소리를 들었다.

"으드득!"

이빨 가는 소리가 멀리 떨어진 당우에게까지 들렸다.

당우가 그를 향해 걸어갔다. 비주는 당우에게서 한 걸음쯤 뒤처져서 따라왔다.

"보아하니 서로 곱게 지나가지는 않을 것 같고…… 먼 길을 달려왔더니 조금 피곤해."

당우가 싸울 뜻을 전했다.

세요독부는 고개를 갸웃거렸다.

당우의 기도를 읽어보면 정말 보잘것없다. 걸어오는 모습도 형편없다. 무공을 수련한 자라고는 볼 수 없을 만큼 질서가 없고, 무겁고, 둔탁하다.

그런 자가 적의섬서를 일 초 만에 해치웠다.

그는 분명히 비주가 죽였다. 모두가 다 본 사실이다. 하지만 정말로 그를 죽인 자는 당우다. 헝겊 채찍에 휘감기는 순간에 승부는 이미 끝나 있었다.

'승산없어.'

세요독부는 손끝이 파르르 떨렸다.

'내게 욕한 놈…… 이놈은 반드시 죽여야 해. 하지만 지금은 승산이 없고…… 그래, 나중에…… 반드시 죽인다. 반드시, 반드시 죽일 날이 올 거야.'

생각은 곧 행동으로 이어졌다.

"호호호! 나중에 보자!"

쒜에엑!

그는 쾌속하게 신형을 뽑아냈다. 순간,

쒜엑! 퍼엉!

발아래에서 둔탁한 소리가 울렸다.

"엇! 저……."

"저, 저거 뭐하는 짓이래!"

몇몇 사람이 하는 말도 귀에 들렸다.

세요독부는 순간적으로 적의섬서가 당했던 광경을 떠올렸다. 지금 그 일이 벌어지고 있다.

쒜에에엑!

그는 젖 먹던 힘까지 끌어내어 신법을 배가시켰다. 한데!

츄륵! 촤르르르륵!

어느새 헝겊 채찍이 두 발을 꽁꽁 옭아맸다. 마치 처음부터 묶여 있었던 것처럼 꽉 동여맸다.

'안 돼!'

적의섬서가 이렇게 당했다.

채찍은 살아 있는 뱀처럼 영활하게 움직인다.

세상에는 채찍을 쓰는 무인이 많다. 온갖 종류의 편법(鞭法)이 난무한다. 하지만 당우처럼 세상천지를 채찍으로 휘감아 버리는 편법은 보지 못했다.

쿵!

세요독부는 겨우 두어 걸음 움직이다 말고 거칠게 넘어졌다.

채찍이 두 발을 휘어 감고 있으니 당연한 결과다.

그렇다고 당하고만 있을 수는 없다.

쉿! 까앙!

검을 휘둘러 채찍을 후려쳤다. 한데 채찍은 무엇으로 만들었는지 강한 쇳소리를 낸다.

'금잠사!'

그는 은자다. 헝겊 속에 가려진 금잠사가 확 눈에 들어온다.

금잠사에 묶였다면 빠져나가기는 틀렸다.

이번에는 묶인 형태를 봤다. 허공에서 진기로 옭아맸는데, 기이한 매듭으로 묶였다. 정말 채찍이 자기 스스로 살아 움직인 것 같다. 그렇지 않고서야 이런 매듭이 지어질 리 있는가.

'풀 수 있어. 하지만 시간이······.'

주위에는 온통 적뿐이다. 이들이 자신을 살려줄 리 없다. 절대로! 그렇다면······.

쉿! 퍼억!

다시 검을 쳐냈다. 금잠사 채찍이 아니라 자신의 발목을 향해 망설임없이 검광을 쏟아냈다.

퍼억!

"끄으윽!"

발목이 싹둑 잘려 나가면서 피가 확 쏟아졌다.

생살을 도려내는 아픔은 말로 다 할 수 없다. 벌겋게 달군 인두가 육신을 지져대는 기분이다. 하지만 이대로 있다면 발을 잘라 버린 이유가 없다.

세요독부는 공간이 넉넉해진 발을 재빨리 빼낸 후, 앞을 향해서 껑충껑충 뛰어갔다.

적의섬서가 죽었다. 세요독부가 발 하나 남기고 사라졌다.

비주와 당우가 모습을 드러내고 일다경도 안 돼서 벌어진 일이다.

"어, 어떻게 된 거야?"

어해연이 놀란 입을 다물지 못했다.

"기연을 만났구나! 축하해, 동생!"

어화영이 확 달려들어 당우를 꼭 껴안았다.

"헉!"

당우는 어화영에게 안겨서 어쩔 줄 몰라 했다. 얼굴이 새빨개지고, 눈이 하늘을 향하고······.

"호호호! 장난 그만 치고 놔줘."

"누가 장난이래? 난 정말 얘가 좋단 말이야. 너도 좋지?"

"예?"

"안 좋아?"

"조, 좋……."

"음……!"

당우를 꼭 껴안고 마냥 좋아하던 어화영이 갑자기 혼이라도 빠져나간 것처럼 핑그르르 무너졌다.

당우가 급히 그녀의 허리를 받아 안았다.

산음초의가 급히 다가와 맥을 짚었다.

"쯧! 상처를 못 보게 하더라니. 안색이 파리할 때 알아봤는데……. 어차피 마지막 싸움 같아서 놔두긴 했다만……."

산음초의가 혀를 찼다.

"어때요?"

어해연도 이미 알고 있었던 듯 담담하게 물었다.

"옆구리를 뚫은 검 때문에 신장이 망가졌어. 한 개만 망가졌으면 살릴 수 있다만 두 개 다 망가졌으면……. 아직까지 버틴 걸 보면 두 개 망가진 것 같지는 않고."

산음초의가 말끝을 흐렸다.

"하는 데까지 해봐주세요."

"깨끗한 곳이 어디 없을까?"

"시간이 얼마나 급박해요?"

당우가 물었다.

"아주 급하지."

당우는 산음초의의 말이 끝나기도 전에 풀잎을 꺾어 입에 대고 불었다.

삐이익! 삘리! 삣!

얼마나 지났을까? 시간이 꽤 지루하게 흐른다 싶을 즈음, 장정 네 명이 사인교(四人轎)를 메고 땀을 뻘뻘 흘리며 달려왔다.

"의원(醫院)을 찾아뒀습니다. 필요한 약재는 어느 정도 구비되어 있을 겁니다."

그들은 다른 사람에게는 일별도 던지지 않고 곧장 당우에게로 달려가 부복했다.

"어서 옮겨. 우릴 치료한 게 알려지면 곤욕을 치를 테니 지극히 주의하고."

"하명 받듭니다!"

장정들은 즉시 어화영을 사인교에 실었다. 산음초의도 재빨리 사인교에 탔다.

장정들은 바람처럼 달려나갔다.

2

어촌 한구석에 자리한 의원은 시골 의원치고는 규모가 꽤 컸다.

청강진으로 들어서는 사공들이 생명처럼 여기는 곳인지라 클 수밖에 없다.

반혼귀싱은 내원(內院) 깊숙한 곳으로 안내되었다.

"다 왔습니다. 내리시죠."

사인교 밖에서 공손한 음성이 들렸다.

산음초의가 사인교에서 내려서자 의원 두 명이 공손히 읍을 하며 맞이했다.

"환자가 많다고 들었습니다. 저희가 보조해 드리겠습니다."
"여기 의원이 몇이나 되오?"
"시술이 가능한 의원만 열한 명입니다."
"허! 상당히 크네."

산음초의가 혀를 내둘렀다.

그는 시골 촌 의원이었다. 혼자서 약도 짓고 침도 놓았다. 시술해 준 대가로 계란 한 꾸러미를 받은 적도 있다. 산과 들을 쏘다니며 약초 연구는 깊이 했다. 그래서 조그만 명성도 얻었다. 하지만 의원을 키워보겠다는 욕심은 부린 적이 없다.

시술 가능한 의원만 열한 명.

그렇다면 의술을 배우는 풋내기 의원들까지 합친다면 거의 백여 명에 이르는 의원이 있는 곳이다.

이만한 규모라면 성(省)에서도 손가락을 꼽는다.

그런 곳이 청강진 어촌 한구석에 숨어 있었나? 반혼귀성으로서는 천만다행이다.

"여기가 어디요?"

산음초의는 처음에 물을 말을 이제야 물었다.

"민활원(敏活院)입니다."
"민…… 활원? 허! 여기가 그곳인가?"

산음초의는 비로소 알았다는 듯 고개를 끄덕였다.
그러는 사이, 혼절한 어화영이 내실로 옮겨졌다.
"상처를 깊이 치료해야 하니 따라 들어오지 말고…… 자네만 오게. 옷을 벗겨야 하는지라."
산음초의가 어해연을 쳐다보며 말했다.

"어떻게 된 건지……."
당우는 신산조랑의 물음에 그동안 벌어졌던 모든 일을 낱낱이 말해주었다.
그녀는 놀라기도 하고 탄식도 했다.
류명도 투골조 사건의 전모를 모른다. 천검가에 잠입했지만 아무 소득도 없었다.
신산조랑만은 아무 말도 하지 않고 미간만 찌푸렸다.
조각 꿰맞추기가 되지 않는다.
수많은 조각이 사방에 널려 있는데 한데 모아지지 않는다.
이야기가 당우의 신상으로 옮겨졌다.
타격을 당해야 진기를 쓴다.
이 괴이한 현상 앞에서 모두들 할 말을 잃어버렸다.
나쁜 것은 아니다. 평소 당우가 진기를 쓰지 못한다는 사실을 알고 있기 때문에 오히려 축하해 줘야 할 일이다.
반혼귀성 귀신들은 세요독부가 발 하나를 내놓고 도주할 때 왜 쫓지 않았는지 비로소 납득했다.
쫓을 수가 없었다.

당우가 채찍으로 세요독부를 휘감았다.

그것으로 끝이다. 두 사람 모두 더 이상 어떤 행동도 취할 수 있는 상태가 아니었다.

비주는 솔직히 검을 들 힘조차 남아 있지 않았다. 적의섬서를 향해 검을 휘두른 것이 마지막 기력이었다.

당우도 마찬가지다. 채찍으로 휘감기는 했지만, 그것으로 체내에 휘돌던 진기를 모두 쏟아냈다. 더 이상 남아 있는 진기가 없다. 만약 세요독부가 이판사판이라는 심정으로 역습을 가해왔다면 꼼짝없이 죽었을 게다.

아주 위험천만한 순간이었다.

세요독부가 제 발을 스스로 잘라내고 껑충껑충 뛰어서 달아난 게 천만다행이다.

"구령마혼입니까?"

신산조랑이 물어왔다.

"그래. 신산…… 백마비전…… 덕 많이 봤어."

"그렇다면 정말 다행입니다."

신산조랑이 흡족한 표정을 지었다.

"검도자는?"

"저희가 알아낼 수 있는 자가 아니죠. 하지만 멀리 떨어져 있지는 않을 겁니다. 공자님께서 떠나신 후로 본 적은 한 번도 없습니다. 그래서 공자님을 쫓아가지 않았나 하는 생각도 했습니다만."

"아니…… 쫓아오지 않았어."

당우가 고개를 갸웃거렸다.

검도자가 사라졌다.

물귀신처럼 항시 쫓아다니던 그림자가 치열한 싸움을 지켜보지 않았다.

그는 무엇 때문에 쫓아온 것일까?

"지금은 그냥 쉬십시오. 아무 생각 마시고 푹 쉬셔야 합니다."

"신산, 나 정말 이렇게 지내는 거 불편한데. 신산 나이도 있고…… 솔직히 나보고 공자라고 부르는 것도 마뜩치 않고. 하하! 난 공자가 아니잖아."

"이미 주인으로 모셨습니다."

신산조랑이 뜨거운 차를 내놓은 후 물러갔다.

"축하해. 드디어 진기를 쓰게 되었네?"

어해연이 포근한 미소를 지으며 다가왔다.

"아직 반편이에요."

"그래도 그게 어디인데."

"많이 보완해야죠. 상처는 좀 어떠세요?"

"난 괜찮아."

어해연이 밝게 웃었다.

그녀도 많은 상처를 입었다. 그중에는 오랫동안 휴식을 취해야만 하는 깊은 상처도 있다.

그녀는 아픈 내색을 하지 않는다.

'예쁘다!'

당우도 따라서 웃었다.

홍염쌍화, 벽사혈……. 아름다운 여인이 세 명 있다.

나이는 논외로 하자. 그녀들은 사내들이 한눈에 반할 만한 미모를 지녔다. 개성은 각기 다르다. 어화영은 활달하고, 어해연은 침착하며, 벽사혈은 날카롭다.

하지만 어느 누구도 마사의 아름다움을 쫓아갈 수는 없다.

이목구비를 하나하나 떼어서 비교해도 그녀가 예쁘다. 전체적인 조화도 그녀가 훨씬 아름답다. 그녀는 솜씨 좋은 조각가가 평생에 걸쳐서 조각한 역작이다.

그런데도 그녀 곁에서는 마음이 편하지 않았다.

그것은 적이니까 그렇다고 치자. 편한 마음을 가질 수 없는 상대이니 불편할 수도 있다.

그녀의 아름다움이 가슴에 닿지 않는다.

반면에 어해연이나 어화영의 아름다움은 한눈에 쏙 들어온다. 말할 때, 웃을 때, 식사를 할 때, 화를 낼 때까지 싫어할 수 없는 아름다움이 보인다.

"왜 그렇게 쳐다봐?"

"아뇨."

당우는 얼굴을 붉히며 고개를 돌렸다. 그때,

"쟤, 우리를 여자로 본다."

어화영이 방문을 열고 밖으로 쳐다보다가 대화에 끼어들었다.

"예? 그게 무슨……?"

"너 안을 때 느꼈어. 가슴이 마구 뛰던데? 난 성난 망아지가 달리는 줄 알았다니까?"

"아휴! 내가 무슨 말을……."

당우가 머리를 흔들며 일어섰다. 그리고 총총히 자리를 떴다.

"정말입니다. 두 분 마님을 여자로 보고 있어요."

당우가 자리를 뜨자 신산조랑이 말했다.

"뭐? 말도 안 되는 소리……."

어해연이 어처구니없어했다.

"도련님은 한참 혈기가 뻗치는 나이이니까요. 더군다나 두 분 마님은 젊고 예쁘시고…… 무엇보다도 도련님이 가까이할 수 있는 유일한 여자이니까요."

"그럴 수도 있겠다."

어해연이 고개를 끄덕였다.

"도련님께서 두 분을 여인으로 생각하는 게 자칫 해가 되지 않을지 염려스럽습니다."

"무슨 말인지 알겠어."

어해연이 말했다.

무인에게 여인은 독이 될 수 있다. 건강한 이성(異性)이면 발전 요소가 될 수 있지만, 애(愛)가 독(毒)이 되어 가슴에 쌓이면 사마(邪魔)가 침입한다.

역천(逆戰)

상처 받지 않게 선을 그을 필요가 있다.

이열치열(以熱治熱), 열은 열로 다스린다는 말도 있다. 당우도 이제 여인을 알 때가 된 것 같다. 자신들 같이 주안술로 눈속임한 여인이 아니라 진짜 소녀를 붙여주는 것도 괜찮아 보인다.

아니, 지금 무슨 생각을!

이런 건 한가할 때나 생각하는 거 아닌가. 목숨이 칼 위에 걸려 있는 인생들이 무슨 한가한 생각인가.

어해연은 실소가 터져 나와 피식 웃었다.

'몸이 편하니 이제는 별 생각을 다…….'

그들은 내원 깊숙한 곳에서 상처를 치료했다.

그들이 머무는 곳은 출입 금지 구역으로 지정되었는지 눈에 익은 사람을 제외하고는 일절 발길을 금했다.

산음초의를 보조한다던 의원 두 명이 필요한 약재를 모두 조달해 주었다. 은자로 따져도 상당한 금액이 소용되었을 텐데, 돈에 대해서는 일절 말이 없다.

이들은 누군가? 당우는 이들을 어떻게 아나? 사구작서와 이들의 관계는 어떻게 되나?

궁금증이 부쩍 치밀었지만 당우가 함구하니 묻기가 어려웠다.

그들은 상처를 치료하면서 마음까지 쉬었다.

오랜만에, 정말 오랜만에 맛보는 꿀 같은 휴식이다.

괄괄괄! 철퍽!

어린아이 장난감 같은 물레방아가 빙글빙글 돈다.

물통에서 흘러내린 물이 물레바퀴를 굴리고, 그 힘이 방아채를 끌어내 높이 치켜세운다. 그리고 방아머리가 뚝 떨어진다.

퍼억!

"큭!"

당우는 방아머리에 등짝을 얻어 맞았다.

그 충격이 진기를 이끈다. 전신을 휘돈 진기가 두 손에 운집된다. 그리고 손에 잡고 있는 철검으로 흐른다.

"크으윽!"

당우는 신음을 토해냈다.

등을 얻어맞은 아픔은 별것이 없다. 하나 쌓인 진기를 팡! 터뜨리지 못하고 철검으로 흘려보내야 하는 게 죽을 맛이다. 인내(忍耐)로 참아내야 하는데 견디기 힘들다.

당우는 방아머리가 등을 후려치는 순간부터 진기가 철검으로 흘러들 때까지의 과정을 면밀히 살폈다.

진기를 일으키기 위해서 꼭 얻어터질 필요가 있을까?

등짝을 후려 맞는 충격은 매우 크다. 하지만 대부분의 충격이 아픔으로 흘러버린다. 아픔을 느꼈다는 건 충격 중 많은 부분이 소실되었다는 걸 의미한다.

충격을 받아서 진기로 쓰는 부분은 지극히 작다. 하면 왜 그토록 강한 진기가 일어나는 것일까?

점진적인 배가 현상이 존재한다.

충격을 진기로 끌어 쓰는 과정 중에서 미약한 힘을 증폭시키는 부분이 존재한다.

그것만 알아내면 엄지손톱으로 손바닥을 쿡 찍는 작은 충격만으로도 진기를 일으킬 수 있다.

콸콸콸! 철퍽! 퍼억!

물레방아가 돌고, 방아머리가 등을 후려친다.

*　　　*　　　*

"대단하지 않나?"

그가 눈을 가늘게 뜨며 말했다.

"구령마혼인가?"

"그럴 거야. 저놈 배경을 캐보면 비범함과는 거리가 먼 아이였어. 한데 지금 움직이는 일련의 사건들을 보면 비범하기가 하늘을 찔러. 구령마혼이 아니면 불가능하지."

"뇌전십보도 출현한 것 같던데?"

"그래. 후후! 적의섬서를 어떻게 죽였는지…… 그 광경을 봤어야 해. 후후! 눈이 번쩍 뜨일 광경이었지."

"자네가 놀란 건가?"

"놀랐지. 나도 상대가 안 될 것이라는 생각이 들었으니까."

"자네가?"

"거짓이 아니네."

검도자는 강하게 시인했다.

"후후후! 비표오서의 무공에 검도자가 지레 겁을 먹었다면 세상 사람들이 웃을 거야."

"설명이 안 되는군. 보자, 그래. 류아 정도가 좋겠군. 자넨 류아와 몇 초 승부를 예상하나?"

검도자는 천검가 삼남 류아를 거론했다.

"류아의 천유비비검은 천검사봉보다는 한 수 떨어지지."

"둘째인 류과에게도 안 될걸."

"흠! 아마…… 겨뤄봐야 알겠지만 대략 이십여 초 아닐까?"

"내가 본 적의섬서는 무공만 놓고 봤을 때는 류아와 비등했네. 자네가 최선을 다해서 손을 쓴다고 해도 십 초 안에 굴복시키기 힘들다는 말이지."

"자네 말대로라면 뇌전십보가 천유비비검을 능가한다는 말이군."

"그건 뇌전십보가 아니었네. 구령마혼에 의해 재탄생한 새로운 무공이었지."

두 사람은 커다란 나무 위에서 당우의 수련 모습을 지켜봤다.

당우는 그들의 존재를 눈치챘을 것이다. 다른 자들은 지금도 누기 지켜본다는 사실을 까마늑히 모른다. 허지만 덩우에게는 도미나찰이 있으니 어렵지 않게 찾아냈을 것이다.

도미나찰, 뇌전십보, 구령마혼 모두 만정 마인들의 무공이다.

그가 쓰는 채찍은 편마의 유품이며, 그가 거주하는 의원은 사구작서 중 소서의 유산이다.

독안구가 투골조에 죽었다.

천검가 앞산에서도 좌호 중 한 명이 투골조에 당한 듯 가슴이 뻥 뚫려 죽었다.

투골조가 모습을 드러냈다.

당우의 몸에는 온갖 마인들의 무공이 집대성되어 있다. 그리고 점점 발전한다.

"진기를 쓰지 못하는 게 천만다행이군."

"그것도 시간문제네. 저 친구라면 그 문제도 곧 풀어내지 않을까 싶네."

"진기까지 쓴다면 자네도 힘들겠군."

"글쎄?"

"글쎄라니? 뭐가 또 있나?"

"진기를 쓴다는 건 투골조의 저주가 풀렸다는 것. 다시 말하면 무기지신이 깨졌다는 것. 오히려 지금보다 쉽지 않을까 생각하네만. 물론 생각일 뿐이지만."

"좌우지간 보고하지."

"저 친구가 금제를 풀어내면 제일 먼저 날 칠 것이야. 지금까지 두 번 실패했거든. 후후후! 내가 무공의 정도를 가늠하는 일종의 척도인 셈이지. 후후!"

"……."

"내가 당하면 본가도 방심할 수 없다는 점을 명심하게. 만정이나 투골조 사건에 대해서 물어볼 게 많을 거야. 지금은 힘이 없어서 떠돌고 있지만……."

"자넬 꺾으면 자신감을 얻겠군."

"검도자를 이긴 것보다 더 큰 자신감이 있나?"

"없지. 후후후!"

"날 꺾으면 틀림없이 본가로 뛰어들 거야. 천검가 못 봤나? 후후! 그건 그렇고, 도광도부는 찾았나?"

"그쪽 일이야 나도 모르지."

"워낙 약은 위인이라서 찾기가 쉽지 않을 거야."

"웃! 저거……."

대화를 나누던 사람이 깜짝 놀라 한곳을 가리켰다.

무인이 걸어오고 있다. 멀리 떨어져 있는데도 강한 기운이 물씬 풍긴다.

"저거 류명 맞지?"

"흠! 천검가주가 당우를 건드리지 말라고 엄명하던데, 기어이 아비 명을 어기는군."

"가주가 그런 명을 내렸나?"

"흥미로운 싸움이군. 어떨 것 같나?"

"천유비비검의 새로운 해석, 만정 마인들의 무공 집대성. 글쎄…… 지금으로서는 아무래도 류명이 낫겠지."

"검천자(劍天子), 뇌전십보가 만만치 않다는 소리를 했던가?"

역전(逆戰) 319

"하하! 자넨 저놈이 낫다고 보는군."
 검천자라고 불린 검수, 검련제일가에서 검도자와 함께 다섯 손가락 안에 든다는 절정 검수가 활짝 웃었다.

『취적취무』 9권에 계속…

秘龍潛痛
비룡잠호

오채지 新무협 판타지 소설

『백가쟁패』, 『혈기수라』의 작가 오채지가 돌아왔다!
그가 선사하는 무림기!

비룡잠호!

야만의 전사 오백으로 일만 마병을 쓰러뜨리고
홀연히 사라진 희대의 잠룡(潛龍).
그가 십 년의 은거를 깨고 강호로 나오다.

"너를 불러낸 건 실수야."

이가 갈리고 치가 떨리는
경험을 만들어주겠다!

Book Publishing CHUNGEORAM

유행이 아닌 자유추구 -
WWW.chungeoram.com

장강삼협
長江三峽

조돈형 新무협 판타지 소설

『궁귀검신』, 『마도십병』, 『운룡쟁천』의
작가 **조돈형**
그가 장강의 사나이들과 함께 돌아왔다!

굽이쳐 흐르는 거대한 장강의 흐름 속에서
선혈처럼 피어나 유성처럼 지는 사내들의 향취!

장강삼협(長江三峽)!

하늘 아래 누구보다 올곧았던 아버지의 시신을 이끌고
고향으로 돌아온 유대웅을 기다리고 있던 것은
천오백 년의 시공을 뛰어넘은 패왕(霸王)의 무(武)와 검(劍)!

패왕칠검(霸王七劍)과 팔뢰진천(八雷振天)의 무위 아래
천하제일검(天下第一劍)으로 우뚝 설 한 소년의 일대기!

장강의 수류는 대륙을 가로질러
이윽고 역사가 된다!

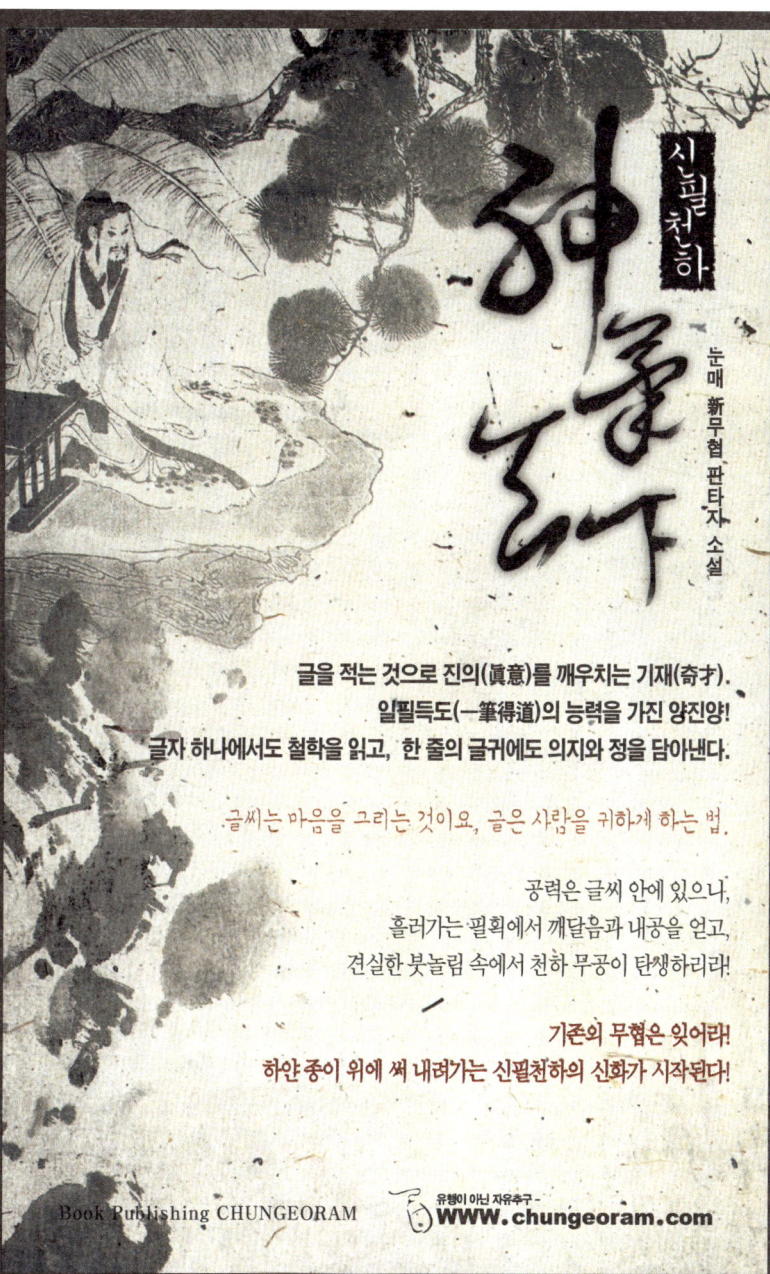

김현석 현대 판타지 소설

전능의 팔찌

THE OMNIPOTENT BRACELET

**「신화창조」의 작가 김현석이 그려내는
새로운 판타지 세상이 현대에 도래한다!**

삼류대학 수학과 출신, 김현수
낙하산을 타고 국내 굴지의 대기업 천지건설(주)에 입사하다!

상사의 등살에 못 견뎌 떠난 산행에서, 대마법사 멀린과의 인연이 이어지고……

어떻게 잡은 직장인데 그만둘 수 있으랴!

전능의 팔찌가 현수를 승승장구의 길로 이끈다!

**통쾌함과 즐거움을 버무린 색다른 재미!
지.구. 유.일.의 마법사 김현수의 성공신화 창조기!**

Book Publishing CHUNGEORAM

유행이 아닌 자유추구
WWW.chungeoram.com